こうかんにっき
交換日記

張妙如
チャン・ミャオルー

徐玫怡
シュー・メイイー

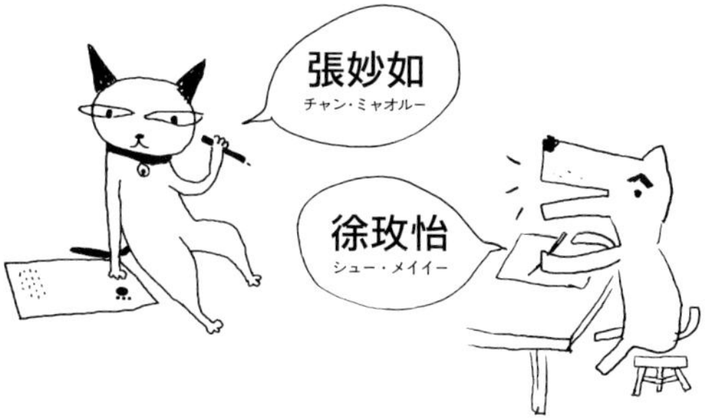

交換日記 1
張妙如 & 徐玫怡

Fax Diaries I by Miao-Ju Chang & Mei-Yi Hsu

まえがき

交換日記っていうのはふつう、子供のころに女の子ふたりでやるものだけど、でもわたしは、大人になってもずっと、この子供の遊びがやりたかった。
このあいだ、メイイーと一緒に雑誌の取材を受けた（えっと、メイイーとは2年前に同じようになにかの取材で知りあって、それからも取材で会うたびに少しずつお互いのことを知っていった）。そのとき日記のことがふっと頭に浮かんで、わたしはメイイーに言った──
「ねえ、交換日記やらない？　でさ、そのまま本にしちゃお
ファックスで
うよ……」メイイーは、喜んでやるって言ってくれた！
次の日さっそく、1枚目のファックスが届いた！
大人になって始めた交換日記は、洗礼のようにわたしの心を清らかにしてくれた。そうまるで、美しい思い出の1ページをもう一度ひらいたみたいに……

1998年9月23日
おうちにて　ミカオ

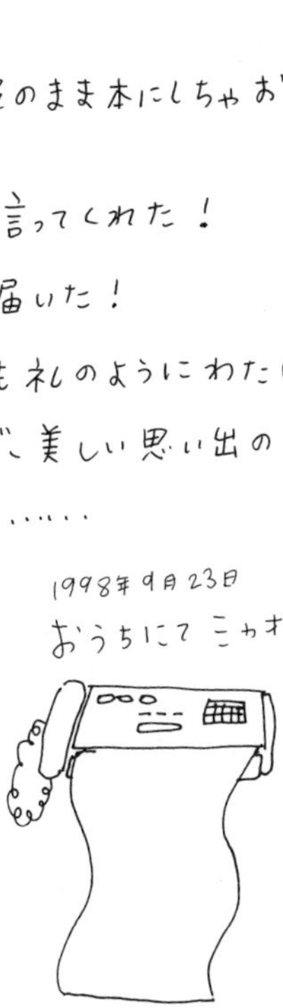

もくじ

本書では、
ミャオの書いた日記には  、
メイイーは  をつけています。

8月5日

To メイイー

さあ、出発しよう！ 世界を放浪する旅へ……
渡航先：台湾→日本→フランス→ニューヨーク→とにかく、
世界一周のきままな旅！
便名：http://www.×××.com *1

か
各国のYAHOO!で「live traffic cameras」を検索。
それで世界各地の街の風景がリアルタイムで見れるよ！
どんどん探していけば、
誰かさんのオフィスもお邪魔できるし！
（今朝はオフィスのガラスを拭いてるフランス人を見た）

*1
原文のサイトは
現存せず

お弁当食べながら見れば、
気分は機内食！

←時差のせいで
日付が昨日に戻るから、
時をかける自由人みたいで、
透明人間になったみたいで楽しい。
↓
向こうからはわたしが見えない。

ほら一緒に、世界一周旅行へ行っちゃおう！

TO ミャオ

8月5日

昨日の夜、さっそくこの「交換日記作戦」を実行しようと思ったんだけど、家に帰ってファックス機をみたら「紙切れ」だって！ だから朝一番で紙を買いにいったよ。

↓

いや朝一番ではなく、起きて歯を磨いて、頭にスカーフ巻いて即、外出。

昨日の夜はやる気満々で、インターネットで、ミャオが教えてくれた「live traffic cameras」を検索して世界各国の風景を見ようと思ったんだけど、悪戦苦闘しながら朝の四時までやっても、うまくいかないんだ。今日起きたらもう午後だった。ネットって大の苦手で、いつもこう。午前中の時間は睡眠で消えちゃったし、腰も痛い。大失敗だった。

ミャオは運動してる？ いつもどんな運動してるの？

To メイイー

8月5日

→スカーフって、すごくヘンにならない？
昔、部屋をシェアしてたルームメイトが水ぼうそうに
かかったからって、（ぶつぶつを隠そうと）
頭にスカーフ巻いて帰ってきたことがあって、
それがヘン過ぎて、脳卒中になりそうなくらい笑った！

運動ねえ……。そんな質問されたら、
冷や汗がドッと、一週間分の運動以上に出るよ……
毎日うちのマンションの入り口にある花に水をあげるのが、
わたしの一番"激しい"運動です。

1F、ひとんちの
水道→
ビニール袋（大）に
いっぱいの水
←こそこそ何度もいったりきたり。
たまに人が寝静まった深夜に
やるときもあって、
絶対あやしいヤツって思われてる。

運動の話題をふってきたからには、
メイイーにはきっといい運動法があるってことだよね？

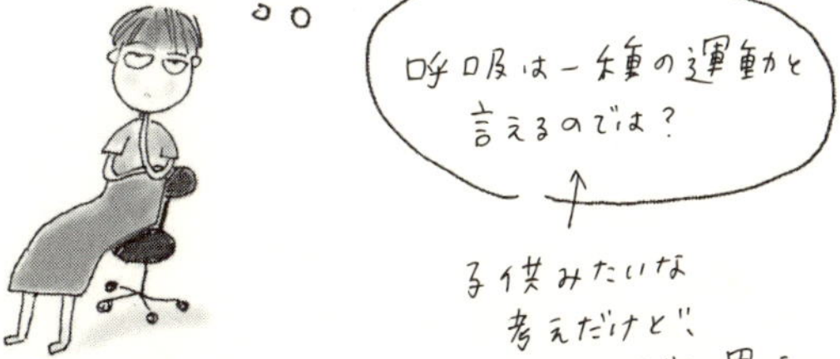
呼吸は一種の運動と
言えるのでは？
子供みたいな
考えだけど、
これほんとだと思う。

TO ニャオ

8月6日

ご指定の便に乗ろうとしたけど、搭乗拒否されちゃった。

「check the server name
in location (URL) and try again」
って言われた。
これがなにを意味してるかすら
わからない。

だからYAHOO!に変えて、窓拭きフランス人が
見たかったんだけど、今度は高速道路しか映ってなくて、
人なんかぜんぜんいない（どうしてわたしが見るのは
高架橋とか高速道路ばっかり？）

一時期、インターネットでホテルやB&B、もしくは民宿のサイト
を見るのにはまってて、インテリアはどうか、部屋はキレイか、
値段はお手頃か……をよくチェックしてた。
泊まったら気持ちいいだろうなあって想像するだけで、
もう自分がそこにいるみたい！
ニャオも道を見るのに飽きたら、ホテルでのんびり
してみたらいいよ。

わたし毎日座ってるばっかで、運動なんてほとんどしてないよ。
いっとき、盛り上がってちょっとだけ腹筋したけど
（15回ずつくらい）。
ニャオならいい運動法を知ってるかと
思って訊いたんだけど、
まさかそっちも……。
もちろんこっちも……
自分で頑張らなきゃ！

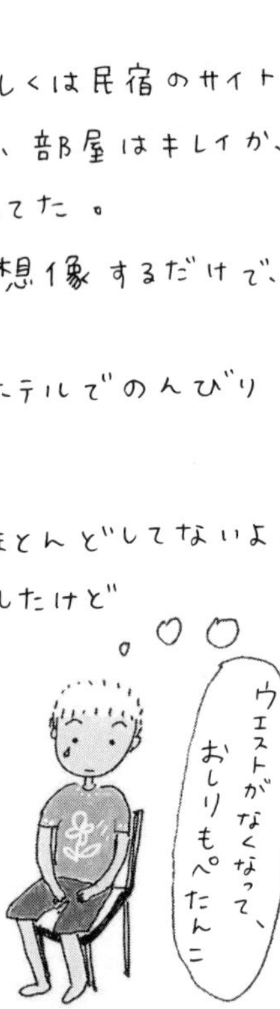
ウエストがなくなって、
おしりもぺたんこ

TO メイイー

8月7日

昨日はファックスできなかった。
おとついは寝不足で、昨日も頭が痛かったから、
しっかり寝て取り返そうと思ってたのに、
電話ばっかりかかってきて……

←もう限界。

あの便、うまくいかないんだ？ わたしももう一回見てみる。
結果はまた教えるね。でも最近ネットの調子が
おかしくって、うまく接続できる日とできない日があって、
そこにある奥義が、わたしにはどうにも？？？

腹筋の話を読んで、急に思い出した。むかしわたしもなにか
運動しなきゃって思って（自分で発明したやつ。
仰向けになって床に寝転んで、両足を真上に持ち上
げて、空中で前後に行ったり来たりさせる。
なにに効く？なんて訊かないでね。食べ過ぎのカロリーが
消化できればいいんだ）、やってたら、不思議！
まるで空を歩いてるみたい！

↑ベランダに出る窓。
寝転んでるから、
空しか見えない。

メイイーは？こういう意外なプレゼントってなんかない？

TO ミャオ

8月7日

2週間前だったか、アメリカのロトで賞金総額が
一億ドル以上になって、アメリカ中が大熱狂してた。
結果は、ある鉄工所の従業員が十何人かの
共同購入で当てて（お金を出しあって買って、賞金は山分け）、
その当選くじはメンバーの一人がすっごい遠くにある
ガソリンスタンドまでバイクで買いにいったんだって。

これって、意外なプレゼントの一番リアルで、
一番興奮する例だよね！

Suprise

わたしの場合、意外なプレゼント
ってほとんどない。ポストに
試供品のシャンプーか、ナプキンが
入ってたくらいかな（こういう
実用的な広告は、よろこんで
頂きます）。
プレゼントっていうとわたしの場合、
ほとんどが自分の気持ちの切り替え
で起こることかな。しかもそれは
毎日起こる。例えば……

起きっぱの髪型
＊1
レシートくじ、
半年以上
当たって
ないな〜
Sleeping

＊1
台湾のレシートはくじ付きで、8桁数字が一致すれば一等20万台湾ドル（約60万円）など賞金が貰える

おかずがしょっぱい。
うん（気持ちの切り替えに1.5秒）
こりゃ飯が進む

あ、スープに味がない
うん（1.5秒）
健康にいい！

ミャオの『光合成[＊2]』読んだよ。
ミャオってまるでどこかへ行きたがってる
植物みたい。台北からパリへ、
地球から宇宙へ、って。
なのに植えられているのは自分のうちの机の前で、
ずっと芽だけ
出しつづけてる。

もしわたしがお金持ちの出版社社長だったら、
こう言ってあげる。
「ミャオくん！100万台湾ドル（約300万円）出すから、フランスに
行ってきなさい。パリからプロバンスへ旅して
旅行記を2冊書いて！ほら、小切手と航空券。
来週水曜日に出発！」（と貫禄たっぷりに
言い放つと、煙草をくゆらせながら内線で
車を呼びつけ、さっそうと部屋を出ていく）

こんなの、素敵……！

＊2
イラスト詩集。
原題『光合作用』

TO メイイー

8月8日

今日は父の日[*1]。お父さんありがとう、
わたしをこの地球に誕生させてくれて。

いいホームページがあった！ http://www.earthcam.com/
ここなら道路以外の風景も見れるし、自分で見たいところを選べるよ！（こっちでもテストしたから、きっと大丈夫！）
オフィスもお店も、猫も男も女も、とにかくたくさんあるから！
でも会員登録しないと見れないところもあるみたい……

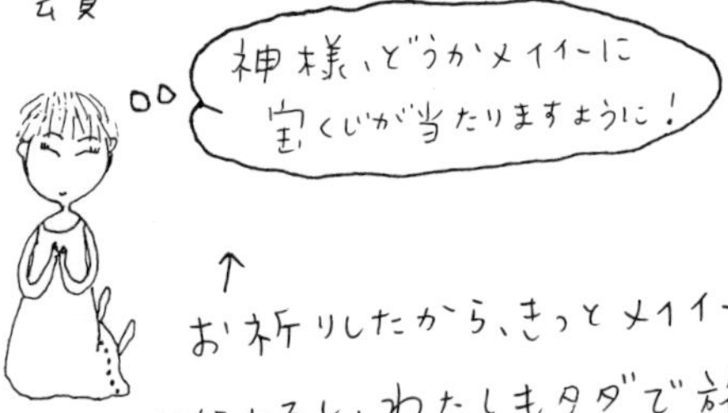
神様、どうかメイイーに
宝くじが当たりますように！

お祈りしたから、きっとメイイーもお金持ちの社長になれるし、わたしもタダで旅行に行けるね――、って、ホント夢物語。でも「窮すれば通ず[*2]」じゃないけど、人生って行きづまったらなにか別の手を見つけてどうにかするもので、つまり、夢を見るって、神様がくれた最高の（しかもタダの）プレゼントだってわたしはずっと考えてる。現実を変えることはできなくても、せめて夢を見ているその間は楽になれるし、知らず知らずのうちに笑顔を取り戻してるかもしれない。

いつも不思議な気がするんだけど、メイイーの『お姉さん日記[*3]』とか『幸せになるゲーム[*4]』を読んでるといつも、作品と生活が近い感じがして、じゃあもしわたしの本がイマジネーションに満ちてるっていうなら、メイイーの本は生活に密着してて、生活のディテールを感じる。

※精神と肉体が分離してる

※精神と肉体がくっついてる

＊1
台湾では「父」の中国語「爸爸《バァバ》」の語呂合わせで8《バァ》月8《バァ》日が父の日。母の日は日本と同じ

＊2
『易経《えききょう》』

＊3
メイイーのデビュー作。原題『姉姉日記』

＊4
メイイーの第二作。原題『幸福人遊戲』

そんな分析してたら、なんか急に自分の生活がつまんなすぎるように思えて、つまりわたしは外出するのも面倒だし、新しいこととかするのも面倒だし、だからせめて魂だけ抜け出して、ちょっとおもしろいことを捜しに行くの……

ちょっと今、自分でもドキリとした。全部当たってる。
よし！ちゃんと生活しよう！手遅れにならないうちに……

内心ドキリ。
でも外から見ると
冷静に見えるらしい。

8月8日

TO ミャオ

午後さっそくネットで、New York cityを見に行ったよ。一秒ごとにアップデートされるって、さすが最先端を行く大都市だね。しばらく見たあと、今度はすいっとLondonに向かった。「ピカデリーサーカス」の風景が見たかったんだ。初めてイングランドに行ったとき、そこに変なおじさんがいた。親切そうな顔をしてわたしに近づいてきて、写真をとってあげましょうかって言った。

情景描写
May I take a picture for you?
what?

だから、あのおじさんが相変わらずそこで不愉快なことをしてるかどうか、見てやろうと思って。（あれが悪いことなのかどうかわからないけど、不愉快な思いをしたのは間違いないことだから！）

まったくねー、わたしに初めて話しかけてきたイギリス人がこんな人だったとはねー！

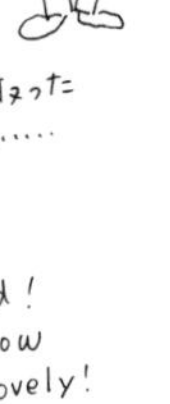

なんて言ったの？
写真？
Why do that for me?
イングランドに来て1日目で
いきなりこんな親切な
おじさんに出会うなんて。
ふるさとを遠く離れて
わたしは……思わず
感激してしまい、自分の
英語力のなさも忘れて
笑顔でその好意を受け取った
……

カシャッ
Good! How Lovely!

The price is ～……#△%…
price £15
money? 15ポンド？
こ、こ、こいつ親切なおじさんじゃなかったのか？

Give me money
#@☆
３△□%
Fxxk

周りの人の目

春、ロンドンの冷たい風に、コートは揺れ、わたしの心もブルブル震えた

P.S. ピカデリーサーカスはウェブカメラがなかったからおじさんの姿は見れなかった。

旦那がファックスで喋りたいと言っています。

涼
はじめまして
メイイーの夫
リンさんです。
こんちわ！

＊1

＊1
林志盈　映像作家、MV監督

お恥ずかしい
むりやりリンさんを
ねじ込みました！

p.s.
父さんに電話して
「父の日だね！ありがとう」
って言ったら、恥ずかしそうに
「うん、うん。そう、うん、じゃあ！」だって

TO メイイー

8月9日

たしか最初は台湾のホームページで台北の交通情報カメラを見ていて、それから、台湾にあるんだから海外のがないわけがないと思って、外国の交通情報カメラを探して、いまはもっとたくさんのLive camsとかEARTHCAMとかが見つかって、この"昨日を探せ"ゲームにはまっていった。パソコンを操り、太陽を追いかけ、パソコンも外国語もダメなわたしが、こんなふうに世界を股にかけて！思わず自分でも感動……

↓

あいさつオンリーの外国語能力で世界中を旅してるみたい……

あれ？ おかしいな。昨日もらったファックスだけど一秒一秒アップデートされるニューヨークって？ どんなの？ あれは普通のテレビみたいにだらだら流れる映像のはずだけど？

ブラウザが遅いのかな？ わたしもちょっと見てみたい〜〜

↓

あるいはサーバーかも

↓

どんなんだか教えてね！

宇宙から見た地球って興味ない？ リアルタイムじゃないけど、それにちょっと遠いけど、NASAの「EARTH FROM SPACE」ってサイトの世界地図をクリック →

http://earth.jsc.nasa.gov/categories.html ＊1

すると自分が見たい地球の一角が（宇宙からみた地球が）見られる。最近一番よく見に行くサイトがこれ。これがわたしの、もうひとつの地球の旅。NASAのホームページからは、ほかの星の写真も見ることができて、それもわたしの宇宙の旅。

＊1 現在表示されず

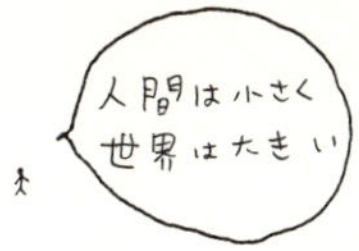
人間は小さく
世界は大きい

こんなことしてたら、わたしがこれまでめぐりあったひと、こと、場所たちは、ただの偶然なんかじゃなくて、どれもかけがえのない出会いだったんだって感じた。

P.S.
リンさんの突然の登場にびっくり。なんか新鮮。
特別ゲストみたい！ リンさんが自分で挨拶を書いてたらもっと楽しかったかもね。
でも登場してくれただけで、すごくおもしろかった。

リンさん、時間があったら
遊びにきてくださいね！
翻訳不能。
ベイビーの"字"もファックスでメイイーの
うちまで遊びにいくよ！

これごめんねー、
わたしが無理やり押させたの。
でもちょっとおもしろくない？
これは左足の字（跡）です。

TO 親愛なるミャオとベイビー

8月9日お昼

ベイビーのサイン見たよ!

あと前回のファックスの
リンさんのふきだし
は、リンさんが自分で書いたん
だよ。きっと字がわたしとよく
似てたからわからなかった
んだね。

昨日の絵(言葉)、
わたし大好き。

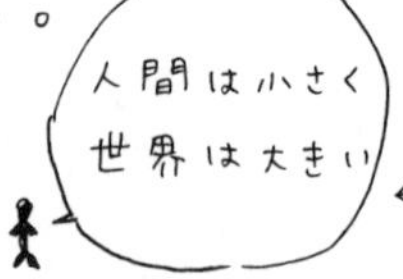
人間は小さく
世界は大きい

← わたしは、うまく描けないけど。
ミャオの絵のバランスとタッチだと、
この言葉の感じがすごく出てた。

わたしがニューヨークのウェブカメラを見たときは、
画像がほぼ連続のときと、
止まって動かないときとがあります。
うちのパソコンのスペックが低いせいかもしれないけど、
でも、ともかくコマ送りみたいになってる。

実は昨日もずっとリゾートホテルの写真、とくにバリ島の
写真をネットで見てたんだ。バリ島には2回行った
(ツアーじゃなくて)けどまた行きたい。ただ最近忙しいし、
お金もないし、それにあの腹立たしいインドネシア華僑女性
への暴力事件*1とかがあったから、いまはネットで見てるより
しようがない。恋しいバリに行けないつらさが、
少しでも和らぐように。
(バリの人はとても純朴だけど、インドネシア政府は嫌い)

*1
1998年5月のジャカルタ暴動で現地華人にたいする略奪、暴力行為が行われ、多くの女性が被害にあったことを指す

飛行機の時刻表や値段もずいぶん時間かけて見てたけど、
一番いい旅行ポータルサイトはFodor's Travel Online
http://www.fodors.com/

時間があるときはここをのぞいて、海外旅行の情報をチェックして、いつでも出発できるように心構えだけはしてる。

あ、そうだ！
リンさんのお兄さんが台北に来るから、
急いでリビングと客室を片付けないと！
今日はここまで。

じゃ、ね、まだね.[*2]

＊2
原文はメイイーが書いた間違った日本語

TO ミャオ

8月10日 深夜

オススメの経路で宇宙に行って、地球の外側に立って
わたしたちが住むところ —— 地球を見たよ。

ぼくはにぶいのかな？

（わたしは http://earth.jsc.nasa.gov/
から見た。こっちのが早いみたい。教えてくれた
アドレスは拒否されたので、少しは学習した
ところを見せようと、アドレスの後ろの方を消して
もういちど！ そしたらやっぱり成功！）

Taiwanも見に行った。それにNASAが書いたTaiwanの
説明をしっかり読んだ。「外国人が見た台湾」、というのは、
おもしろいね。

今日は一日、お義兄さんのおもてなし。リンさんは編集の
仕事でスタジオにこもりっきりだから、わたしも奥さんとして
がんばったわけ。幸い日曜日だったから、テレビ『スーパー
サンデー』[*1]を一緒に見て、あとはお茶とちょっとしたおやつを
出して、テーブルの上が「おもてなし」風になってれば、大丈夫。

＊1
『超級星期天』1994年より2003年まで続いた台湾の人気バラエティー番組。ハーレム・ユー（庾澄慶、ドラマ『流星花園～花より男子～』の主題歌を歌った）らが司会を務めた

静かなふたり
TV
テレビの音はうるさい

今日の特製ジュース
材料
① できあいの赤グアバジュース
② こんにゃくゼリー
③ 氷3つ

作り方

① ゼリーを四角く（ストローで吸える大きさに）切ってグラスに入れる

② 赤グァバジュースをグラスに注ぐ

③ 氷を3つ入れる

④ ストローを挿す

できばえ　できあがったジュースのピンクがとってもキレイ。
ストローを吸ったときの食感も
タピオカティーに似て、楽しい。
これならおもてなしにぴったり。

おやすみ！
明日は早起きして
朝ごはんつくらなきゃ！

Good night !

わたしのネームと愛用してるノート。

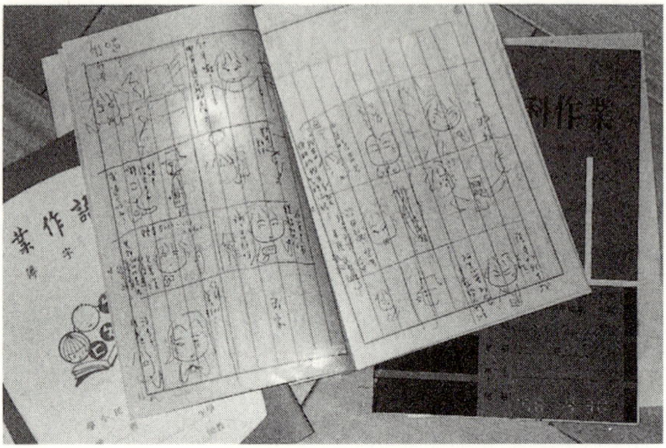

この写真を見たメイイーも「偶然！わたしも昔、
4コマのワクを描くのがめんどうで、小学校の算数の帳面を
ネーム書きに使ってた」だって。

つまり、できる人の考えることはやはり同じなわけで……
わたしなんか算数のはとっくに使いきっちゃって、
そのあとは余ってた国語、理科のノートも使って、
最後は自分の本の表紙[＊1]も同じようにしちゃった。

＊1
『春うらら日記帳』シリーズの表紙のこと。本文P96参照

To メイイー

8月10日

昨日は一日中忙しかった。義理の妹が結婚して、そのお相手が留学先のイギリスからわざわざ台湾まで戻ってきてそのご披露があった。今日飛行機で帰るんだって。お嫁さんは年末にイギリスへ引っ越すみたい。

お幸せに！

だからわたしも内心、イギリス旅行の可能性が、と期待……

わたし、なんてせこい

↑すぐ自分つっこみ

イギリスに行ったことがあるなら、どこかおもしろいところ、印象に残った場所を教えて！有名じゃなくてもいいから。小さな店でも、おもしろいところがいい。

さっそくこんな夢を心に描いた

* DREAM TIME *

うちの前は川が流れていて、だからリビングのソファーで横になると、
豪華客船に乗ってる気分〜。

↖時間があったら遊びに来てね！

ベランダ
（上を向いてるから、手前の道路が見えない）
よし！このままイギリスまで行くぞ！

To ミャオミャオ

8月11日お昼

ロンドンには2、3ヶ月滞在したんだけど、でも
あんまり出歩かなくて、よくぶらぶらしてたのはスーパー。
「Tesco」と「Sainsbury」、あと「Safeway」っていうスーパーに
一番よく行ったかな。
それにコインランドリーに行くのが好きで、洗濯機回して
座ってるあいだ、手持ちぶさたにぼさっと待ってるあいだ、
どんな人が洗濯しに来てるのか、彼らが何週間も溜めた
洋服がどのくらい汚いか……を観察してた。

あるとき友達がホームズの家☆につれてってくれた。観光客は
みんな、一階にあるレストランでアフタヌーンティーを楽しんだあと、
入場券を購入して二階にある、ホームズとワトソンの住まいを
見に行く。わたしたちはケチってアフタヌーンティーを飲んだだけ
だった。たしか16ポンド＊1
（当時で688台湾ドル、今は880台湾ドルかな）。

☆
ホームズの家は、
地下鉄
「Baker street」
駅のすぐ近く

＊1
2012年現在、日本円で2000円程度

差し湯
お湯
紅茶の茶葉
茶こし
角砂糖入れ
ミルク

紅茶を飲み終えたら、
ポットの差し湯を注ぐ。
差し湯の量は、ウェイターが
客の人数に合わせて
調整してくれてる。

茶こしをカップのうえに置いて、
お茶を注ぐ。
茶葉がカップに
入らないようにするため。

アフタヌーンティーセットを注文すると
イラストの紅茶のほか、スコーンが
ついてくる。ハイティーセットなら
(少し高いから)サンドイッチとかの
軽食が豪勢に出てくる

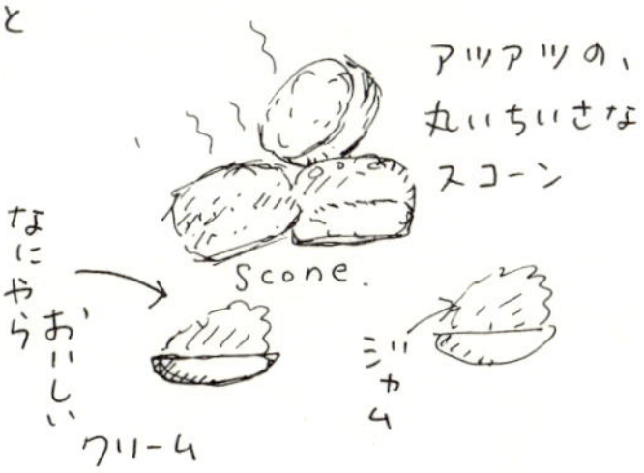
アツアツの、
丸いちいさな
スコーン
Scone.
なにやらおいしい
クリーム
ジャム

イギリス人のスコーンを見れば彼らがどうしてあんな太ってるかがわかる。

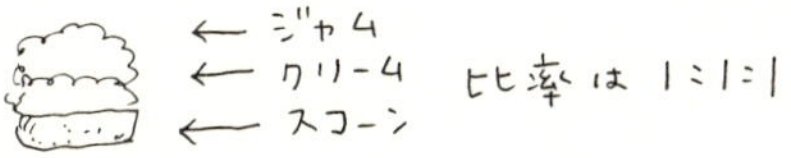
← ジャム
← クリーム
← スコーン
比率は1:1:1

スコーンと言えば、わたしが一番好きなのはHigh street Kensingtonの路地にある小さいお店で、安かったけど、できたてが食べられて、おいしかった。たった2.8ポンド(ま、2年以上前のことだから今はいくらかわからない)。
店には張り紙があって、こう書いてあった。「当店は新鮮な食べ物を売っています。ファーストフードは売っていません。」
つまり、手作りは時間がかかって当たり前。文句言わずにゆっくり待てよ、ってこと。
もしロンドンに行くなら、細かい住所を教えてあげるね。
書くと長いから。

朝、編集者から電話があって、「マンガを描いてる」
ところを撮影したいっていう取材依頼を知らされた。
はあー、まったく困る。わたしはどこでだって描くし、
でもそのどこも、本当はマンガを描く場所じゃないんだよね。

マンガ家の作業机はおもしろいはず、ってイメージが
あるんだろうけど、そんな期待されてるみたいなのじゃない
んだなー。

そういうマンガ家さんもいるだろうけど、わたしは違う。
だから結局断った。（載せてもらえなくなるのはしょうがな
いんだけど、記者さんの好意を断るのは申し訳なく思った。
この売上げ低迷のマンガ界のために、話題作りや
プロモーションをしてくれるのに、まさかマンガ家本人が
こんな非協力的だなんて……）

イラストにするから、
うちに撮りに来ないでね？

↑
ダイニングテーブル 兼 リビングテーブル
兼 ティーテーブル 兼 テレビ用机 兼
会議テーブル（旦那用）兼 マンガの作業机 兼
インターネット用……

8月11日

To メイイー

よく思うんだけど、人と人のつきあいが続かないのっていうのは、今の時代、みんな自分の殻が硬すぎるからじゃないかなー？だからちょっと当たるだけで、すぐ不愉快になる。

自分にはずっと、ゆずれない原則なんかないって考えてたんだけど、いろいろ思い返すと、克服できない性格上の欠点が自分にもたくさんあって、きっとそれが人の言う原則なのかもしれない。

最近、古い友人との間でちょっと不愉快なことがあった。長年の付き合いだったのに、わたしの原則と彼女の原則が、ぶつかりあってしまった。考えるとまだつらい。腹を割って話せる友達なんて、簡単にできるものじゃないのに、どうしてふたりともその一言を我慢できなかったんだろう？

タイトル 考える人
↑
自虐で笑い泣き。

この何年か、わたしの心は黄色信号

みたいな状態がずっと続いていた。つまり振り切れて赤にならないようにいつも自分で注意していて、でもすっかりリラックスできる安全な青にもなれなくって、ついにその日、コントロールできず、信号は狂った……。狂った——それは解放されたとも言えるし、混乱をきたしたとも言える。あるいは、なにかを失ったのかもしれないし、なにか手に入れたのかもしれない。小学校の授業を思い出した。内容はだいたいこんな——
「自由とは他人の自由を妨げない自由のことを言う」

難しすぎる！ 自由って……
↑
でもテストは百点だった。

自由

TO ミャオ

8月11日

早めのレスをば……
小学校のころの自由と大人になってからの自由は違うよね。
"自由"って、わたしも大好きなテーマだけど、だからって、なにか言いたいことがあるって感じでもない。だってみんなそれぞれ自由の定義は違うから。
思い出したのはなぜか22歳のころのこと。「自由」というものが、自分にとって意義を持つんだって初めて感じた、あのころ——

当時 わたしは、三人の新聞記者とマンションをシェアしてた。戒厳令が解かれたばかりの台湾は、社会運動が非常に盛んだった。ルームメイトの記者たちもいつも取材や原稿書き、討論に忙しく、夜遅くまで飛び回ってた。そんな雰囲気のなか、わたしは彼らからたっぷり影響をうけ、心が揺さぶられるような日々を過ごした。あのころわたしはロックレコード[*1]の下っ端コピーライターで、同僚たちはみんな『カミュの手帖』を貪るように読み、語り合っていた。その本はカミュが22歳から30歳くらいまで書いていたノートで、22歳だった わたしは、それをまるで聖書みたいにして読んでた。いまでも覚えてる。あの夜、ルームメイトがみんな寝静まったころ、小さな灯りの下でページをめくるわたしの魂を慰めてくれたカミュの言葉を。
例えば「フィエゾレ」最初の部分 ——「生命とは苦しいものだ。我々は永遠に行動と自分の人生観を一致させることができない（略）」当時貧乏で、しかも自分のことを鬱病だと考えていたわたしは、ほとんど涙がでるくらいに感動した。

そして最後の部分 ——「（略）昔ほど楽しくはなく、また昔ほどつまらないわけでもない。ぼくはようやく自分の力のありかを知った。ようやく浅はかさな自分を見限った。

＊1
滾石唱片　1980年設立の台湾のレコード会社。過去・現在の所属アーティストはエミール・チョウ（周華健）、リン・チャン（林強）、リッチー・レン（任賢齊）、ウーバイ（伍佰）、カレン・モク（莫文蔚）、レスリー・チャン（張国栄）、メイデイ（五月天）、チアー・チェン（陳綺貞）とキラ星のごとく

いまぼくの心には、自分を駆り立て、自分の運命へと
向かわせる 清らかな熱情がある」

いま読むと、ちょっと説教臭いし、教条主義的な気がする
けど、でもほんとうはそうじゃなくて（あるいは引用箇所を
間違えたかも）、わたしが感じたのはつまり「追い求める」
ことの力で、人とのあいだに起こった感情のトラブルなんか
うっちゃっておけばいい。現実生活のなか、「比べる」ことで
生まれたストレスなんか知らん顔してればいい（誰が
誰よりお金持ちだとか、キレイだとかそんなこと）。

自分の力は自分が自由のもとに選んだ運命に
捧げればいい。

ちょっと真面目にしゃべりすぎちゃった。
自分でもひいちゃう。

絶望したくなるようなこともときどきあるけど、
何日かすれば、また希望で満たされる。
例えば一番身近な人と、
一生そばにいたいって思うときもあれば、
二度と会いたくないって思うときだってある……。

ミャオ、一番必要なものはなに？

書きすぎたー。
なんか講演みたいだし
前後のつながりもないし。
わたしがなにを伝えたかったか、
わかってもらえるといいけど。
やりたいことはいっぱいあるから、
落ち込み過ぎないでね！

To メイイー

8月11日 5:25PM

メイイー、大丈夫。落ち込んではないの。ただちょっとつらいだけ。人って結局自分にしか興味が持てないし、自分の考え方や気持ちに合致するものだけに共感したり、刺激を受けて新しい発想が生まれたりするよね。例えば、わたしは宝石とか好きじゃないから、宝石が好きな人がなにを思って好きなのか、その魅力や価値もわからない。

だから、自分をつらくさせることや惹かれてしまうものって、自分がもともと気にしていたなにかだったりするんじゃないかな？
もちろんうわべだけ見ていてはたいていダメで、気をつけていればちゃんと原因が見えてきたりする。例えば、事情があって水商売をしている人も、必ずしも金儲けのためじゃなく、家族のためであったりして、その家族こそが、彼女の一番気にしてる存在なのかも。話がそれた。

だからきっとわたしも、自分の力を、自分が自由のもとに選んだ運命に捧げているつもり。自由の定義は誰しも違うし、自分の自由は自分のためにあるはずと（ほかのだれかも同じように自分のためにあるはずと）思っているわけで（だからわたしはこの話を始めた）、でもたぶんそのことで、だれかの自由を邪魔してるのかも。

それを知ってるからこそ、自分をいつも黄色信号の状態でキープするよう気をつけてる。ほどほどに自分の自由が守られ、また誰かが自分の自由を邪魔しない程度に。

「我々は永遠に行動と自分の人生観を一致させることができない」——『カミュの手帖』は読んだことないけど、この文章には感動した。わたしは、できるだけそれを一致させたい。たとえ一瞬だけ輝く線香花火のように、自分がなにかを追い求める力を「ちょっと」でも誰かに見せることができたなら、それが自分だもんね。

以上は個人的な意見であり、誰かの意見を代弁するものではありません。
確かに真面目だ。しょうがない、考える人を続けよう。
足がしびれてきた。

『カミュの手帖』が22歳のメイイーにとっての"聖書"だったなら、じゃあきっと、ワン・ディンジュン[*1]の本は、わたしにとっての"仏典"ね！

以前、なにかの番組に出たとき、司会者にワン・ディンジュンは時代遅れだ、とか言われて、でもわたしその場でなにも言い返せなくて。その後しばらくはくよくよ悩んだ。

素晴らしい作品は、時代遅れになんかならない！！

どうしてそう言えなかったのか！

わたしって反応が鈍くって、とくにマスコミ相手のときはいつもパニックになる。でもマスコミの人と接すること自体は嫌いじゃない。少なくともわたしには、普段できない経験と訓練の場だから。もう少し慣れて、ペラペラ自然に話せるようになれるといいけど。

＊1
王鼎鈞　1925年生まれの名エッセイスト。近作に『関山奪路』『葡萄熟了』など

↓

ただわたしの作業机を撮影するというのは、ちょっと……
「台湾怠け者図鑑」とか「超能力者スペシャル」
とかならなんとか……

↓

衝撃！20cm×20cmのスペースで
マンガを描く超能力者！？

ああ、また話がそれた。じつは何回も書きなおしたんだ。
わたしの言い分だけじゃ、フェアじゃないかもしれないし、
だから自分の考え方をちょっと書いて、
整理してみたかっただけなんだ。

一番必要なものはなに？かあ。じっくり考えたけど、
たぶん“安心感”じゃないかな？（今んとこ）
安心感って言ってもいろいろあるけど、自由に創作できる
空間は、安心感を与えてくれるし、
（創作そのものは安心感とは別ものだけど……）
健康な体も、安心感をもたらしてくれる………
………

（あ〜もう！
挙げ出したら止まらない。
どこにでも安心感が
欲しいわたし！）

メイイーは？
一番必要なものは
なに？

わたしは
もう大丈夫です。
↓
自然に、
自然に。

p.s.
すぐレスくれてありがとね。
考えてることをこうやって
語り合うのも悪くないね

8月12〜13日

きみのわくせいをくるんで
みちにそって
うまにのっていく きっぷはある
せいぎがみえるなら
デンマークをよろこばせるのもわるくない
こどくのほしは
きみのくちびるからとびたつ

TO 親愛なるミャオ

昨日はまたネットに完敗したよ。
悲惨。寝たのは5時だった
（今日もすごく疲れたから、いまやっとファックス書いてます）。
昨日はわくわくしながら、翻訳ソフトをダウンロードした。
だって外国の人のホームページってみんな英語で、
辞典をひくのがとにかく時間とるから、
ネットで見つけた。

あんたは要る子
こっちおいで

手早いし便利だと思って、「一括翻訳」を選択して一度に
ぜんぶ翻訳させたんだけど、そしたら英語の原文より
わかんなくなっちゃって。ところが、おもしろいのが出てくる、
出てくる。翻訳ソフトに詩みたいな文があらわれて、
わたしは夜中じゅう、そんな"詩"たちに夢中になってた。

前のページのは、わたしがネットからひろった言葉を、
ちょっと並べ替えたもの。詩人シャー・ユー[＊1]の味わいがあって、
（彼女はわたしが一番好きな詩人）
すごく気に入ったから、一番前に書いた。

このなん日か、いろんな人がうちに
泊まりに来たり、遊びに来たりして、
生活は華やぐし、気持ちは大歓迎
なんだけど、ちょっと仕事に影響が……。

作品を生み出すプロセスって、
静かでなきゃダメってことはないけど、
孤独はやっぱり、
絶対必要だと思う。
今日わたし、なにしたんだろ？
このファックスを送信すればやっとひとつ、
なにかしたことになる！

明日の朝は雑誌の撮影。
早起きして、お化粧して、ちゃんとした服着ないと。
目のくまが出ないといいなあ。

＊1
夏宇　1956年生まれの詩人。84年、私家版詩集『備忘録』でデビュー。ジミー原作音楽劇『地下鉄』でチアー・チェン（陳綺貞）が歌う楽曲にも詩を提供。近作は『詩60首』

To メイイー

8月12日 23:10 PM

商務出版から男女同権関連本の挿絵の仕事を受けたので、今日は内容に目を通した。おもしろかったのは「パワーハラスメント」の部分で、権力を持つものが弱者をおびやかす、男が女をおびやかす、大なる者が小なる者をおびやかす……たぐいの話。それでふっと思いついたんだけど、人が生まれつき平等ならば、どうしてわたしたちは英語ができることが優秀であることの証明みたいに思ってるんだろう。これも一種のパワハラじゃない？

いや、もちろん勉強はいいことだよ。でもつい悲観的に、「平等」ってまだまださきのことなんだなあって考えてしまう。「平等」という目標を持つことは、なにもしないよりずっといいし、そんな「理想」をまず教えておくことも、たしかにすごく大事なことだ。

↓
そこまでひどくないか。
「慎重に」くらい。

『星の王子さま』を読んだとき、ある場面で笑っちゃった ―― *2

『（トルコの）天文学者は、万国天文学会議で、じぶんが発見した星について、堂々と証明しました。ところが、着てる服が服だというので、だれも、その天文学者のいうことをほんとにしませんでした。（略）その天文学者は、

＊2
『星の王子さま』サン＝テグジュペリ著、内藤濯訳、岩波少年文庫版P26

1920年に、たいそうりっぱな服を着て、証明をしなおしました。するとこんどは、みんなが天文学者のいうことをうけいれました。』

だからさ、人間っておもしろいよね。

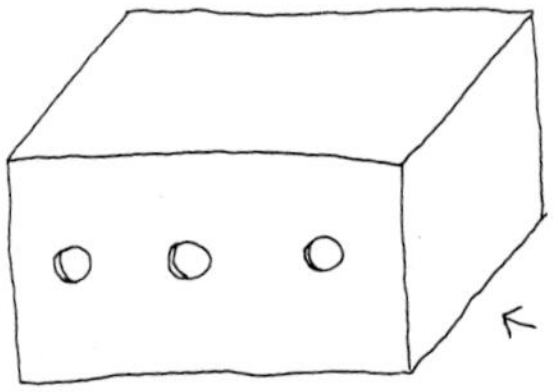

← 星の王子さまにあげる羊。

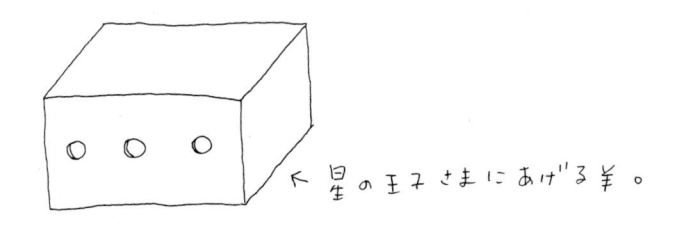

今日も出かけた。ライターさんのインタビューで、
どうしてマンガを描くようになったかをお話した。
この話はもう何回もしてるのに、毎回どこかしら辻褄があわなくて、でも最近やっと、自分の記憶が整理できてきた。それに、話しながら当時のことを反省したり、自分のことをもうちょっと深く理解したりした。

晩御飯なに
食べよう?
原稿袋
ついでに街を
ぶらぶら、
気分は上々。

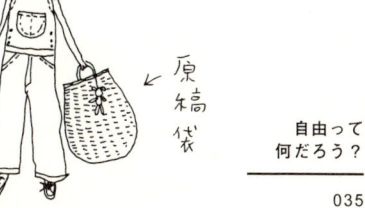

今日はそのついでに入稿してきて、
洋服も何着か買った。
できれば次に
誰かと会ったとき、
わたしが昔
服飾デザイナーを
してたことに、疑念を
抱かれないように
しないと……

↓

これ冗談ね。
星の王子さまの話にひっかけただけ。
面倒だし、人にどう思われてるかなんて、
わたし、できるだけ考えたくない。

↓

9月は日本へ行くし
ちょっと休憩したい。
この何ケ月、お疲れだから♡

↓

メイイー、前にどこかのお店で試着した服が
「特定」の体型に合うって言ってたけど、
どういう「特定」か思い出して、
ラフを描いて見せてよ!

TO ミャオ

8月13日 0時40分くらい

誰か日本に遊びに行くって聞いただけで、興奮してくる。
日本は本当に楽しすぎる。（ショッピングが好きなひとなら、
いつまでもショッピングしていられる街だし、風景を楽しみたい
ひとなら、交通もホテルも便利で、当然風景は美しすぎる。
懐かしいものが好きなひとなら、博物館や骨董が待ってるし、
新しいものが好きなら、それこそ数えきれないほど楽しみが……）
えっと、以上はけっしてなにか役立つ話じゃなくて、純粋に
個人的な思いをつらつら述べただけです。

もう少しましな
話をよろしく！

お尋ねの店はブランド名をbulle de savon*1と言って、
わたしは池袋PARCOの2階で買ったけど（西武と地下で
繋がったほう）、よそにもショップがあるはず。
どこに泊まるの？ なにして遊ぶの？
ではお金のあまりかからない、しかも見応えある場所を
お教えしましょう。

決定版！ 東京観光スポット

① 代官山　若い子だけじゃない。洋服を買うだけじゃない。
② 西荻窪　小さい街だけど、きっとそこに住みたくなるはず
③ 吉祥寺　夜、なんて言うんだろ。とにかくおもしろい。
④ ICC*2　できたばかりで誰も知らない美術館。
かっこよすぎる。

＊1
2012年現在池袋パルコにはなく、吉祥寺パルコ、原宿路面店ほか

＊2
NTTインターコミュニケーション・センター。P114参照

胸を叩いて保証します。

このプランなら
絶対
がっかりさせません。

P.S. 明日、ミャオも撮影？
15日はサイン会ね！
あのいつか「笑える」って言ってたスカーフ、
わたし、かぶってくね。

P.S.2.
さっきファックスしたけど、通じなかった。
ネットしてるでしょう？
じゃあ、お風呂さきに入るね。

P.S.3.
お風呂入って、洗濯して、それにテレビの
再放送も見ちゃった。1時30分

P.S.4. 花に水もやった
土もほぐした。
寝るね。

最後の送信。また明日。
2時25分

To メイー（わたくしも即レス）

8月13日 2:55 AM

わたしも明日、撮影（午後のスケジュールだけど、
たぶん早めに行く）。 → メイーは午前でしょう？
だから早めに行くよ。

もともと今回の東京行きは
例のケンカした友達と行くつもりだったけど、
しょうがないから別の友達と行く。
スケジュールはもう組んであって
（わたしが決めたんじゃないけど）、
でも教えてくれたスポットも行きたいなー。
だから、わたしがもともと行くつもりの
自由が丘（リピーター）以外のところも、
→ いま一番好きな場所
スケジュール次第で、友達と
別行動しようかな。

↗ やっぱりプリンスホテル
今回はやっぱりホテルに泊まるんだけど、
あー！
本当は民宿の雰囲気を味わいたい！
でもいつもいろいろ悩んだあげく
実現できないんだ。

↗ 明日の撮影のために悩むの巻
（エクステンデッドバージョン）

前回は鎌倉に行った。う〜ん、
もう一回行きたい！
別に大仏を見に行くんじゃなくて、あの辺は
おもしろい店（ちょっと日本風の店）がいくつかあって、
和菓子セットを出してくれるお茶屋さんもあるし、
日本茶は美味しいし、抹茶はキレイ。

そうだ、東京行くとき時間を決めて、あのウェブカメラの前で
立ってようか？そしたらメイイーも台湾からネットで、わたしの
ことが見れるじゃない？すごくおもしろいよ！（前言ってた、
フランス人かイギリスのおじさんみたいに？）
↑さっきわたしはブラジルまでネットで行ってきました。

P.S. 15日のサイン会、だれも来ないんじゃないかってもう心配で。
『怠け者JOさん』[*1]も刊行されてからずいぶん時間たってるし。
3時間もやるのよ！はぁ、心配したってしょうがないから、
スカーフ、楽しみにしてるね。

ベイビー、2時50分の寝姿

＊1
中国時報（新聞）連載の４コマまんが。同年４月刊行。原題は『懶人JO』

TO ミャオ

8月13日 9:30AM

いいよー！ 東京のウェブカメラの場所を見つけて、時間決めて、そこに立っててくれたら、わたし家でネット見て、写真も撮るから。おもしろそー！

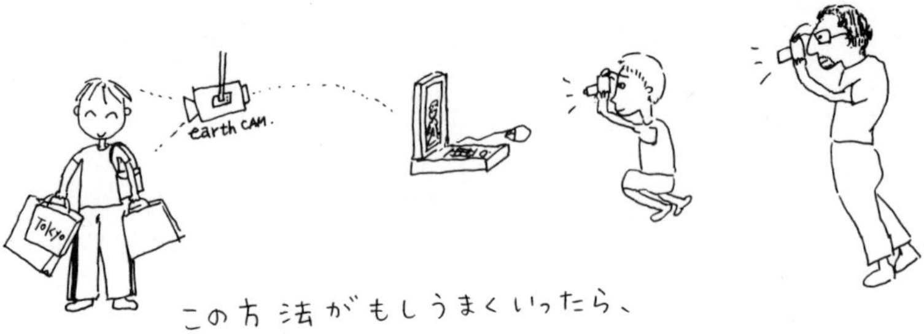

この方法がもしうまくいったら、
海外で留学してるひとなんかも、これで
お父さんお母さんや恋人に元気だって、
生中継で知らせられるね。

「自由が丘」はわたし、いつも行き損ねてる。「鎌倉」も、次に行きたい場所。
（鎌倉大仏の近くにあるビル［もうすぐ建て始める］は、わたしの親友の彼氏が設計してる。若いけど有能な建築家だよ。）
すごい！
だから次に行くときのために、
自由が丘と鎌倉の旅の秘訣を聞かせてね。

15日のサイン会は、いとこたちが屏東《ピントン》*1県から遊びに来る。その子たちに何回も列を作らせて、サクラさせる予定なのでそっちにも並ばせるよ。わたしもサイン会が一番嫌い。わたしたち芸能人じゃないんだからさー。芸能人だったら事前に告知もたくさんして、イベント向けに周りが盛り上げてくれてるけど、わたしたちは体ひとつで参加するだけだもの……。

＊1
台湾最南端の県、高雄市と接する。映画『海角七号——君想う、国境の南』の舞台でビーチリゾートの墾丁《ケンティン》が有名

万一盛り上がらなかったら、ふたりでおしゃべりでもしてようか。
そうか、3時間もあるんだ。おやつ持ってくから、
一緒に食べよう。

P.S. 昔、歌手のサイン会をやったときなんて、500人並んでても
サイン自体はマックス40分くらいで終わっちゃう。
そしたら白けるわ、気まずいわで、当の歌手は
宣伝担当たちに囲まれてさっさと帰っちゃう。

♪ 炎天下

なんかの
募金？
誰も並んで
ないじゃん
かわいそう！
このひとたち
誰？

To メイイー

8月13日 21:53 PM

今日の撮影はやっぱり
尋常ならないくらいに苦痛だった。
ついつい結婚写真のときの苦痛を
↓ 思い出してしまった。
詳細は『怠け者JOさん』をご覧ください
↓
汚なっ！どさくさにCM！

笑って！
自然に！

と言われてたしかに笑ったんだけど、それはカメラマンのシャオマオの動きがまぬけだったから。0.01秒しか許されないわたしのわずかな笑顔（シャッターチャンス）を逃さないため、イメージもへったくれもなく奮闘してくれた。（シャオマオ、ありがとう……）

そのついでに証明写真（日本行きビザ用）も撮って
今日はほんと、撮影三昧だった。

→ひとつ前の

昨日（というか今朝早く）、ファックスを送信したときに窓の外を見たら、MRT淡水線*1の列車が止まってた。午前3時だよ？しかもそこに駅はない。車内の明かりがこうこうと光って、銀河鉄道？って空想しちゃった。もしかしたら、善良な人びとを乗せて夢の世界へ、宇宙の旅へつれていってくれるんじゃ……。よくよく考えるとわたしってホント、妄想癖がすさまじい。

そのあと寝た。→

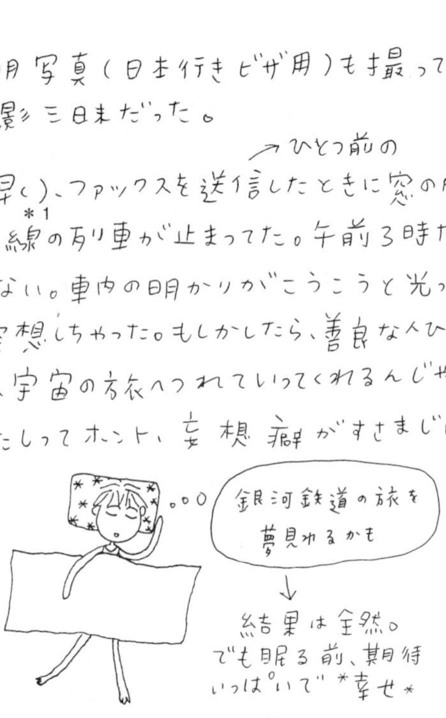
銀河鉄道の旅を
夢見れるかも

↓
結果は全然。
でも眠る前、期待
いっぱいで*幸せ*

＊1
MRTは台北の地下鉄。淡水線は台北郊外の淡水駅から、ターミナルの台北駅を経由して中正紀念堂駅とを南北に結ぶ路線（イメージカラーは赤）。現在は新店線と直通運転。民権西路駅より北は地上路線

TO ミカオ

8月14日 夜中3:20

いまは2:30AMです。ひと眠りして、やっとファックスを書く元気がでた！ 今日はたくさん話しすぎて疲れたよ。いっつもこう。わたしのまわりのこと（外的環境）に神経質すぎる。
多人数のなかにいるといつも、トークを少しでもおもしろくしなきゃって、どんどん話題を提供したりして、もし会話に沈黙が生まれようものなら、わたしがつながなきゃって気負っちゃって、自分でも疲れる。そのくせ家に帰ったら、しゃべりすぎたって後悔する。

もっと鈍くていいんだ、っていつも反省する。例えば友達同士しゃべってて、ふいに沈黙が訪れたって、そのままでいいのに。会話のムードを全部自分のせいにして、ピリピリしてるのって、なんだかバカみたい。
それにもう少し外の環境に鈍くなれたらって思う。慣れない状況や、真面目くさった局面で、自分も一緒にかしこまって、カチカチになることもないんじゃない？って思う。自分が固くなったら、ほかの人まで緊張してきて、居心地わるくなるよね。

でも、もしかしたらこれも、自分のことだからそう繊細に感じてるだけで、人様から見たら、そうは見えてないかもしれないけど。

前に言った、わたしの作業机を撮りたいっていう記者さんとは、最初喫茶店で会うことにしてたんだけど、取材時間が午前10時で、よく行くコーヒーショップは11時半開店。35台湾ドル 約100円 の安い喫茶店は行けないし（人が多すぎるし、知り合いの店でもないのにカメラ向けられてるわたしって、変すぎる）。
しょうがないから、家をぐわっと整理して（もう今日はホントに疲れる）、あとは明日（14日）の記者さんの来訪を待ちます。

→→→3:20ファックス届かず。→→→また拒否られた ↺ 朝、もう一回挑戦します→→→

To ミャオ

グッドニュース！ 取材終わったよ！

朝ごはん食べに行きます！（とうに12時過ぎてる）

訊かれたこと
① 作品のテーマは？
② アイデアはどこで浮かびますか？
③ 創作のプロセスを教えてください
④ どうやってマンガ家になったか教えてください

答え
① 生活
② 生活のなか
③ 生活とほぼイコール
④ 生活費が足りなかったので
（なってもたいして稼げてないけど）

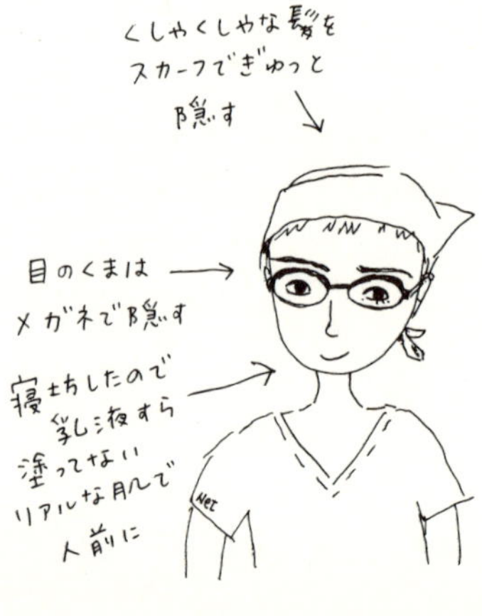
くしゃくしゃな髪を
スカーフでぎゅっと
隠す
目のくまは
メガネで隠す
寝坊したので
乳液すら
塗ってない
リアルな肌で
人前に

テレビにも流れるというので、
左のようなかっこうをしました。
しかもペラペラしゃべりました。
答えは簡単・簡潔だけど、
たくさん使ってもらえるように、
たくさんたくさんしゃべった。
自分でもなに言ってるか
わかんない瞬間も
あったけど。

TO メイイー

8月15日 3:50AM

夜中旦那*1が、時報出版から来たファックスを手に訊いてきた（寝てたのに）。

↓ だいぶ前のファックス

「明日のサイン会、どの新光三越*2？」

↘ 明日じゃなくてもう今日ね。見たら南京西路店じゃなくて、一瞬事態を飲み込むことができなかった。そのとき古畑任三郎の音楽が流れてきた。家のテレビでドラマ『古畑任三郎』がやってたから。

心の声ー「あれ？わたしどこでサインするんだっけ？」
部屋で聞こえる声ー「便利な世の中になりましたねえー。いまはなんでもファックスで送ればいいんですから」（古畑）

わたしはだれ？
起こされたばっかでー
古畑任三郎です

それからもう眠れなくて、しょうがないから、えいやって仕事を始めた。ついでに『古畑任三郎』のことを考えた。これはわたしが一番好きな日本のドラマのひとつで、古畑は嫌なヤツだけど、脚本の巧みさのせいで、憎らしいどころか彼のことを好きになってしまう。

（彼は頭がよくて、神経が細くて、食い意地がはってる）
↓
欠点があってむしろ人間らしい

↓
（食い意地がはってて、
揚げ足取りが上手いから、
新聞の誤植をみつけたらすぐ投書する。
なにかっていえばクスクス笑って、ぶつぶつ言ってる）

しかもストーリーは本当にしっかりしてて（推理モノだよね）、すごく素敵なドラマ。わたしは第一シーズンのが第二シーズンより好き。

↓ 好評だったので、続編を撮った。

脚本は三谷幸喜。

*1
ミャオの夫、ホンさんはマンガ家の洪正輝。1993年デビュー。著作に『異点』など

*2
新光三越は台湾を代表する百貨店。台北市では南京西路、台北駅前、信義、天母に店舗がある。1991年日本の三越との合弁で設立

今日はずっと忙しかった。朝マンションを下りてって花に水をやるついでに朝ごはんを買いに行ったら、ひとりのご婦人にこのあたりのマンション価格を訊かれた。がんばって知ってることを教えてあげて、そのひとの家族構成まで訊いちゃった。

まさか。
わたしゃ、うわさ話が
大好きな
おばちゃんですよ
水やり用
夏休み？
学生に見られただけマシか。
うんざり
結婚してますよ。
主婦です
じゃあ
旦那様とお子様と
一緒に住んで
らっしゃるの？
まだ生んでないです。
見ればわかろう。
やっぱり
うわさ話好き

なんとも、まったく……

午後、雑誌社のSKyが電話かけてきて、イラストの直しがいつまでかかるか訊かれた。"赤いカプセル"[*1]がSKyの隣で写真を選んでるって言うから、かわってもらって、少しおしゃべりした。お互いマンガや創作への考え方とか、将来の方向性のこと、それから全然他愛のない話まで。人様の電話だなんてすっかり忘れてた。

＊1
紅膠囊　マンガ家。1998年『紅膠囊的悲傷一號』でデビュー。近年は画家としても活躍。ドラマ「イタズラなkiss（台湾版）」にも出演

それから旅行会社から電話があって、証明書類をいつ出せるのか訊かれた。
で、またおしゃべりしちゃって、つまりやらないといけない仕事があるのをわかってて、逃避してたわけ。
だって普段はおしゃべりがさほど好きでもなく、
ほとんど自分の殻に閉じこもってるくせに、今日はだれとでも、
他愛もないことをどんどんしゃべって、仕事に向かいたくなかった。

P.S. メイナー、本のなかで「自然は無敵」って書いてたよね？
だからさ、おしゃべりしてるときに、自分のせいとか考えなくていいよ。まあクリエイターの神経はちょっと過敏だからね、
しようがないといえばしようがない。

※昨日は、
しゃべりすぎた。

To ミャオ

8月16日深夜 1:30

サイン会が終わって、
旦那のとこ行ってカギ貰って
（出かけにわすれた）＊1
スタジオでしばらく待たされて、
それからご飯食べて、また
撮影メンバーとまざって
打合せして……
終わったのは 10:55

全身の装備を解除したのは、夜11時。
今日はほんとうにあわただしくて疲れた。

（まあここ何日かは ホント ずっと
疲れてて、あとで“当帰《とうき》、黄耆《おうぎ》、
枸杞《くこ》、杜仲《とちゅう》”の漢方薬で、
気を補うスープを作って、飲む。
体調ととのえなきゃ。

→さっきお風呂して気づいたけど、シャンプーも
フェイスソープもない。一滴もね。
タオルもカスカスだし、歯磨き粉もあと
数ひねり。忙しさも、日々の生活も
立ち行かないレベルまで来ると、悲惨。
旦那？ 彼は もっと 忙しくて もっと 悲惨。
寝る時間もないし、歯ブラシもって
編集スタジオで暮らしてる）

＊1
台湾のマンションの玄関は自動ロックが普通

ウェブカメラのホームページにこんな文があったよ。英語から直訳するとこんな ——
「パイル生地よ、あの絵画委員会とあの頭脳センターを保有する
中堅企業は、オフィスの怠け虫どもを監視し続ける」

超クールな詩！

To メイイー

8月16日 12:35 PM

昨日、サイン会が終わってまっすぐ家に帰りたかったけど、たまたまファーさん*2の車に乗せてもらったので、ついでに南京西路の新光三越に寄って、チャリティーオークション(白血病にかかったマンガ家、シュー《徐娟》さんのための)会場にいる、旦那のホンさんやそのほか熱心なマンガ家さんたちの顔を見てきた。
ところが、そこでファンと会っちゃって、またサインした。
↓
顔を覚えちゃいそうなくらい熱いファンたち

そのあと百貨店が閉まるまで、マンガ家や東販マンガの編集長(みんな古い知り合い)とお茶飲みながらしゃべって、11時半にやっと家に帰りついた。

TV
ベイビー どこ?
片付けたいが もう気力がない…
1998年8月15日 23:40 PM 実況中継

家のなかはもうぐっちゃぐちゃ。ここ何日は、ゴミも出してないし、洗濯もしてない。ほどほどの汚さで「キープ」することすらできずに、
→ 取り返しがつかないくらい汚くなった。
勝負する?ぜったいわたしが勝つね。もう普段着の着替えがないくらい。

*2
発哥(葉順発)
マンガ家、イラストレーター。近作に『天才阿諾(天才犬アーノルド)』シリーズなど

最近わたしがすごく欲しいもの。

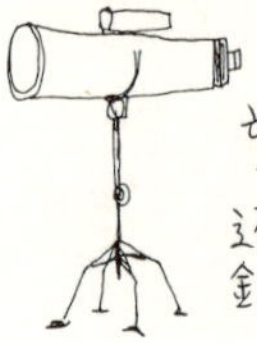

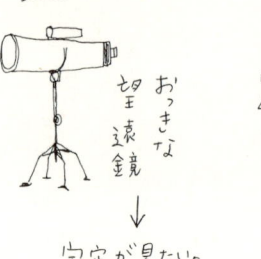

おっきな
望遠鏡

↓

宇宙が見たい。
星や月が。それから
予想外のものを発見
できるか……な？

ポラロイド
カメラ

↓

現像とプリントが
面倒なフィルムの
要らない、
自分にしか撮れない、
思いのままのショットを
その場ですぐ
見ることができる。

ドリル

↓

万物は材料なり。
これさえあれば、
なんでも自分で
日曜大工できる。

緊急　臨時ニュースが飛び込んでまいりました。
おもしろい！洗剤メーカーのCMだって……

「ルインスキーの着衣にこびりついたクリントンの精液も確実に洗い流し、検出されることはありません」

↓

なかなかいいアイデア。もし関係するひとや道徳の問題を考えなければね。

おかげでアイデアと道徳について、少し考えさせられた。

↓

アイデアはもちろん
制限されない
ほうがいい

↓

道徳は時代の変化にともなって変わっていく
（例：「女子は無才にしてすなわちこれ徳なり」
はもう通用しない）

昔、同僚で、大自然の美しい写真を撮ってるひとがいた。でも
彼自身はとても偏った、心の狭い男だったから、わたしは
彼の作品を心から楽しむことができなかった。

→ 業界ではすごく評価が高かったけど

うん！これはまた暇なときに考えよう。

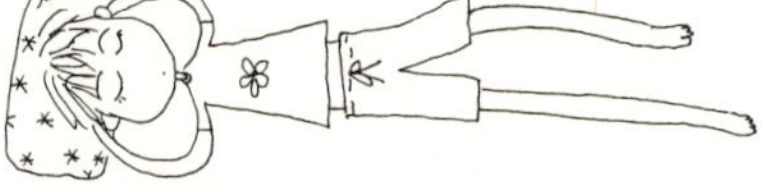

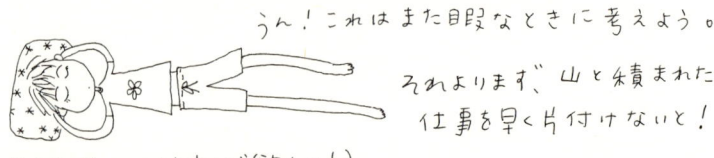

それよりまず、山と積まれた
仕事を早く片付けないと！

① 洗濯（いい洗剤が欲しい！）
② ゴミを（少し）片付ける
③（本当の）仕事!!!!!

ミャオ！
今からファックス
するよ。
早く見てね

ファックスは"靴の山"の頂にある。ダンボールで作った靴入れはなかなか堅牢で、写真の、光ってるスニーカーは97-98年ころお気に入りだったやつ。

To ミャオ

8月16-17日

ミャオが欲しいもの、わたし、みっつのうちふたつ持ってる。

ポラロイドとドリル。

ポラロイドのフィルムって結構高いから、あまり撮らない。
ドリルはIKEAのカーテンレールを買ったとき、壁固定のためにわざわざ自分で買った。

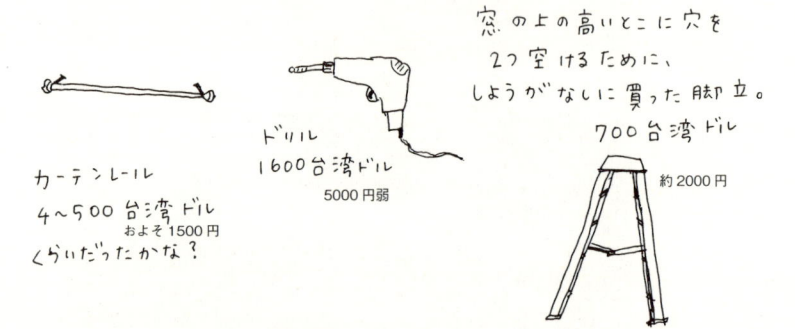

カーテンレール
4~500台湾ドル
およそ1500円
くらいだったかな？

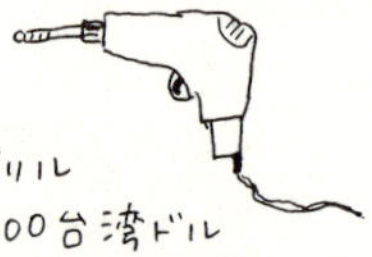

ドリル
1600台湾ドル
5000円弱

窓の上の高いとこに穴を
2つ空けるために、
しようがないに買った脚立。
700台湾ドル
約2000円

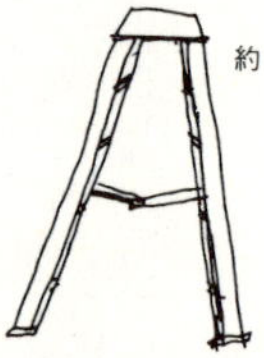

このあと、ドリルは友達に2回貸しただけ。
脚立はベランダでホコリをかぶってる。(自分では二度と使ってない)
じゃあそのカーテンレールはどうなったか？

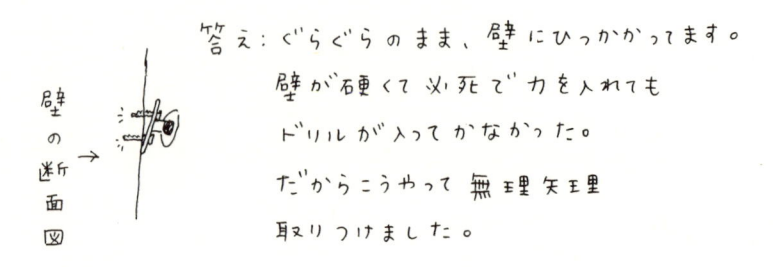

壁の断面図 →

答え：ぐらぐらのまま、壁にひっかかってます。
壁が硬くて必死で力を入れても
ドリルが入ってかなかった。
だからこうやって無理矢理
取りつけました。

アイデアと道徳について。私の考えは——
受け手は考えすぎないでいい、制限を設ける必要もない。でも作者は（アイデアを考える人は）、自分がなにをしてるか自覚してないと！

（作者）
人と作品は分かつことができないと思う。わたしはいつも作品から作者の気持ちや意図を汲み取ろうとする。もしその人の素地みたいなのがわかればその作品の好き嫌いはもっとはっきりする。

そうだ、ミャオのこれには賛成
——「これはまた暇なときに考えよう」
他人のあらをさがすヒマがあるのは、創作にがんばってない人だから。自らどんどん生み出してる人は、他人の悪口をそんな簡単に口にしないはず。

夜のしじまに、倍増する反省力

今日の生活についてご報告いたします——

全然眠れなくて この時間

PCノートね

8:30に起きてすぐネットを始めて、フリーズするまでネットしてて、気づいたらもう午後1時。お昼はできあいのものを買って済まそうと思ったけど、路地の屋台だとあまりにも適当すぎると思い直して、スパゲティを買って家で作った。食べ終わって2:30。3時から5時にまたこんどはMacがフリーズして（この子はホント体が弱くて……、お医者に診てもらわないと）、イライラしちゃって、シャンプー買いにいって、帰ってまたずっとテレビ見て……、なんて覇気のない生活。　さあ、がんばらないと!!!

神様、もう少しだけ元気をください

緊急告知　早く、国興テレビのTVチャンピオンを見て！室内インテリアコーディネート王選手権だから！ミャオ、きっと好きだよ！あと民視テレビでチュー・バンフー[*1]教授のインタビューがやってて、すごくいい（勉強になる）。

＊1
朱邦復　1937年生まれのコンピュータ研究者。中国語・漢字変換入力ソフト「倉《そう》頡《けつ》輸入法」の開発者

TO メイイー

8月17日

本当は、昨日はしっかり仕事しようと思ってたのに、姉が訪ねてきて、ついでにわたしのパソコンにソフトをインストールしてくれて、ほかにネットからなんかダウンロードして、それからテレビ見て、

ダウンロードに2時間もかかって、
途中2回落ちて、結局やり直し×2して、
もう血い吐きそう。

ゴミだけ出して、水やりして、それ以外はなにも。
仕事
わ、わたしって……

半分書いたとこで、メイイーのファックスが届いた。
わたしもちょうど今日のTVチャンピオンのこと書こうと思ってた！
すごくおもしろい！ こうしてわたしは本日も、白旗をあげた……
どの口が言う！

わたしはずっと、インテリアと内装のことが好きで、もしそれが苦手な友達がいたら、もうニコニコ顔でお手伝いする。方眼紙に平面図書いて打合せして、家具を買いに行くのを付き合って、もしこれが商売になるなら（内装工事はなし）、やりたい！*1

うちは内装するとき、ぜんぶわたしが絵に書いて親方と話したんだから！ でも、いろんなことが起きた。だって親方って実は、わたしのいとこで、いとこといっても結構年齢差があって、彼からすると、派手で凝ってないと"美"が感じられないらしく、前の部屋のときは、

玄関から見れば
普通だったんだけど……

＊1
台湾のマンションは中古も新築も、内装は購入者が自分でデザイナーと業者を雇って行うのが普通

なかに入ったらびっくり仰天。

別の角度から

この ロフトの出っ張りに
派手な壁紙が貼ってある！
豪華！わたしのイメージ
とは真逆……

そして二回目、つまり今住んでるここだけど、やっぱりいとこに
お願いして(親戚だからねー。なんのかんの言ってもまかるしねー)。
ただ今回は口が酸っぱくなるほど、「地味」にしてって伝えた。
地味であればあるほど、シンプルであればあるほどいい。

玄関から入ってまず、わたしは部屋を間違えたのかと思った。

素晴らしい。
白い壁の真ん中に
スリットみたいな窓が空いて、
なにもかもわたしのイメージ
通り。でも、いとこの本来の
スタイルと全然違うから、
部屋を間違えたのかと思った。

奥に入ればやはり
驚きのキラキラが！

これがいとこのアイデア。
縁に貼ったアクリル板に
半球ガラスがひとつひとつ
埋め込んである。

わたしは一瞬言葉を失った。いとこは言った。
「ほら！いい出来だろう？施工例の写真撮ったから、営業に使わせてもらうよ」

あ……、あんちゃん、
しっかりした材料だねー
すごくもちそう
50年使っても大丈夫だわ
当たり前さ、絶対もつね！

その後、タイルを買いに行ってテレビ台の上に貼った。本当はガラス玉をはがして、そこにも貼り付けようと思ってたんだけど、ちょうどいい幅のがなくて、それきりになってる。まあ見慣れてきちゃったこともあって、それに今回は、（全体としては）ホントよくなったからね。あんちゃんが本領発揮したのは、このテレビ台だけだった。

あんちゃん よく辛抱してくれたね……

父さんから借りたやつ

9時過ぎ

引っ越しのあとインテリアを考えるのは、面倒だったけど楽しかった。ある夜、ドリルで穴を開けたくなって、旦那には止められたんだけど、どうしても我慢できずにわたしはドリルのスイッチを入れた。そうして穴を空けてたら、マンションのあちこちからドリルの音が鳴りだした。新築マンションで、住民はみな最近引っ越してきたばかりだったから、たぶんどの部屋も家具の取り付けやなんかで忙しかったんだろう。だからわたしのドリルが合図とばかり、一斉に作業を始めて、にぎやかったらありゃしない。ギュンギュン穴空けて、トントン釘打って、カンカン木を組んで……。それから何日か後、散歩の途中で枯れ木を拾って壁に打ち付けた。
まるで壁から生えてるみたいになって、しばらく自分で悦に入ってた。

カリカリ

ところが何日かして、枯れ木のなかに虫がいることに気づいた。中から、カリカリと木をかじる音がする。だから一回木をはずして、壁と木の間に鉄板を敷いてつけ直した。最近音がしないから、死んじゃったのかも。

今日は太陽が出たとたんすぐ集中して、スパートして仕事した。
だから早めに今日のファックスを送信します。もう1:35。
少し寝ます。おやすみ！

天才 教授
柳澤の生活
読んだことある？
おもしろいよ！
メイイーは寝る前に
本を読む習慣ある？
わたしは気軽なマンガ
か推理小説
↓
（これは最近の趣味）

From がんばらないと！のメイイー　　8月18日 深夜

To スパート中のミャオ

そうか日本に行く前に、本のイラストの仕事があったんだね。
8月末までは忙しいよね。がんばれ！間に合うといいね。

日本での楽しい旅行を
心にイメージして、9月まで、
あとちょっとだけ辛抱ね……
日本

最近ずっと、東京の通りにあるウェブカメラを探してるんだけど、全然見つからない。東京タワーはあったけど、あとは北海道とか京都しかなくて、そこじゃわたしたちの計画が実行できない。変ね。東京って先端都市じゃないの？

昨夜のファックス四枚を見て思った。わたしたち、似てるところが本当にたくさんあるね。実は昔から、いて座の人とは全然性格が違うなあって（わたしはおうし座）思ってて、実際、接する機会もなかったし、あっても話が合わなかったけど、ミャオのおかげでいて座の人とうまくやってく自信が持てたよ！でもわたしの方も変わったのかもしれない。だから、前よりいろんな人と接したり、付き合ったりできるのかも！

わたしとミャオが違うのは、わたしは家を買ったことがないし、だから内装がいったいどういうことか知らない。でも一年中引っ越ししては部屋を借りて、って状況だから、インテリアとか家具の配置とかにはそこそこ経験がある。

うちはあちこちに、マッチしてない家具と各種のやっつけ配置が
あふれてる。

リビングにはテーブルが3つあって
ひとつめは黄色の大きなテーブル。
りこさんが撮影の大道具で使った

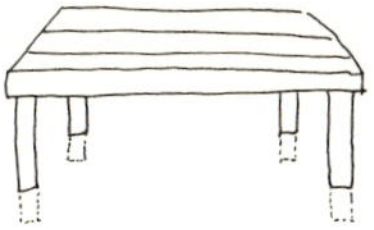

もので、すごく高かったから（1万台湾ドル《約3万円》）もったいなくて、
撮影のあと家に運んできてそのまま使ってる。
撮影の都合で長めだった脚を、あとで自分でノコギリで切った。

さらにソファーを上げ底して、
下図みたいに

ふたつめのテーブルは、小型の"元"ちゃぶ台で、
三年前に買った。三回の引っ越しのあいだに

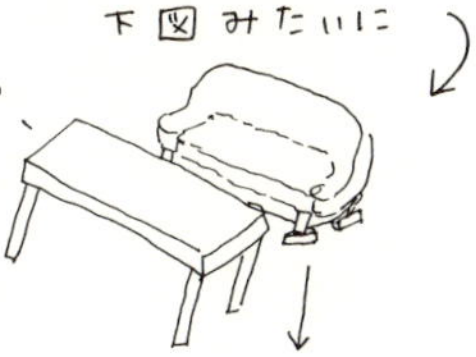

上げ底して、
ソファーと机の
高さを合わせた。

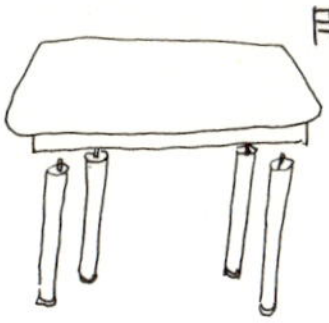

用途は旦那の煙草机から、
ティーテーブルとなり、もともと
短かった脚も、IKEAの
長い脚に取り替えられて、
今は壁際に寄り添うように立っていて、ウォーター
サーバーと各種茶葉、器が置いてある。

みっつめはもともとリビングのメインテーブルのつもりで買ったん
だけど、でも、ひとつめの黄色に取って代わられてしまった。
これは折りたたみ式なので、いまは部屋の隅にくっついて、
片付けられない雑なものが上に置いてある。

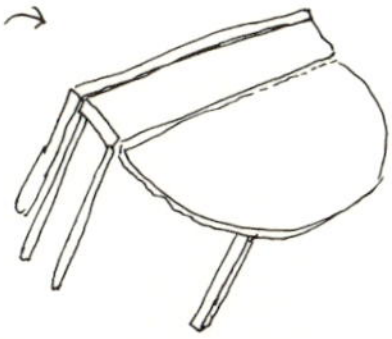

←こっちは開く。
片付け先が思いつかないものを
とりあえず置いてある。

うちに来るお客さんがみな口々に感嘆の声をあげるのが、
テレビ台。もともと3000台湾ドルの洋服ダンスで、
約9000円
それを横に倒した。

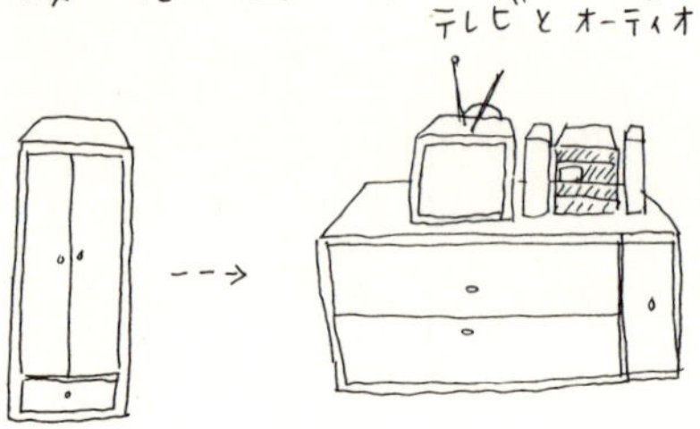
テレビとオーディオ

大きさ、高さともに
申し分ない。
でも最近テレビの
重さに負けて、
崩壊の恐れも……

また別の親しい友人がいたく感心していたのがわたしのベッド。
わたしと旦那のやつ！ 今んとこ、ふたりはシングルベッドで寝てるの。
去年（結婚して二年たったある日）ベッドの足が壊れちゃったけど、
いまだにそのマットで寝てます……。

もしダブルに変えると、次の
引っ越しで面倒だし、しかも
布団やカバーも全部買い替え
だから、予算オーバー
しちゃうしな――

わたしはこれまでずっと、「マイホームのため、一生汗水たらして働く」っていう、
"大人"の当たり前を拒否してるの。人生で一番輝かしい日々を、
雨風を凌ぐだけの殻（建設会社によってはひどいのもあるし）
のためにすべて犠牲にしたくない。でももっといいところに住みたい、
っていう大きな夢はやっぱりあって、深い褐色の部屋が欲しい！って、
いつも思い描いてる。
フローリングのおっきな

青春を犠牲にしなければならないとき、自由を犠牲にしなければならないとき……、あるいはこの何年かうちにそんな大人としてテストされるようなときが、
わたしと旦那の前に、避けられない運命としておとずれるのかも……

行きたいときに海外に行けない、仕事だって休めない。
銀行にも気を使わなきゃならない……そんなこんなで気づいたら
5、60歳になってて、膝が痛くて、五十肩がつらくて……って、本当、
わたし、人生には相当悲観的なのです。

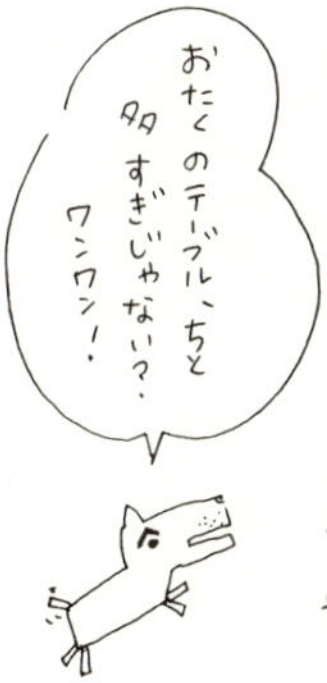
おたくのテーブル、ちと
多すぎじゃない？
ワンワン！

FROMに「がんばらないと！」って偉そうに書いてたくせに、またつい悲観的になって、むなしくなってこんなこと書いてる。ミャオは20×20《cm×cm》の空間で描いてるって言ってたでしょう？ それで何冊も作品を完成させたんだから、わたしなんか大小3つもあるのに、こんな愚痴ばっかり言っちゃいけないよねー。
やっぱりがんばらないと。

P.S. だれかの家のインテリアや家具の配置を手伝うって仕事、できるんじゃない？ わたしも好き。
もしかして新しいビジネスになったりしてね。
あさって、またこのこと書くね。今日はこれまで。

おやすみ
コロコロ
移動式デスク

8月14日 4:00 AM

FROM いつも自分に甘いミヤオ
TO 立ちあがりつつあるメイイー

いつからいつまでに、何を完成させてっていう工程表はとっくに作ってあったけど、いまとなってみればそれは、どの原稿が先送りできるか考える参考資料みたい。

日本行きのことを考えるだけで、ちょっと焦る。

本当に行ける？
間に合う？
仕事

この何日か、こっそり東京のウェブカメラを見てた。前にどこかの駅前にあったのを覚えていたからだけど、でもちょっと見つからないね。そうやって何度もネットを覗いてると罪悪感でいっぱいになって（仕事はかたわらに放ってある）、だからちゃっちゃと調べてすぐ閉じた。でもたしか「雷門」にひとつあったはず。また探してみる。あったら教えるね。
（最近、新しいブラウザを使ってるので、ニューヨークのあの電話ボックスのカメラも、前よりスムーズに見れる）

昨日届いたファックス見て、大笑いしちゃった。だから仕事は後回しにして、先にファックス書いてます。
いて座のひとびとがメイイーに……？そんな困らせちゃった？
わたしはたぶん月星座*1がおうし座のせいで、意外と実務的なんですよ。
へんな言いち。

星座でひとつおもしろいことを思い出した。前に大塊《ダークァイ》出版に頼まれて「星座でバッチリ！毎日コーデ」みたいな本のイラストを描いたことがあった（正確な書名は忘れたけどだいたいそんな名前）。

＊1
通常の「星座」が生まれたときに太陽が位置した星座を指すのに対し、「月星座」は生まれたときに月がどの星座があったかを表し、潜在的な性格が占えると言われる

だからその本は5、6回読んだ。そのうち一番"同情"したのはさそり座で、月星座がみずがめ座の人。だってまずさそり座の「真面目できっちりした」人が、みずがめ座の「大胆な変化を求める」性質と混じったら、もう矛盾しちゃって、結局、オススメのコーディネートは「男装」だった。（たしかに"きっちり"した"変化"だけど）。もう笑いすぎて同情しちゃった。

わたしは星座にはさほど詳しくないけど、いまもある服飾メーカーとのコラボ案件で、星座Tシャツを描かないといけなくて、星座のことももう少し勉強中。
だからこれも最近の悩みのひとつ。

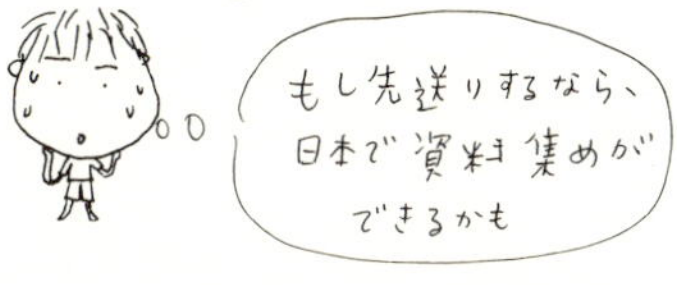
もし先送りするなら、
日本で資料集めが
できるかも

20cm×20cmの広さの作業スペースってのは単に自業自得で、要は普段から整理してないから、仕事のたびにいちいちスペースを「押し広げて」、やっと作業を開始できる。
実際テーブルはそんな小さくない。テーブルと言えば、今使ってるのはどれもIKEAで買ったやつで、最初3台買って、ひとつは自分用、ひとつは旦那用で、もうひとつは今パソコンが置いてある。パソコン置いたらちょうどよかったんだよね。

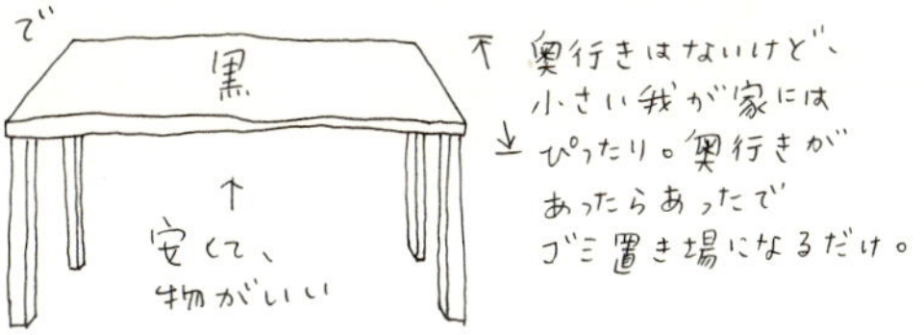
黒
安くて、物がいい
奥行きはないけど、小さい我が家にはぴったり。奥行きがあったらあったでゴミ置き場になるだけ。

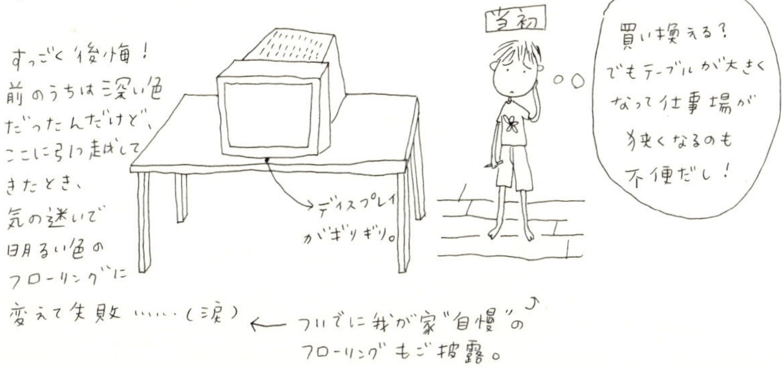
すっごく後悔！前のうちは深い色だったんだけど、ここに引っ越してきたとき、気の迷いで明るい色のフローリングに変えて失敗……（涙）
ディスプレイがギリギリ。
当初
買い換える？でもテーブルが大きくなって仕事場が狭くなるのも不便だし！
ついでに我が家"自慢"のフローリングもご披露。♪

テーブルに戻って

だから自分で日曜大工して、キーボード＆マウスを収めるこの素敵な移動棚を作った。おかげでテーブルも買い替えずにすんだ。

板が素っ気なすぎたので、マーカーで絵を描いた。
パソコンデスクみたいに可動式。

神様、わたしに才能を与え過ぎないで
完成したとたん、調子に乗ってんの。

作り方

①まずスライドレールを買います（よく引き出しに使うやつ）

金物屋のおじさんに言えば出してくれる

いろんな長さがあるけど、一番短いので大丈夫。

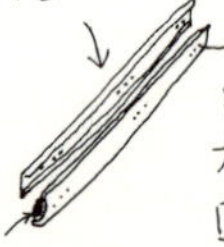
穴がある。
ドライバーとネジで、木製の机なら固定できます。（金属だったらドリルで穴をあける）
滑車がある（絵は片方だけ。左右ひとつずつ買う）。

②木の板を買いに行く。（木材屋で買う。代行カット可のお店で）

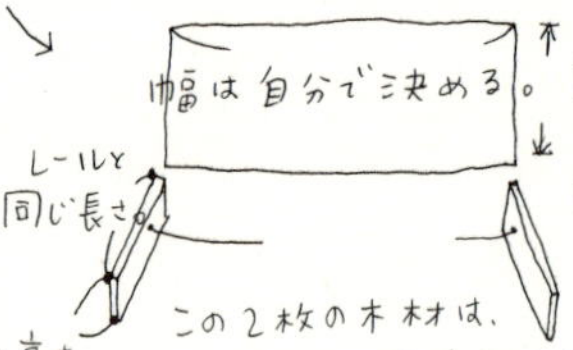
幅は自分で決める。
奥行きはレールと同じ長さ。
レールと同じ長さ。
キーボードの高さに遊びを足して。

この2枚の木材は、もとのテーブルに固定するためのもの。この高さが、テーブル天板と可動板の間の隙間になる。それが十分でないとキーボードが入らない。

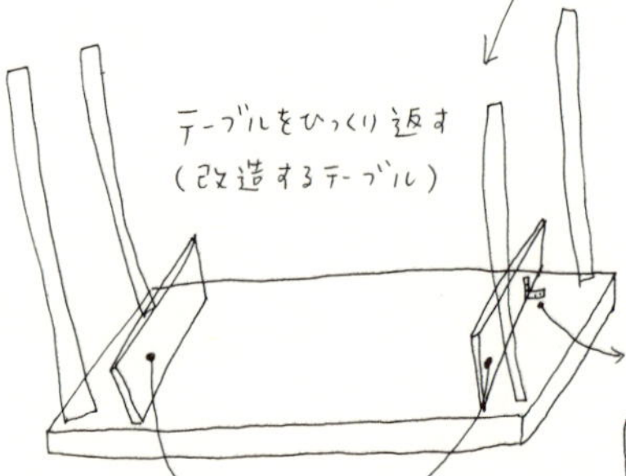
テーブルをひっくり返す（改造するテーブル）
L字金具で補強
金物屋で買える。
先にこの2枚の板を固定する。距離は、可動板の幅に2組のレールの厚みを足したもの

ネジで止める。

←当然金物屋で売ってる。

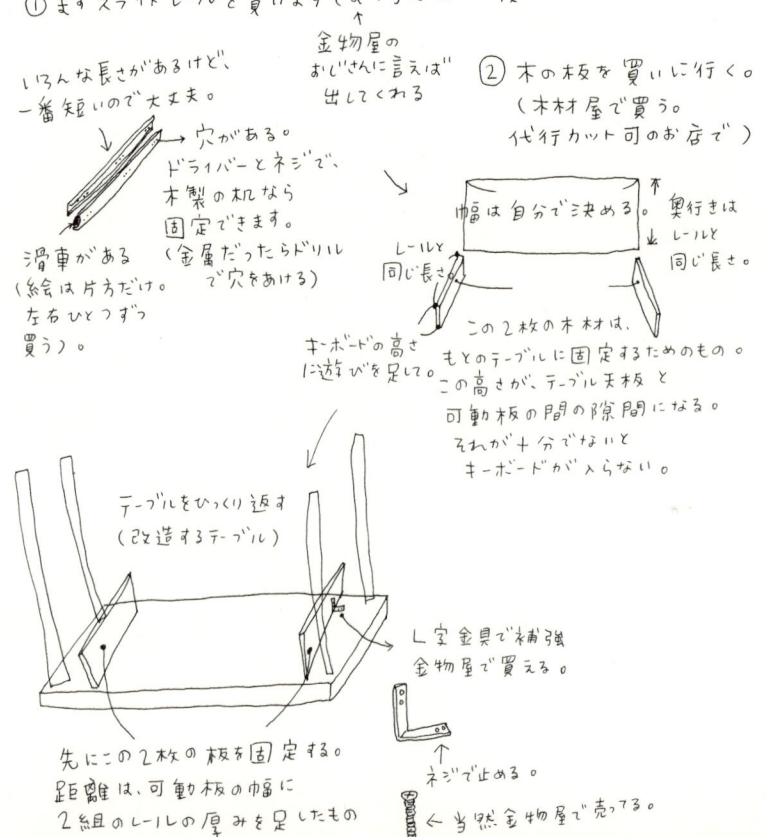

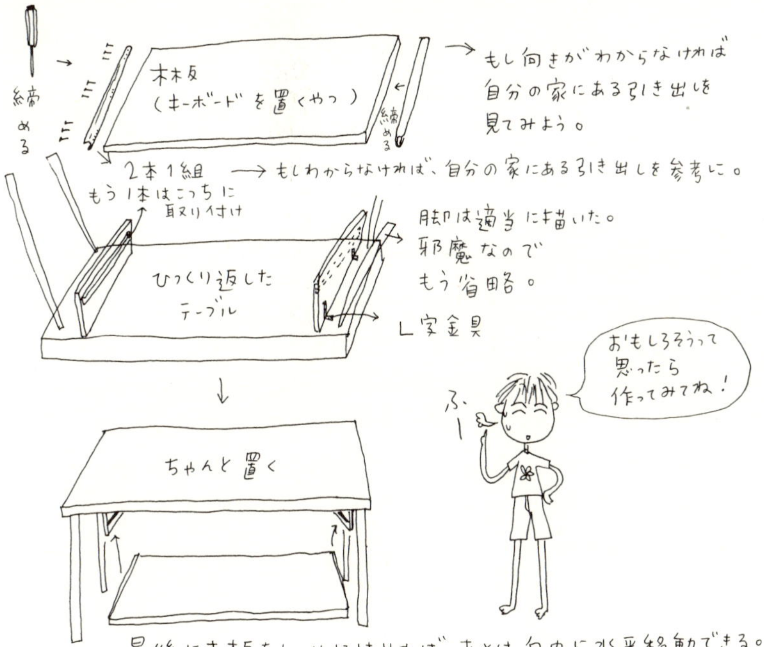
締める
木板
（キーボードを置くやつ）
締める
もし向きがわからなければ
自分の家にある引き出しを
見てみよう。
2本1組
もしわからなければ、自分の家にある引き出しを参考に。
もう1本はこっちに
取り付け
ひっくり返した
テーブル
脚は適当に描いた。
邪魔なので
もう省略。
L字金具
おもしろそうって
思ったら
作ってみてね！
ふー
ちゃんと置く

最後に木板をレールにはめれば、あとは自由に水平移動できる。

前にお客さんおもてなし用ジュースを教えてくれたから、机の話が出たついでに、実用的な日曜大工のやりかたでお返ししました。パソコンのキーボードを置くだけじゃなくて、普通のダイニングテーブルにもあれば便利。

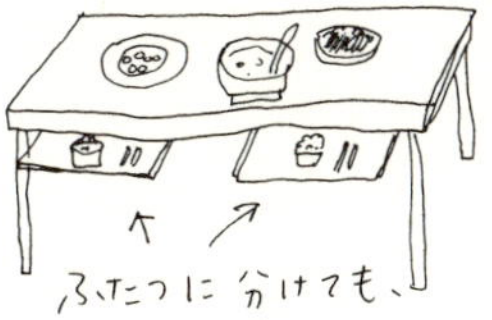

ふたつに分けても、
長いの1枚でもどっちでもいい。
もし木の板は美しくないと思うなら、タイルを敷いてもいい（タイル屋にある）。
好きな木目シートを貼ってもいい（木材屋にある）。もちろんペンキを塗ってもなかなかいい。

終了！

ごきげんなうちに、
とっとと仕事に戻ります。
名残惜しさはつきませんが
また明日。

"テレビ台"
はお見事でした。

From　一日中ぼんやりのメイイー　　　　8月18日夕方

TO　朝4時から仕事開始のミカオ

「だれかの家のインテリアや家具の配置を手伝うって仕事」だけど、
なんか名前つけたほうがいいよね。
例えば「自宅美学コンサルタント」「空間活用コーディネーター」
「インテリアマジカルプロダクション」……

お客様（営業対象）①→内装にあまり大きなお金を
かけられず、揃える家具の予算もほどほどに
抑えたいご家庭（単身者、シェア可）

② 長年同じ家に住んでいるうちに、神経が麻痺してどう
片付けたらいいかわからなくなってしまったご家庭
（単身者、シェア可）

③ マンションは買ったけど、新しく家具を買う予算がなく、
それまで使ってた古い家具のまま、部屋をいい雰囲気に
したい方
ぼろい

目標、スローガン

① 予算を半分に節約して、なお満足いくお部屋・
インテリアにします。

② 自分のアイデアを生かした部屋でくらしたいあなたに。

③ 面倒な大規模工事は不要。小さな工夫で快適なお
部屋に。

④ 週末2回（計4日間）で夢を実現。

業務内容

Cランク／（デザイナーが）現場視察ののち図面作成し、お客様と話し
合い、お客様の日曜大工にアドバイスをいたします。

Bランク／Cのサービスに加えて、日曜大工を代行します。
ペンキ、家具改造、設置……などもお任せください。

Aランク／一部工事（壁工事以上は含みません）の監督業務

お任せあれ!

及び家具の選定・購入・設置、
室内空間の配置、
雑貨小物類の選定など。

まったくえらそうだ ワン!

以上です。
子供のころ、図工の授業が楽しかったことを
思い出したよ。

昨日の狭い机、あのサイズってわたしも好きで、学生のころ、
木製のをオーダーメイドで作ってもらったことがある。狭い部屋に
置いても圧迫感がないしね。
わたしはわざわざ脚を短めに
注文した。将来勉強机が
要らなくなったら、お茶飲ん
だり、おしゃべりするときに使えるように。屋外で鉢を置いてもいい。
いまはキッチンで調理台になってる。ただ材質がイマイチで、
上にビニールの布がかけてある。

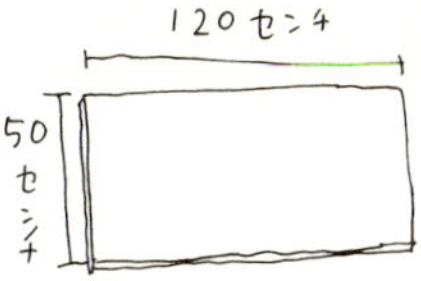
120センチ
50センチ

高さは67センチ
当時のオーダーメイド
の製作費は
350台湾ドル
およそ1000円

ミャオ! やるねー!
スライドレールで引き出しまで
作って! メイイーは布を
かけただけ
小さい机を選ぶ気持ち、
わたしもよくわかるよ!

もう少ししたらトニーって男の子が来て、うちのパソコン(例のMac)を直してくれる。
最近、パソコンを寝室に移動させて、それは寝室にクーラーがあるからっていうだけの理由なんだけど、修理の男の子を寝室へ入れるのは、なかなか気まずい。連絡して旦那を帰ってこさせて、あとベッドと洋服を片付けないと。

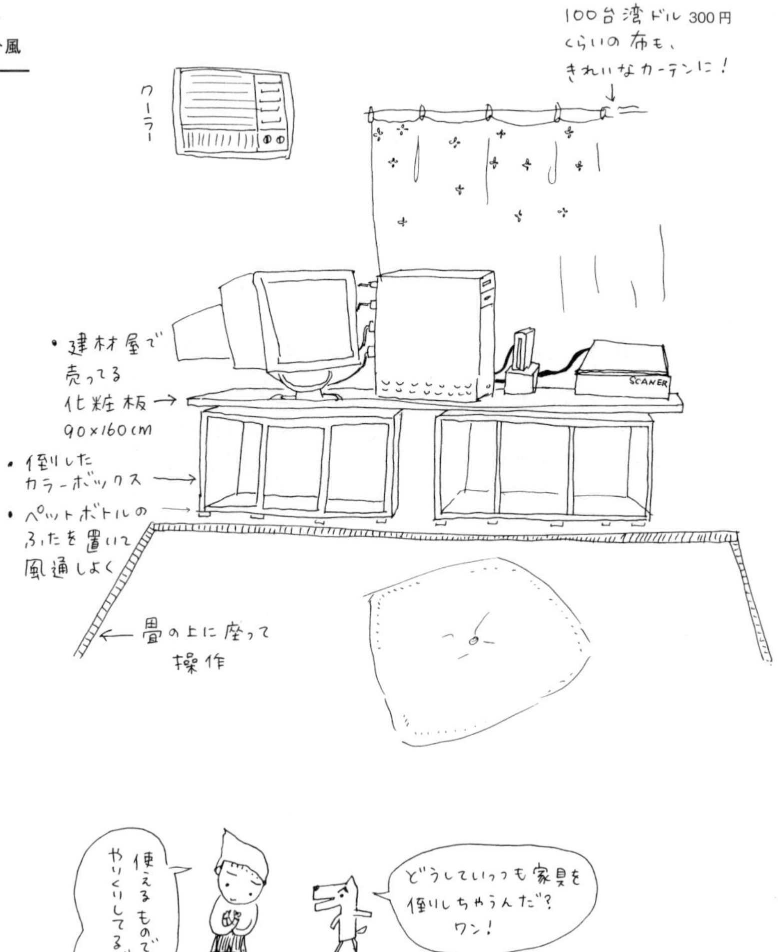
100台湾ドル300円
くらいの布も、
きれいなカーテンに!
クーラー
SCANER
・建材屋で
売ってる
化粧板
90×160cm
・倒した
カラーボックス
・ペットボトルの
ふたを置いて
風通しよく
畳の上に座って
操作

使えるものでやりくりしてるだけよ!
どうしていっつも家具を
倒しちゃうんだ?
ワン!

From　仕事やる気なしのミャオ　　8月18日20:40PM

To　すぐ家具を倒しちゃうメイイー

今日の週刊時報《台湾の週刊誌》の取材を受けてるとき教えてもらったんだけど、メイイーは金曜日（21日）なんだってね。はは、わたしたちの新刊プロモーション期間ってこんな長かったっけ！？（メディアってどうしてわたしたち二人をセットで取材するんだろう？）記者さんには来週水曜日うちへ来てもらって撮影することになってるんだけど（おもに仕事場ね）、メイイーは喫茶店にしたんだってね（喫茶店でいいならわたしもそうしたのに！　あーあ、もう遅い！　わたしはまた大掃除だわ）

大好物の“あの”話だけど、じゃあまずこのマンションを買った話をしようか。うちは風景がいいって言ったけど、買うときもそれが決め手で、だからこのつらいローンを背負う気になった。でもある日（きっとなんかでくじけた日だったんだろう）、ふいに、この部屋がわたしの美しき墓標に見えてきて、むなしくなった。実際にはそこまで悲惨じゃないけど。部屋はこんな小さいし、毎月のローン返済額だって言うほどしんどくない……。

自分でもなにを言い出し始めたのか、またどうやって収拾をつけたらいいかわからないという。ま、自分の部屋だから心置きなく、じっくり手を入れられるし、日曜大工で改造もできる。部屋は大きくなくていい。住むに足りればいいんだ。
（ここまで書いて、また基隆*1の土砂崩れのニュースが流れた……）
→崖地には絶対住めないわ。危険すぎる。

＊1
基隆（キールン、ジーロン）は台湾北部の港湾都市。廟口《ミャオコウ》夜市が有名。雨が多い

この部屋を買うとき、親や姉弟はみんな賛成してくれた。
なぜかと言うと、わたしって貯金できない人で、稼いだら稼いだだけ使っちゃうような生活してたから、もしマンションを買えば、ある種強制的にお金（ローン分）を貯めるようになるわけで、自分でもたしか同じように思った。

我が家のカーテンも自分で縫ったんだぜ！

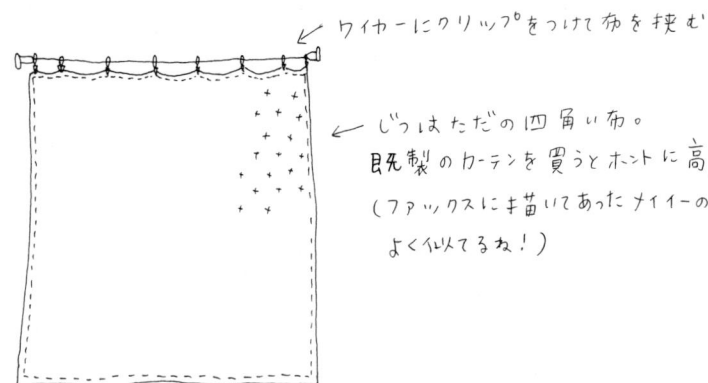

ワイヤーにクリップをつけて布を挟む

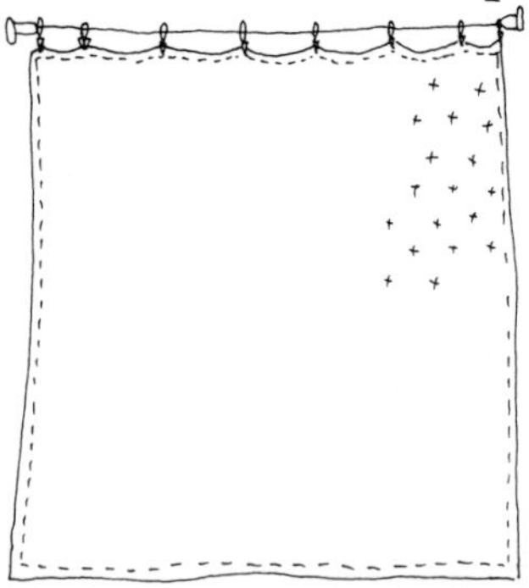

じつはただの四角い布。
既製のカーテンを買うとホントに高い。
（ファックスに描いてあったメイイーのと
よく似てるね！）

今日の取材の帰り、MRTの駅から歩いてくる途中、
だれかの家の前に机が置いてあった。

形は昔風だし、全体に
レトロチックなんだけど、
捨てたのか、それとも？
↓
欲しいんだよね。
古いものが異常に好きな
わたしとしては。

観音開きの大同*1テレビ覚えてる？ なんと旦那の家にまだあった。

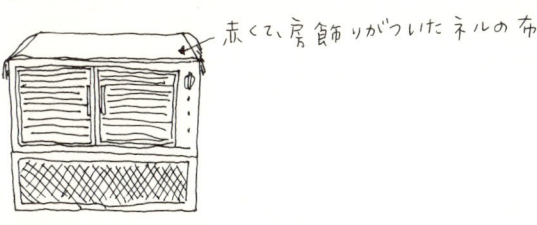

赤くて房飾りがついたネルの布

古いダイヤル式の黒電話。わたしんち今でも使ってます。
(旦那の実家からパクってきた)
もうダイヤルはできなくて、
かかってきたときにしゃべる専用。
声がすごくでかい

でもこうした古い家具から、わたしが学習した極意とは――
「たくさんはいらない」。現代の家具をメインに、レトロなものを
アクセントとして組み合わせることに(効果的な)美がある。
いまの部屋の家具の配置をしていたころ、水がめを買うつもりで
鶯歌《インガー》*2に行った。

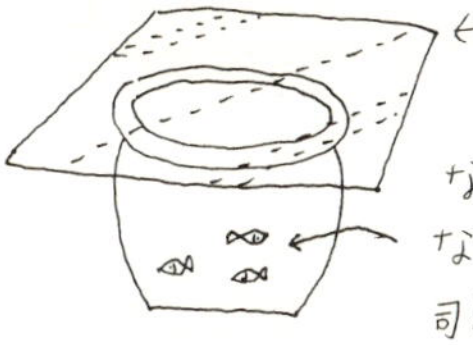

←上にガラス板を置けば、
リビングテーブルにも使える。
なかも改造して、魚を飼ってもいいし、
なんか変なものを置いたっていい。
覗きこんだ人がわっと驚くようななんか。

でも一緒に行った姉に、頼むからやめてくれとさんざん説得
されて(電車だったから)、しょうがなしに陶器の洗面器を
ひとつ買って帰った。 抱えて持ち帰るのは無理

それで心の隙間を
埋めようと思った。

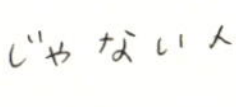

今は地球儀の下
に置いてある。

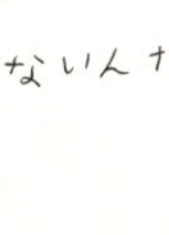

鶯歌だけど、ここすごくおもしろいところで、あるお茶屋では試飲
の器をそのままただでもらえる。 しかもぜんぜん変じゃない。
でも陶芸品が好きじゃない人には、たぶんつまんないんだろう。

＊1
大同《ダートン》は1918年設立の総合電機メーカー。とくに「大同電鍋(万能炊飯・煮込み機)」は、今でも台湾の家庭・飲食店に必ずあるロングヒット商品

＊2
台北郊外の焼き物の町

わたしって本当に面倒くさがりで、くさすぎて鼻が曲がりそうなんだけど、でも興味があることなら、どんな苦労も惜しまないたち。日曜大工にしたってそういうこと。

だからインテリアとか家具の配置とかは好きなのに、整理整頓(した状態をキープするの)は苦手で、どの棚も、開けるなキケン。

これも一種、アンビバレントな精神性じゃないかと。
↓
バッグもそう。

わたし、畳がすごく好き!でも今は猫がいて、引っかかれちゃうから、諦めてる。

楽しくってしょうがない。

p.s. もし「自宅美学コンサルタント」が開業できるなら
木工を習いに行きたいな。
↓
社会がもっと進歩して健全になってけば、
こんな変な職業でも生計たてれるよね?

もしかすれば?

From アレルギー鼻炎のメイイー

8月19日深夜

To やる気なしじゃだめよ、ミカオ

うちのMac坊ちゃんの症状は、どうやらよりやっかいだったらしく、トニーくんの手持ち道具で足らず、テスト用のマザーボードとCPUまで取りに行く始末。でもこのたびわたしは、ついにパソコンのなかがどうなってるか理解しました。
パソコン人生における偉大なる一歩。

CPU
Ram
マザーボード
ファン

トニーくんが検査してるあいだ、わたしはすごい向上心で、根掘り葉掘り訊いた。

この線はなに？
電源ケーブルです
地べたに座ってパソコン修理をするのは初めてのトニーくん

熱心に観察しすぎたせいで、パソコンのマザーボードにたまった2、3年分のほこり（ダニという見えない敵）に、鼻をやられて、鼻水とくしゃみがとまらない。

ハクション
ハクション

そうそう修理を始めようとしたときブレーカーが落ちて、コンセントに電気が来なくって、しょうがないから隣の部屋から延長コードで引っ張ってきた。もう大変だったよ。

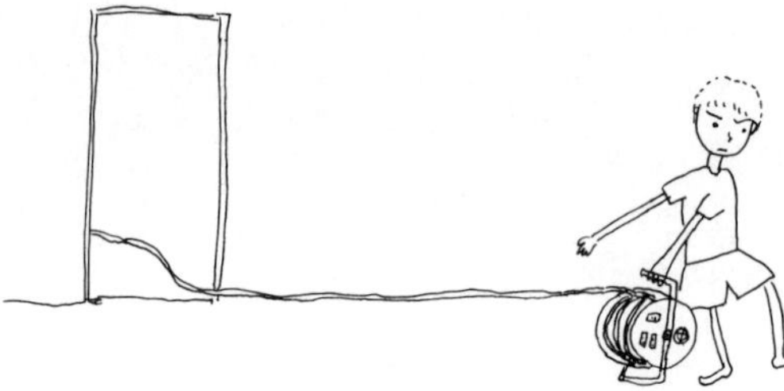

我が家のスーパー延長コード（業務用）

トニーくんの修理はすごく時間がかかって、わたしは疲れて眠くなってたんだけど、元気を振りしぼって彼とのやりとりを続けて、どうにかこうにか修理は12時に終る。
帰りがけ、トニーくんはわたしのノートブックに目をとめ、わたしもうっかり「これも止まってる」と言ってしまい、Macだけじゃなく、PCも修理できる仕事熱心なトニーくんは言った。

見てあげますよ
ありがとう
心の声
あ！それはもういいから！
お見送りの態勢のまま。
動きが鈍い！
ほとんど靴を履いて帰る寸前
はやく靴を履いて、帰りなさい！ワン！

こうやって今晩もなにもできないまま、ただ2台のパソコンをぼやーと見ただけ。
トニーくんにお茶とジュースを出しただけ……。

From ニャオ To メイイー

8月19日 16:30 PM
↑
これは最初に書き終わった時間

さっきメールをうたないといけなかったから、我慢できずついネットもしちゃった。東京の"Web View Tokyo"を見つけたよ！ ＊1
www.x-zone.canon.co.jp./WebViewTokyo/
新宿、原宿、銀座……東京の有名な通りが見られる。
↓
竹下通りもある！

竹下通りを見てきたけど、おもしろかった！でもカメラの下で"待ち合わせ"するなら新宿だよね（新宿に泊まるし）。
→ だから「shinjuku alta」のカメラを見てみて。

もし本当にライブ映像だったら、ここで"待ち合わせ"しよう。
映像を見たら、なんか大きい店があって、見つけやすそうだから
ここでいいよね！
↓
1階、間口も広いし。
~~ビルの上におっきい街頭ビジョンがあるし。~~
↓
いや同じビルなんだろうか？

先に見てみてね（Mac坊ちゃん病気治った？）。

p.s.
それからまたネットで見てたんだけど
あのお店はSTUDIO ALTAといって、
上に街頭ビジョンがあって、
ライブ映像で間違いない。
現地の時間が出てたし、今この時間は
もう街の灯りが点いてる。
カメラは角度調整やズームアップもできる！
試してみてね！

あぶね
さすがに自制心が芽生えてきて、ネットもそれほど長くは……

17:50 PM

＊1
現在は閉鎖

汚いから見ないで!

写真のまんなかの、テレビ台になってるのが洋服ダンス。
本棚その他に置いてある小道具は、リンさんがMVを
撮影するときに使ったもの。賃貸だから金具も
打てないし、絵やポスターはぜんぶテープで貼ってある。

TO　ミャオ

8月19日

今日は悲惨な一日だったよ。この**悲惨**は、ちっとも誇張じゃなく、わたしは本当にくじけた。本当にうちのめされた……。Mac坊ちゃんの病気がかなり重いってご報告したけど、マザーボードがダメだったって、今朝トニーくんからファックスが来た。（てっきりミャオからだとワクワクして見たら）見積書で、マザーボードの交換に28,000台湾ドル、出張作業費に2,000台湾ドル、つまり合計で**30,000！**
約10万円

わたしは今月、少しお金を貯めようと頑張っていて、服も買わず、おいしいところでご飯するのも我慢して、暑くても喫茶店に行かず……って、これほど倹約してるのに、この大出費。ダメージが大きすぎる！くやしー！

悲惨な一日はまだまだ続きます。

そのあとすぐ出かけなきゃならなかった。どうしてかっていうと、プロモーションの仕事が昨日入って、「仮装大賞」*1の台湾地区予選に審査員で出演することになったから。本当はテレビって出ないようにしてるんだけど……（だって物笑いのたねになるから。ミャオもテレビに出たら［出たことがあるなら］わかる。これ以上は言わない）
でもわたし、『仮装大賞』がずっと、すごい好きで、我々台湾人がひねり出すアイデアがどんなものか見てみたかったし、だからちょっと自分へのルールがゆるくなっているところで、やっぱり本が出たからね、多少は宣伝しないといけないって思ったんだ。それにいつも自分の殻のなかに閉じこもってるのもよくないから、心をオープンにしようと考えたわけ。だから「自然は無敵！」って心に刻んで、自分の弱点に向かい合ってみようって……

＊1
『欽ちゃんの第55回全日本仮装大賞』のこと。この台湾地区予選を勝ち抜いた3組が東京の本戦に参加

製作サイドに出演OKって伝えるとき、以前、レコード会社で
プロモーション担当だったころの警戒モードがふっと戻ってきて、収録
時間はどのくらいか（深夜まで押したら、めちゃめちゃ疲れるから）、
服装やメイクはどうするか、自分は発言する必要があるか、
参加しないといけない演目があるのか……
を全部大丈夫と確認したうえで、安心して行くことにした。

だいたいこんな感じ ↘

番組に合わせたメイクをしていただきます。
収録は午後1:00から4:00。
審査員なので、感想を言っていただければ……
会ったことない人
派手な格好は勘弁してくださいね。芸能人ではないので。時間通り入ります。ふいに気の利いたコメントは出せないから、講評はなしにしてください。じゃないと出ません……

さあタクシーに乗って、悲惨な運命の始まり！ 家→スタジオ。
タクシーで370台湾ドル《約1100円》。ついたらメイクルームはもうスタッフと
スターたちでごった返していた。座るところがなく（どこか座ると
スターに譲れと言われる）、すみっこに突っ立ってた。やっとだれかが
この「マンガ家」に気づいて（この肩書には永遠に慣れない）、
メイクの場所を空けてくれた。

メイク室
借りてきた猫のようなわたし
鏡のなかで孫悟空と皇帝がパンツ丸出しになっていた……

＊1
デュマの同名小説の主人公。イザベル・アジャーニ主演で 1994 年映画化

＊2
黄薇　タレント。ファッション美容のカリスマ

＊3
苦苓　作家、タレント。現在は国立公園解説員

＊4
TOKYO D.
1994 年台湾でデビューし、人気を博した日本人ダンスグループ

＊5
歪哥（張永正）
お笑いタレント

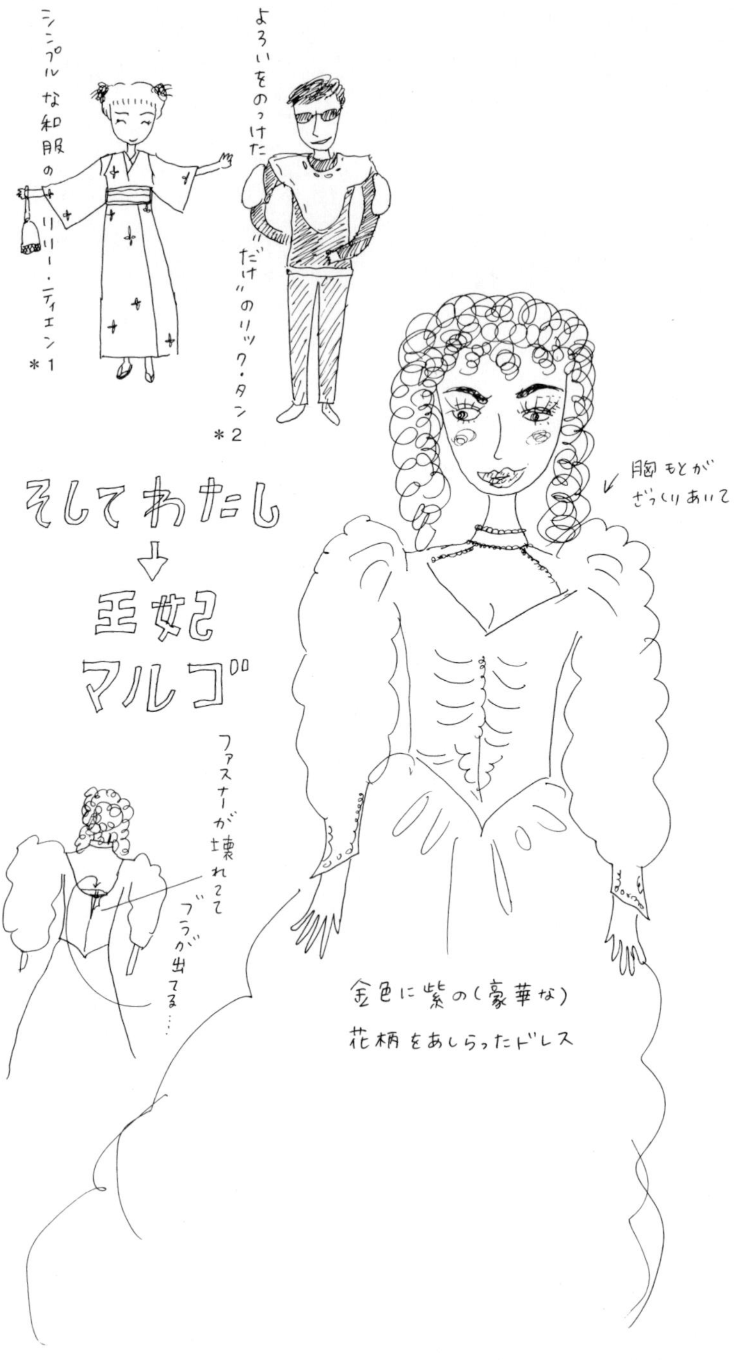
シンプルな和服のリリー・ティエン
＊1
よろいをのっけた"だけ"のリック・タン
＊2
そしてわたし
王妃マルゴ
胸もとがざっくりあいて
ファスナーが壊れてブラが出てる……
金色に紫の(豪華な)花柄をあしらったドレス

＊1
田麗　俳優、タレント。近作にドラマ「イケメン探偵倶楽部MIT」

＊2
陳志成　シンガポール出身のタレント

ニャオ――！ もう一回名前を呼ばせて。そうじゃないと
気持ちが収まらない……

それから後の収録はもうイタいやら、つらいやら。
楽しませてもらうだけのつもりだったのに！ だけだったのに！
司会者はなにかっていうとすぐ、「ではマンガ家のメイイーさんのご意見を」って。わたし、頭の中は真っ白、顔は真っ青で、最後の講評までポンコツのまま。もうほとんどぶっ倒れそうだった（ほんとに倒れたらどんなによかったか……）

収録が終わって、逃げるようにして家に帰った。もう一生テレビには出ないし、出れない。

ちょっとわたしの衣装に触らないで！
メイク中の俳優たちに睨まれ……
わたしの服は？

わたしはバラエティ向きの人間なんかじゃない！
自分を買いかぶりすぎた！
「自然」になんて、なんの役にも立たない！
わたしの「自然」は、ほかの人の「自然」にはほど遠いんだから。

なんで「プローモーション」ってことに踊らされて
こんな動転して、みっともない……

P.S. 東京ウェブカメラ、今日は気分がこんなだから、
インターネットしたくない。
また見とくね！

From 罪深きミャオ　8月20日 5:00 AM

To かわいそうなメイイー

神様、どうかわたしをお許しください！

人様の苦悩を、大笑いしてしまいました……

人様の苦悩の上に、自らの快楽を得てしまいました……

アーメン……

まず先に懺悔しました。じゃないと今日のファックス日記が書けない。だってメイイーのファックス読んでたら爆笑がこらえきれなくて……いや、つらさはわかるよ！ほんとに！

二回目
きゃははは
ははは
深夜なので
無音の大爆笑
震えてる

神様、わたしの同情心のなさをお許しください！
また笑っちゃった！南無阿弥陀仏……

嘘じゃない！メイイーのつらさはわかる！だってわたしも昔同じようなつらさを経験して、それで自信をなくしたことがあるから……

三回目
がははは
はは……
誰かわたしを
殺してくれー
無音の爆笑で身がよじれる

なんの番組だったか忘れたけど、たしか柴門ふみのマンガについて討論するっていうので、わたし（とゼン教授[*1]）がゲストに呼ばれたの。しかも生放送。

メイイーの王妃……

ハーッ
ハハ
again
誰か
助けて

……と違うのは、あのころはお金がなかったし、マンガを描き始めたら体型が変わっちゃって、ほかにないから古い、きつきつの服で出演したこと。しかもわたしにとって初めてのテレビ出演だったから、めちゃめちゃ緊張してて、自分の番になっても、頭の中は空っぽで、最後までまともに話すことができなかった。

→ 今から2年以上前

柴門ふみは…
ええー、ええー
……
← ぎこちない笑顔しか、
お茶の間にお届けできない
わたし
司会者、
チョンさん
鄭開来
← 古い

<生放送では失敗できません！>

ゼン教授の鋭い批評が、わたしのポンコツっぷりと鮮やかなコントラストを描いた。

さらに悲惨だったのは、番組終了後スタッフがみんな、わたしへの不快感をかくそうとしなかったこと。いや彼らだってわたしをいじめるために出したのでなく、なにか番組の見どころになればと思ってのことだし。なによりわたしがうまくやれなさすぎた……

＊1
曽昭旭　中国思想研究家。淡江大学教授などを歴任

それからしばらくは、プレッシャーと恐怖がわたしの心をうずまいて
離れなかった。そしていくらかの劣等感。
以前、あるマンガ家に「もっと気楽に自然に話しなさいよ！
メディアを使って知名度を上げないと！」って言われたんだけどさ……

そんなの全部わかってるけど、わかってるからってできるとは限らない。
かりに、いつかできるようになったとして、そういう自分ってもう俗に
まみれちゃってるんじゃないかって、怖くなるときもある。
「わたしはいったいなにが欲しいんだ？ 名声？富？それとも？？」
——そんな矛盾した自問を何度もしたことがある。
メディアに出ると、いつもなにかしらみじめな気持ちになるの
だけど、それでも前よりは（少しは）自然になってきたような気が
する。誰かに頼まれれば、それを善意だと感じて、つまり出演
させる人は他にもいるのに、わたしに依頼してきたというのは、
少なくとも番組関係者のだれか一人でも（プロデューサーか、
司会者か、それとも……）自分の作品にちょっとでも好感を
持ってくれたからで、それを思ったら自分でも頑張らなきゃ！
ってなる。少なくともその人のために。

→仮装はないわ……
でも、今回のメイイーの話はちょっと特殊。そうだ、番組
出演とは関係ない、つらい出来事を思い出しました。
結婚披露宴のお色直しのとき、レストランの“気づかいある”
従業員が、なんでか知らないけど、ドレスの着替えを
手伝うと言ってきた。

ちょっと！友達に
お願いしてあるのに
時間がない、
早く！
そんなに
急ぐ必要が？
グワっと
わたしの服を
脱がせた
パット→
パットに→
重ねてさらにティッシュ
下着もドレス用に買ったものでなく。

あんときは、尊厳がないって感じた。すごく悲しくて、もともと結婚式の煩雑さや古い、細かいしきたりにうんざりしていたわたしは、もっといやな気分になった。

だからそれ以降、わたしは自分にこう言っている— もう二度と、みじめな気持ちになる必要なんかない。（子供のころから、みじめな経験はもう十分してきてるし）気にすること自体もうやめよう。死ぬわけでもないし、最悪でもこの程度のこと……

メイー、起きたらちょっとは機嫌が直ってるといいね ^^

From 最近貧乏暇なしのメイイー　8月21日 3:10 AM
To テレビに出るつらさがわかるシャオ

今日になって少しずつだけど気持ちが落ち着いてきた。シャオと同じ心持ちで、自分を笑い飛ばしてみるよ！ そうすれば「王妃」騒動の暗雲も、きっと徐々に遠ざかってくれるはず！
最近もうひとつ忙しいことがあって、それは台湾緑の党の候補者のために名刺や宣材を作ること。
彼らはお金がないから、ボランティアの気持ちで手伝ってます。

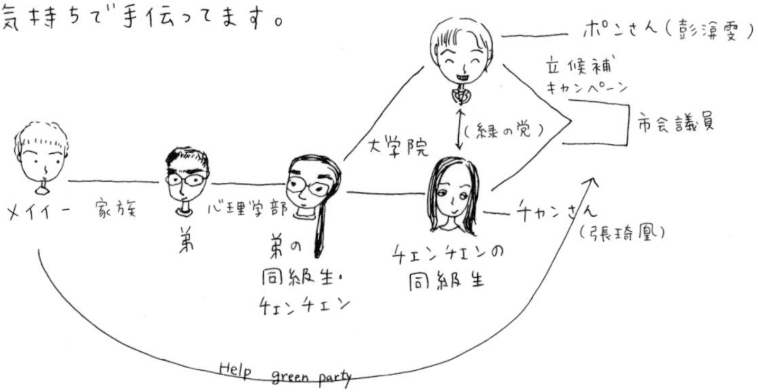
ポンさん（彭渰雯）
立候補キャンペーン
市会議員
（緑の党）
大学院
メイイー
家族
弟
心理学部
弟の同級生・チェンチェン
チェンチェンの同級生
チャンさん（張琦凰）
Help green party

十年くらい前、生態系の本をたくさん、一生懸命に読んで、強い影響をうけた。だからドイツ《〈西ドイツ〉》緑の党の理念とその中心人物だったペトラ・ケリーを相当崇拝していた（でも彼女はその後自殺した＊1。なんて惜しい）。若いころそうやって緑の党に憧れたから、台湾に緑の党ができた後、わたしは一途に応援してる。

今回が最後。次はちゃんとする
毎回手伝うだけで、お金取らないってあんた！苦労性だね

＊1
夫に殺害されたとも心中とも言われる

そうだ。今日電話で例の記者さんの電話番号を教えて
貰ったのは、彼女と喫茶店で待ち合わせしてるのに、わたし
取材日がわからなくなって。確認したら明日で、今日じゃ
なかった。まったく、ほんと忙しくて目が回りそう。

朝のファックスの内容に戻ると、「そういう自分ってもう俗にまみ
れちゃってるんじゃないかって、怖くなるときもある」って、わたしも
毎回メディアに出るときは同じように思う。ペラペラしゃべってる
ときはかえって、なにすれちゃっんだろって思うし、緊張してうまく
できなかったときはすごくくじけるし、あともうひとつ、ペラペラしゃ
べってるのに内容がないときね。それから何日かは、
しゃべりたくなくなる……

ということは あなたの生活は、マンガと同じくらい おもしろい、と?
ときにはどうしても司会者に合わせて、思ってもないことを答えなきゃならないこともある。
そうですね。おもしろいですよ。日常生活のおもしろさっていうのは、自分で見つけだすものですから

苛っ

帰宅後、自分がいまいましくて
壁をむしる

わたしはいつも、誰かのためになるように
と思って、メディアや人前に出るのだけど、
例えば前に言ったチュー教授は、生涯、
中国語のパソコンの研究に力を注いで、
しかもずっと田舎に居を構え、質素で
心を大事にする生活をおくり、大衆の利益
のことを考えて、研究から得た特許は放棄している……
それほどの成果があったら、わたしだって、いつどこでテレビカメラを
向けられようがまるで気にならないし、自然に、正直な自分で
いられる!でも実際にはそんなレベルに全然達してないから、

こんなつまんないことを気にして、気持ちが落ち着かなくて、自分には価値がないと考え→だからまた周囲の反応が気になって→情緒不安定になり→眠れなくなり→仕事の効率が落ちて→全部後回し！の怠け癖が出て→運動が減り→食事をちゃんととらなくなり→生理不順になり→肌が荒れ→自分が嫌になり……

そんな悪循環が、毎日毎月毎年続いているのだ！

しっかりしなきゃ！
もっと生活を充実させて、しっかり創作！
まただよ。
ぼちぼち生理が来るんだ
逃げよう
じゃないと一緒にスローガンを叫ぶはめになるぞ！

To メイイー

自分のまんが道を思い起こしてみると、最初の一年《模索期》まるまるギャラがなかった以外にもうひとつ、いまだ忘れられない出来事がある。
そのおかげでわたしは、あと一歩でマンガを諦めるところだった。
持ち込んでも全然採用されず、新人賞も毎度、箸にも棒にもひっかからなくて、そのあとやっと先端出版に採用された。
でも編集長に、(それまで描いたことのない)4コマまんがを試してみると言われて、新人だったし、チャンスなんだから、と思って、「もちろんやります」って答えた。

4コマまんがをどうやって描くのか、から考え始め、アイデアを練った。
でもネームを10本送っても、6、7本はやり直しで、直して送ってまたそのうち4、5本がやり直し。最初は、新人だし、手直しも当然だと思って、文句も言わずなんども直したけど、最後のほうはもう自分でもなにを描いてるのかわからない状態になった。

わたしよりおもしろくないのに
どうして掲載されるんだろう?

それからやっと10本全部OKになった。わたしは気合満々でペン入れし、入稿した。ところがそのあと、第二回のネームにとりかかっていたころ、編集チーフがやってきて、入稿済みの第一回原稿を直せと言う……

このとき、わたしの感情は決壊した……

もういい！
描かない！
なんなの！見せたでしょ！一回OKって言っておいて！
才能なんてどうせないんだから！もう直すとこなんか残ってない！ノーベル賞でも獲らせたいわけ！？
別に描かなきゃ死ぬってわけじゃないんだから！
編
もう何日お風呂に入ってないと思ってんの！？
あ゛ー！？ → 原稿と関係が？

そのあと大泣きした。……しばらく泣いたら自分がバカに思えてきて、こんなこと別にどうってことないんだ、泣くなんてちょっとオーバーだったって考えたら、今度は笑いがこみ上げてきた……

ハハハハハ……
なにをやってんだか、わたしって
びっくり！
編

しばらく大笑いしたあと、やっぱり自分がかわいそうになってきた。それまで一年もの間、投稿や持ち込みで苦労して、それでもいまだにシロウトみたいな扱われかたして、人間以下の生活をして、お金も借りて……。わたしはまた大泣きを始めた。

そして今度は自分のことが、頭(か神経)がおかしなやつに思えて、また大笑い。

とにかく、こんなふうに泣いて笑って、もう一回泣いて笑って、やっと気持ちが落ち着いたところで、編集さんが「もう一回頑張れ」って言ってくれたから、わたしはまた描くことにした。

わたしはなにかを得るために、なにかを捨てる覚悟が
あるような、そんなできた人間じゃないから、もしこの編集
さんがわたしのために粘ってくれなかったら、どう転ぼうが
いまのわたしはなかった。当然マンガ家にもなれず、こうして
文章を書く仕事もできなかった。

どうしてこの話をメイイーにしているかっていうと、つまり、

自分を否定しないで、→マンガを描くことって、そんなに価値のないことじゃないよ。

って励まそうと思ったからで、『グッド・ウィル・ハンティング』の
主人公の友達が（主人公に向かって）「すべてをなげうってでも君の才能が欲しい」
って言ってたけど、わたしたちは勿論天才じゃないし、でも人の才能
はみんなそれぞれ違っているのだし、それに自分の能力を発揮
できる場を見つけるなんて、だれにもできることじゃない。メイイーは
メイイーで、ほかのひととは違う場が与えられているわけで、
自分を否定する必要なんか全然ない。→メディアに出ることと自分に才能があるかどうかは関係ない！
↓
（才能と場があるなら、
それを発揮しないのは、もったいない！）

ちょっと熱くなっちゃった。お恥ずかしい……
この人は、メイイーほど人間ができてないね！

From 何度目かの嵐のなか メイイー

TO イバラの道を歩んだニャオ

考えてみればあの夜、ファックスにあの巨大な王妃を描いたことで、わたしは平静さを取り戻すことができた。
それで自分もこんな豪快な絵が描けるってことに気づいた。感情のままに描いたあのタッチは、自分にとって新しい一面だったし、大きな収穫だったと思う。

今日は大っきい太陽が出てたから、畳をえっちらおっちら運び出して日干しした。ときどき自分の強靭な（あるいは野蛮な）行動「力」をエライと思う。もしわたしがいま洋服ダンスを動かし始めたら、だれにもそれを止めることはできない。

↖能力じゃなくて、単純な馬力（Kgw）、ね。

いま住んでる部屋では、わたしの綿密な計画のもと、少なくとも五回の模様替えが行なわれています。
（小さな移動は含まず）
しかも通常はすべてわたしひとりで作業を終わらせる。

旅行用のキャリーカート
↑先に入ってた服を全部出す

ちなみにここに入居してまだ8ヶ月だけど、
旦那は、あ！ 自分の部屋じゃない！ ドア開け間違えた！？
って思ったことが何回もあるらしい。
それもわたしの苦労性のせい。大差ないんだけど、気になるとつい大改造を始めちゃう。

あなたの前世は、
運送屋さんです
前世占いの人

マンガ家って
つらい

094

仕事の進捗はどう？

気づいたんだけど、ミャオからのファックスの着信がすごく遅いから。わたしも2時、3時で十分遅いけど、

ミャオは5時とか7時とか……

ファックスが負担になってなきゃいいけど。

毎朝なにはともあれ、
新入荷がないか見にくる……
男がいるんじゃ？

P.S. わたしのファックスなんか調子悪いみたい。そっちに届いたとき、黒い線が出てない？

どうやったら直るか、訊いてみる。

From 支離滅裂な人生 ミャオ　　8月22日 0:55AM

TO 怪力の持ち主 メイイー

今日翻訳ソフトをダウンロードして、すぐさま自分のパソコンに入れて、すぐ使ってみた。やっと前にメイイーが言ってた「詩」を発見したよ。お腹かかえて笑ったぁ。おもしろすぎ！
おかげですごくうれしい。うれしい㊀は、詩が本当におもしろかったこと。わたし、くどいくらい何度も読んだ。
そして㊁は、これをおもしろいって感じる人が世界でわたし以外にもいたこと。少なくともメイイーはそうだよね。
だってこの“あそび”を教えてくれたんだから。

同類が
いてくれて
よかった！
はは、
それは
どうも－・・・
忙しいんじゃないの？
なんでネットなんか
してる時間が？

支離滅裂なファックスを見ればわかると思うけど、最近、わたしの生活も支離滅裂。でもファックスは負担になんかなってなくて（毎日メイイーのファックスが楽しみ）、たださ、ファックスが届くとき、なぜかいっつも起きているんだな……

なにがめでたいのか？
うれしいから
しょうがないね！

仕事のせいで元気がなかったのに、
すっかり楽しいモードにチェンジ。
（メイイーにありがとうって言わなきゃ！
ファックスが届かなかったら、きっと
いまごろぐっすり寝てたよ！）

この月末〆切の仕事はあとふたつ。『春うらら日記帳』[*1]3回分（18ページ）と挿絵（もう2つ仕上げた。残り12カット）で、どうやら大丈夫そう。

＊1
ミャオのデビュー作で、当時連載中のギャグまんが。尖端出版より5巻まで刊行。原題『春麗日記簿』

確かに豪快なイラストでした

ふと思い出したけど、王妃マルゴのあの日のファックス。「わたしは今月、少しお金を貯めよう（略）」って書いてあったけど、なんか計画があるの？
わたしも最近お金の悩みが多くて。印税が入れば裕福になれるって思ってたのに、いやぁ、神様も味方してくれなくて、今月はまさかの罰金をくらって（ヘルメット未着用です。ちょっとそこまで買い物に行ったとき）、

めんどくさがっちゃダメね——
やっぱりバチが……

当座の生活費を抜いて、3万台湾ドル残れば、約9万円
わたしは十分裕福だ。

バイクは故障で修理だし、外の仕事が多くて（宣伝とか。交通費がかかって）、
電話代（ネット）も急増して、クーラーも修理で……って
どうやら神様はわたしが「へそくり」を作ることを望んでないみたい。

これは因果応報。
お主自身の業の結果。
他人のせいにしては
いけない
神
…。
で、ではせめて
過労で痩せさせて
ください……

昨日のファックスの家具移動、模様替えがファンタスティック過ぎて、あっけにとられた。わたしにはそんな「力」ないわ。なにか動かすときはいつも旦那をひっ捕まえるか、遠路はるばる弟に来てもらって、わたしは監督に専念。
（いや必死で、力を合わせるふりだけはする）。それからふたりに飲み物を買いに行かせて（監督は喉渇くからね）、最後の最後に、

ふー。
ちょっと座るわ……
こらー！
汗ついたまま座るな！
手も汚い！わたしのソファー
汚さないで！
だれのせいだよ！
弟

一番ひどかったのは前、なにもできないわたしの代わりに
パソコンをいじっていた弟に ——

涙
できるの？できないの？
それで合ってるの？
いったいなにができるの？
ほら！壊した！
弁償！
馬鹿じゃないの！
義務教育
出てる？！
自分で壊したんじゃ
ないか……
そんなに
エライなら
自分で
やってよね！

それ以降、
弟がわたしのパソコンに触れることは一度もない……

その後
自分で
やってよ
……
なに？
あんた姉弟の絆って
ものがないの？
そんな絆、とうに
ありませんよ……

はぁあー、わたしってほんとひどいヤツで、
いらいらしだすと容赦なくって……。
あのとき確か、弟は夜中まで（わたしにやいのやいの責め立て
られたから）やってくれて、帰るときむっつり黙ったままだったので、
わたしも悪いと思って、やっとゴメンって口に出して言ったけど、
でもばつが悪かった。あんなこと二度としないようにしないと。

お返しP.S.
ファックス機が不調？
それともこっちかな？
（確かに貰ったファックスには
どれも、線が一本走ってる）

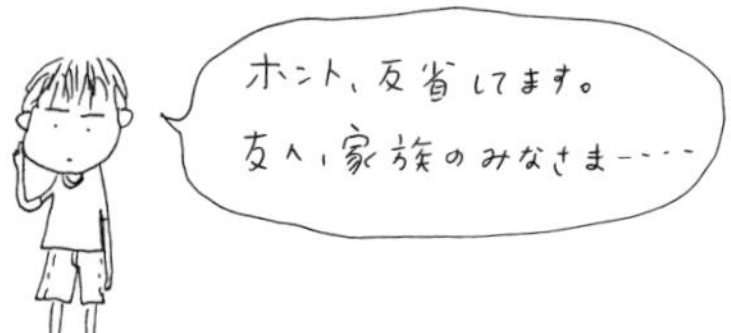
ホント、反省してます。
友人、家族のみなさま……

From 昨日眠れず、ちょっとお疲れのメイイー　　8月23日
TO ミヤオ

3年前のある日、旦那が親友からお得情報を聞きつけてきた。親友の妹がネットショップでパソコンを買ったら、通常の半額程度で、アメリカの販売会社から発送され、3日後には台湾に届く。旦那も聞いたとたん大喜びしちゃって、さっそく1台買う算段をはじめた。わたしの旦那はなんでもすぐ買っちゃうような人で、コンビニを見つけたら、なにはともあれ中に入って、新発売の飲み物なんか買ってきて、それで安心するらしい。パソコンみたいな高いものでも、はじめの頃は、コンビニと同じように、勢いで買ってた。

友人の妹
旦那の友人
旦那
わたし
わたし
弟
早く！最新のがあるかネットで訊いてよ！
せっかく安いんだからMacを買おう
internet
わたしら夫婦はここからさきは、ノータッチ。
真面目な弟がパソコンの前で、英語であちこち問い合わせした……

どうにか注文できて、カードで代金も支払って、3日後には
台湾へ届いて(でも税関からうちに届くまで約10日かかった)、
弟が熱心にセッティングしてくれたから、あっというまに使える
ようになった。

それから弟は、基礎からわたしに
パソコンを教え始めたけど、
弟は説明が下手だと思う。
だから、わたしはさっぱり
わからなかった。
だからこのMacは買ってから2年は
使われないままで、すごい無駄遣いだった。

（去年、週刊時報に『幸せになるゲーム』を連載するようになって、
やっと使い始めた）わたしの弟もミャオの弟もかわいそう。
こんな姉に使われるだけ使われて、自分よりバカなひとに
責められて、文句も言わずじっと
我慢して、なんてとばっちり。

この両名 

昨日は名刺とポストカードのデザインをギリギリ間に合わせて、
今日はまた友達がたくさん遊びに来て、だから今日のファックス
はちょっとノリ切れない感じ。
話したいことはもっとあるんだけどね。あさってにするよ！

To メイイー

8月23日 14:25 pm

昨日は自ら墓穴を掘った一日だった。
メイイーの影響もあってか、急にパソコンを動かしたくなって、
午後3時に昼ごはんを食べ終わるとさっそく、パソコンのケーブルをあれやこれや外し始めた。

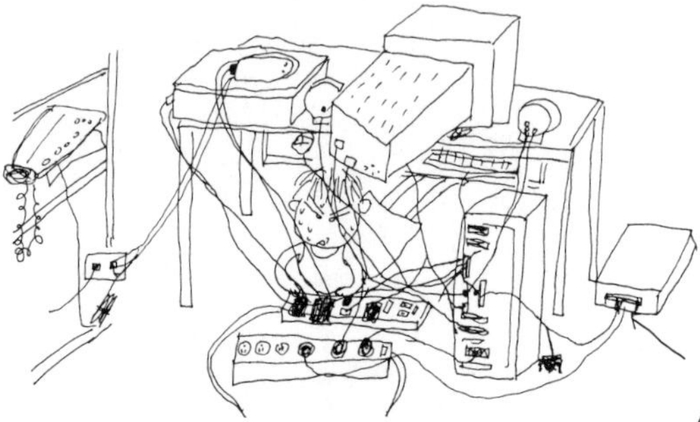

親のかたきのように憎きケーブル

やっとのことでバラし終わったところで、わたしのライフポイントはすでに$\frac{1}{3}$を失っていた。でもやる気はまだ満々で、怖いもの知らずのわたしは、壁に穴をあけ始めた。

断面図

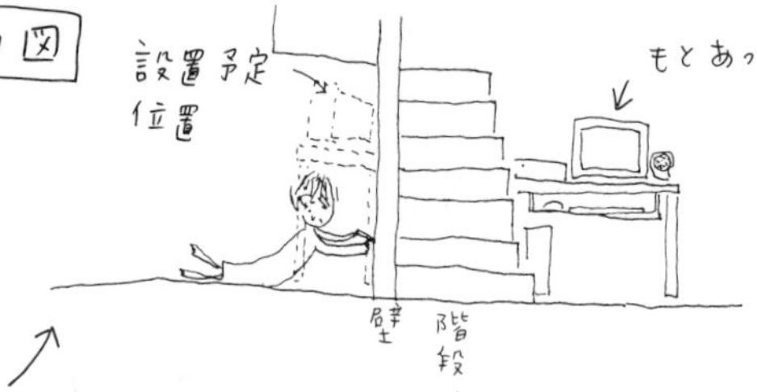
設置予定位置
もとあった場所
壁
階段

電話のジャックがない部屋なので、壁に穴をあけて電話線を引っ張ってきて、そこからモデムをくっつけようとした。穴あけの道具をご紹介します。

①

プラスドライバーと超長いネジ
（まず先に壁に小さな穴をあける）

②

ドライバーを差し込み、ぐねぐねして穴を広げる

③

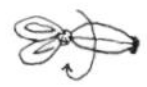

さらにハサミを差し込み、穴を広げる

穴があいたので電話線を引っ張ってこようとしたそのとき、突然お腹に激痛が走った。痛みを我慢し新聞を手にとると、トイレに駆け込んだ。

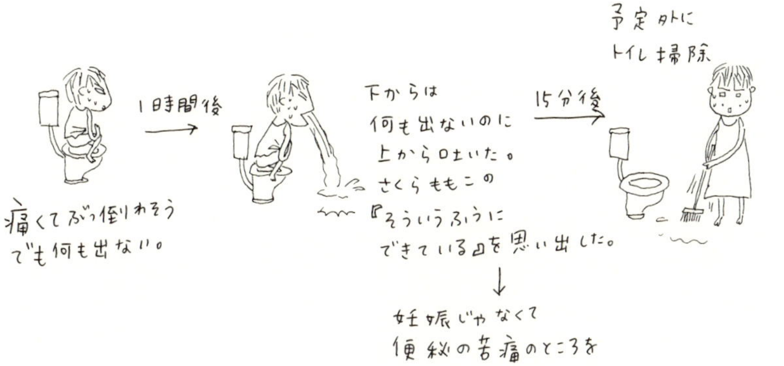
痛くてぶっ倒れそう
でも何も出ない。
1時間後
下からは
何も出ないのに
上から吐いた。
さくらももこの
『そういうふうに
できている』を思い出した。
妊娠じゃなくて
便秘の苦痛のところを
15分後
予定外に
トイレ掃除

それから地面につっぷして苦しみながら、今日食べた弁当のことを思い出した。あれだ！調理した人が手洗いしてなかったに違いない。
20分後、わたしは思い出のあの場所へ舞い戻った。
便器に座って「上は嘔吐、下は下痢」の症状だと気づいた。さらに20分後、わたしは正露丸を4粒∴飲み、しばらく休んでから、またパソコン移動の作業に戻った。
このときライフポイントは10%しか残ってなくて、でも正露丸パワーに頼ってコンティニューし、さらに2時間かかってミッションをクリアーした。

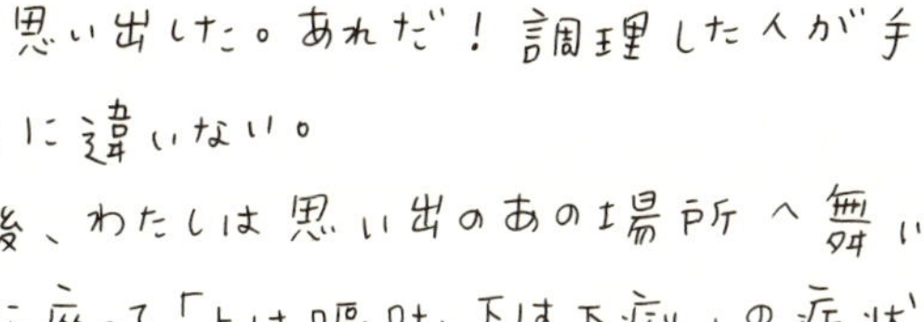

無事パソコンを予定場所まで動かし、さっきまでパソコンがあった場所には、旦那の作業デスクを置いた。
今パソコンがある場所にはコピー機が置いてあったから、玉突きで、旦那の作業机の隣へ移動させた。
そして親のかたきのようなケーブルをすべてつないだ。
このとき、旦那は言った。

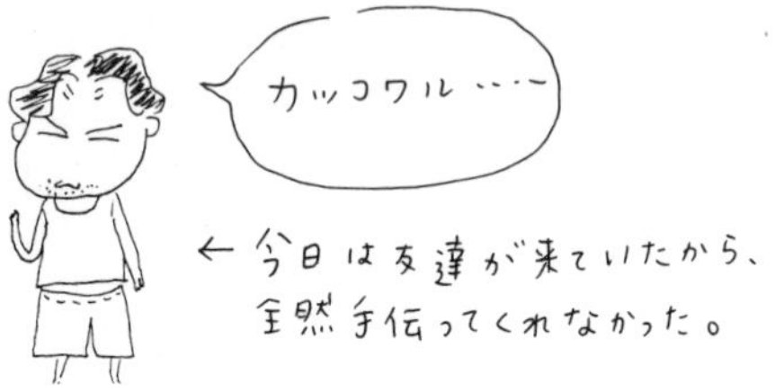
カッコワル……
← 今日は友達が来ていたから、
全然手伝ってくれなかった。

力はとうにつきていたけど、内心その言葉に"共感"してしまったため、やむを得ず追加変更を行った。コピー機をパソコン部屋に戻して、その部屋からあぶれた棚類を旦那の作業デスクのとなりに置いた。

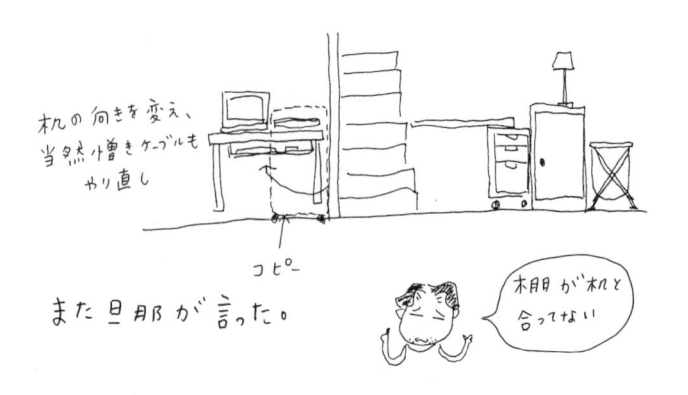

机の向きを変え、
当然憎きケーブルも
やり直し
コピー

また旦那が言った。

棚が机と
合ってない

不憫なことに、わたしも内心同調してしまったため、20分後ついには悲痛な決断を下した―― 元へ戻そう！

一番最初の場所へ！

わたしは数回深呼吸をして、自分を励まし、勇気をふりしぼり、ようやく朝4時、すべては夢だったかのように、うちは昨日とまったく同じ姿に戻ったのであった。

ローラ！
ローラ！
唇は紫→
すべては無意味だったの？
ローラ！
適当に思いついた名前を
心のなかで激しく叫ぶことで
どうにか自分の怨念を散らした。

TO ニャオ

8月23日

ニャオの嘔吐と下痢が早く治りますように。

昨日はやっかいな一日だった。ただ今回は自分が原因じゃなくて、全部ほかの人のせい。いえ、みんなわたしのために来てくれた人ばっかりなんだけど。

おとついから徹夜で、名刺とポストカードのデザインとレイアウトの作業をしてた。どうしてこんな時間がかかるかというといくつか原因があって、一番根深いのはフォトショップとかイラストレーターとかのソフトが上手く使えないこと。人物写真の背景の切り抜きとかだけで、もう何時間もかかってしまう（ホンさんの、画像を拡大して確認しないと気が済まない潔癖症を思い出した。わたしも同じパターンに嵌ってしまうことがあって、「」のアイコンで画像を大きくしてるとき、自分がどんどん泥沼に入っていってるのがわかる）。

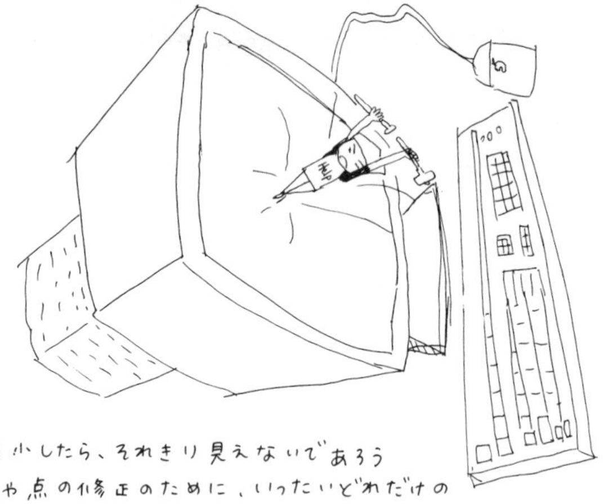

縮小したら、それきり見えないであろう
線や点の修正のために、いったいどれだけの
時間を費やしているんだろう。
「」は"悪魔"のアイコン。気をつけないと——
あっという間に時間を吸い取られてしまう

ホンさんも一緒にがんばろう！

締め切りのプレッシャーもあって、それに自分でもやりたい仕事だから、つらくても無理してがんばった-----
だいたいできたところで、作業部屋から出たらもう明るくなってた。
ささっと、お水飲んで、おしっこして、顔洗って、歯を磨いたら、すぐさま布団に潜り込んで寝た。3、4時間寝たところで電話が鳴って起こされた。
「×××です。デザイン確認に伺ってもよろしいでしょうか？」

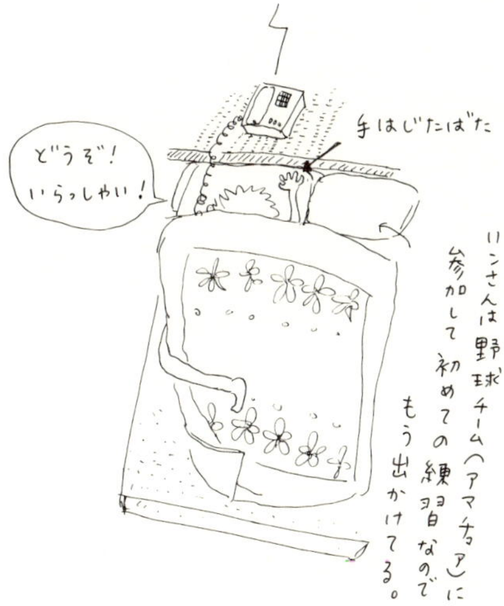
どうぞ！
いらっしゃい！
手はじたばた
リンさんは野球チーム（アマチュア）に参加して初めての練習なのでもう出かけてる。

あくび

誰かがうちに来るとなれば、やっぱりみてくれが気になるので、家の掃除、片付けする。しかも今回はパソコンで見るから布団や洗濯物もぜんぶ片付けた。

どうぞ
長ズボンに履き替えた。
寝室に？

打合せをしたあと、手直しをした。でもしっかり打合せできたので、手直しもなごやかムード。おしゃべりしながら、あとは最後の数クリック。さてお昼ごはんなに食べようかな、と考えていたとき、まさか――

あ〜、
あ〜
上書き保存した?
フリーズ
あまりに残酷な運命のいたずらに顔をあげられないわたし……

大丈夫。さっき直した文章をもう一回書きだしてあげるから、ゆっくりやればいいから、ね
真っ白に燃え尽きた。
印刷会社のほうは月曜までのばすからあわてないでいい……
畳なのでみんな正座

昼は外で食べる約束があったので、なんとか気持ちを落ち着かせ、ふたりを残して外出した（残ったふたりはそれぞれ、入稿時間をのばす連絡と修正内容の記録をしてくれた）。
1時間後、急いで帰ってきたら、入り口に変な男がうろうろしてる。

さっきのふたりはもう帰っていて、初めてのお客さんを寝室に招き入れ、内心わたしと旦那の聖地を汚されたみたいに感じた（彼の足は汚くなかったけど）。このひとは文面をさっさとチェックして帰った。予定通り印刷するため、今日中に終わらせるよう念押しされた。

夜8時にやっとこ全部終わらせた。それからリンさんが友達をふたり連れて帰ってきた。リンさんはなんか嬉しそうで、ワインを出して、

撮影の小道具に買ったやつで、飲まなくても別にもったいなくない。たかだか100台湾ドル。
300円

キッチンに入って友達のためにウインナーを炒めて、ごちそうした。

キッチンがぐちゃぐちゃになったところで、
パソコン修理のトニーくんが、ピンポーンとやってきた。
トニーくんが寝室に入っていったので、旦那の友達も
首を伸ばして、寝室にあるパソコンを覗きこんでた……。

神様、どうか
汚れなき
わたしに静かで
生活を与え給え！

バよりの、お願い。

メイイー！
お客さん帰ったんだから
早く風呂に入っちゃえよ！
そんなとこに転がってんじゃない

今日、リンさんも「ローラ」って、
大声で叫んでた！ストレス発散に
効果あり、だってさ。

To メイイー

8月24日15：15PM

最近は、ファックスが来たら旦那が走っていって（わたしより先に）見るんだけど、今日のはメイイーが旦那に向かって「一緒にがんばろう」って言ってるもんだから、びっくりしてた。それからわたしにこんなこと訊いてきた——家の中が汚いって人にバラしてなんで平気なの？ 自分の理想に酔いしれちゃって、個性的な部屋にするんだってにやけながら模様替えするのはいいけど、結局泥沼にハマってるんだから……

昨日は力も尽き果てて、体調も悪くて、しょうがなく一日中寝てた。目が覚めたらもう夜で、テレビの「スーパーサンデー」がやってた。なんか適当に食べてから、とっととネームを考え始める。毎月、これが一番つらくて、一番楽しい時間。自分の機嫌がよかろうが悪かろうが、全身のあらゆる力を振り絞って、笑えるネームを作らなきゃいけないから

——

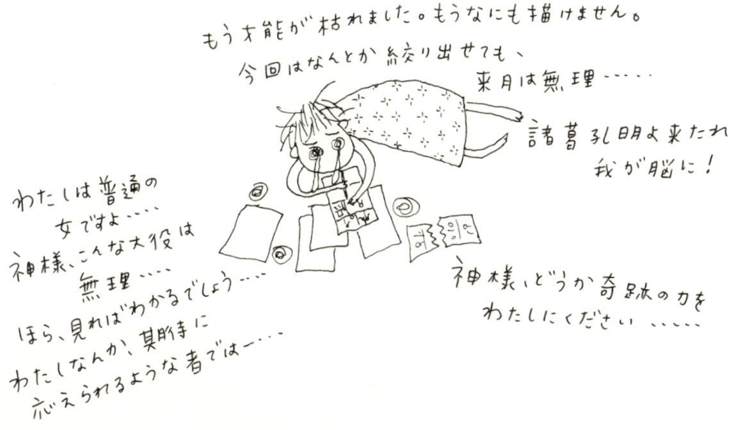
もう才能が枯れました。もうなにも描けません。
今回はなんとか絞り出せても、
来月は無理……
諸葛孔明よ来たれ我が脳に！
わたしは普通の女ですよ……
神様、こんな大役は無理……
ほら、見ればわかるでしょう……
わたしなんか、期待に応えられるような者では—…
神様、どうか奇跡の力をわたしにください……

ところが、ネームができたとたん別人みたいに、さっきまでの苦労をころっと忘れて——

ミカオさん、君はじつに頭がいい！超天才だよ！！！そんじょそこらにいないよ！もうオスカー決定！
関係ないじゃん！
〜自分でも感動
奇跡が起きた！
すごい！

そして次の仕事はペン入れだから、もう頭は使わなーい。だから自信たっぷりにだらだら——

どうせ〆切までまだ2日もある…
漫画
ゴシップ誌
P.S.

毎度毎度、〆切前日からペン入れを始めて、我が身をいとわず女工務めをさせていただいてます ーーーーー

あ〜……。来月こそもっと早く始めよう！
感覚すら失くして
ご家庭にぜひ常備ください！
栄養ドリンク
コーヒー

もちろん、来月の今頃になればまた同じ病気がぶり返すことは、わかりきってる。

ただ、ペン入れのときは肉体的苦痛があり、同時に頭が異様なほど活性化して、一方心は静かにその機能を停止し、過去のいろんなイメージがひとコマ、ひとコマ頭に浮かんでくる → もしかして死ぬ直前の走馬灯と同じかも。

メイイーは？ 創作のプロセスってどんな感じ？
↓
やだねー記者みたい！

実はまだ終わってないネームがあとひとつあって、今まさに、諸葛孔明よ来たれ我が脳にって、神頼み中で、自己嫌悪しながら紙資源の無駄遣い中。でも、夜明け前が一番暗いって信じてるから。

＊1
王維《おうい》「九月九日山中の兄弟を憶《おも》う」より

＊1
祝いの日にひとり家族を思う
↓
ローラの次の、呪文。◎

夜明けはきっと来る。
夜明けは待っててくれる。

TO ミャオ　　　　　　　　　　8月25日

(今朝)
今朝うっかり9時半に起きちゃって、(昨日は4時に寝たのに、びっくり)で、さっさとパソコンの前に座った。教えてくれた東京のウェブカメラを急いで見たかったんだ。
新宿駅の街頭ビジョンはもう見つけた。カメラも動かしてみたけど、だいたいその下の、ミャオが立つ予定の位置に合わせることができました。

オススメしたICCは新宿にある。入っているビルは
東京オペラシティタワー って言う。新宿に泊まるなら、行ってみたらいいよ。
すごく現代的なビルで、見る価値大。地下1階か2階にレストラン街があって、そのトイレが異常なほど現代的かつ清潔。だから安心して食べて、飲んで、出して……。終日いてもいいくらい。そうだ、新宿駅って巨大すぎて、複雑すぎて、おそろしいところだった。迷子になったら最後、人波に飲み込まれて、どこか知らないところへ流されてしまう。東、西、南、北……って出口が多すぎだし、(しかも上下何フロアにも広がってるし)だから今どこに向かってるかって常時気にしてないとだめだよ。

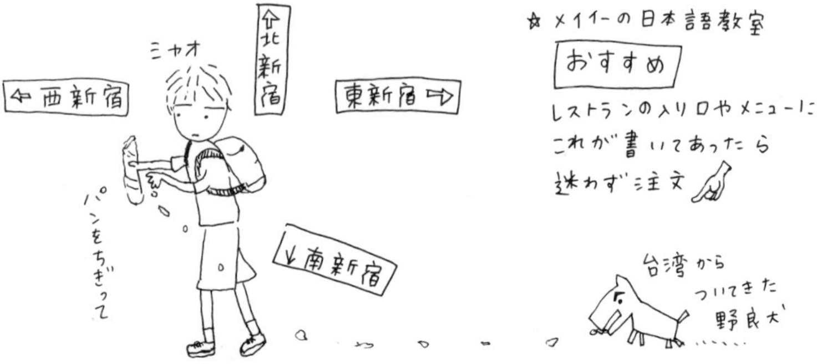
ミャオ
⇧北新宿
⇦西新宿
東新宿⇨
パンをちぎって
⇩南新宿
☆メイイーの日本語教室
おすすめ
レストランの入り口やメニューにこれが書いてあったら迷わず注文
台湾からついてきた野良犬

創作プロセスについて訊かれると、まず先に、ミャオの創作力の旺盛さを讃えずにはいられない。昨日のファックスを見ても、すごく積極的だし、いつもたくさん仕事を抱えてて、しかもわたしとのファックス交換日記もあるし。このあいだわたし、わざと少なめに描いて(2枚)、負担になってない？って訊いたら、4枚も返ってきたし！もうあんぐりした。

IN FACT,

創作を語るって、無理です。

わたしが創作を語るなんて、全然無理。わたしはただの主婦で、自分が好きなことを描いてるだけで、全然プロフェッショナルじゃないし、わたしなんかとんでもない、無理です。お恥ずかしい……

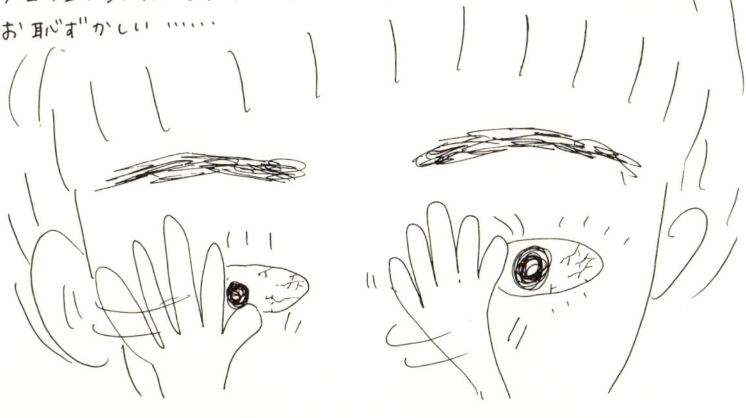

もうひとりの声
ダメだ！そんなひかえめじゃ！自分の感性とスタイルを表現するんだ！テクニック？テクニックなんかこの次！自分だけの言葉で表現しなきゃ自分が生きる価値なんてないんだー！
断固たるこぶし
生活で感じたこと
詩人の心
反省も大事
愛情
寛容の心
Radio
人としてなにより美しい、前向きな意欲にみちあふれて……
でも長くは続かない。
やっぱり！
なんか作って食べよう。どうせもうお昼だし
なにもない！スーパーに行こう！
ダメだ。どうしてこうも気が散るんだ？だから創作に時間がかかる。こんなんじゃファンにも愛想つかされちゃう！
でも、今日は運動もしてないしスーパーまでちゃっちゃか歩いていけば運動になる！そうだ！スイカ運び競争だ！
はやく！はやく！はやく行ってーはやく帰る！

Obviously
とはいえ、スーパーに行けば、
すぐり帰ってくるわけもなく……
ふふふ、、出かけるよー
怠情が、意志に打ち勝った。
ここは省略。だってスーパーのなかは描くのは大変だから。
帰宅後、
自分の性格の弱点がどこにあるのかを思い知らされる。プレッシャーに向かい合うことができず、やる気が続かず、時間ばかり無駄に……でも
スーパーのショッピングから得た楽しさを、創作へのパワーに変えて自分に向かい合って、自分を変える！
こぶしをもう一度ぎゅっと、
［断固！］
［断固として！］
完成したらあとは何度も何度も見直し。窓辺で、冷蔵庫のそばでずっと見てトイレでもなお手放さず。
モザイク

描き終わったあといつも自信がなくって、何度も見なおして、
第三者になったつもりで見るんだけど、自分ってたいしたこと
ないなあって よく思ってしまう。  はぁー

メイイーさん！これすごくおもしろいですよ！
フェミニズムの観点もありますし
え！
わたしもまだ大丈夫みたい！
しばらくして
なぐさめなんじゃ？

作品が完成するといつも、こんな感情が心の中で激しく
何度も打つ。そして最後はこんなふうに考えて終わる。

創作とは 人生の修練―

眉目おだやか

その過程で、自らの本性を
徹底的に理解し、苦悩に
立ち向かうための「考える力」を
得る。それが創作の本当の
目的なのです。

南無阿弥陀仏

久しぶり！仕事終わったから、午後出てこない？買い物行こう！

To メイイー

8月25日 15:45PM

本当はネームをやる予定だった。

昨日はまた予定外のことばかりで、激動の一日だった。
昨日は午後からモデムドライバーを新しくダウンロードしてて、
なんでかっていうと、前、『自由時報』《台湾の新聞》連載の「IT時代」
の記事に、56kのモデムをv.90にするといいって書いてあったから。

↓
なんのことかわかんないけど、当然よくなるんでしょ?

使ってるモデムのサイトを見つけて、すごい時間かけてやっと
プログラムがダウンロードできて(その間、当然なんどもなんども
ネットが落ちたわけだけど)、2時間かけてその作業を終えて、
それから合うかどうかもわからないドライバーもダウンロードして、
それから別のサイトから、kill-cih*1というアンチウイルスソフト
をダウンロードした。

↓
感染してると、26日に発症するらしい。

それから嬉々としてインストールしたんだけど、インストール方法が
わかんないし(また例の腹立たしい英語だし)、だから何もかも
全部開いて、クリックしていって、当然その間自分がなにをした
のかさっぱりわかってなく、なにひとつ確信がもてなくて、

そしたら! とうとうトラブルが——

*1
cih(チェルノブイリ)は1998年6月に発見されたコンピュータウイルス。4月26日や毎月26日に発症する。作成者は台湾の学生

インターネットに
接続できません
（モデム）
かつてない叫び声
をあげ、停止した
「崩壊」という名のプログラムが
わが脳にインストールされた。

例のかわいそうな弟に電話して、助けを求めた。自分で何度もやってみたけど、どうしてもネットに繋がらない。回線が混雑してるとかいう問題じゃない。それにもう今日ダウンロードしたのは全部削除して、もともとのプログラムをもう一度入れなおして、設定も見なおしたのに……。
わたしの声がよほど心細かったんだろう、今回は弟も、電話の向こうから熱心に手助けしてくれた――

まず
〈マイコンピュータ〉
をクリックして……
クリックした。
それから？
……ダメ！
そこは自分でも
見たわ！

ねえ、稲妻みたいなアイコンわかる?そこをいじった気がする
相手に伝わらないうえ、同じところをもう一度開けと言われても見つけられない。
なんか稲妻みたいな合図が出て、(翻訳ソフトで)インストールする?って訊かれたから入れたんだけど、、、そのあとまだ新規作成とか削除とかいろいろ指示されて(それも翻訳ソフト)……
自分でわかってないのに、誰がわかるというのか。

それから弟は、わたしになにか削除させて、またなにか新規作成させ、もう一度設定させなおして、再起動させた。

ok!

これでもだいぶマシになった。

ついにネットに繋がった。でも10回試して2、3回しか接続できない。モデムの音は相変わらず異常だけど、でももう夜も遅いし、それ以上は諦めて、心にこんな妄想を描いた——

明日起きたらもしかしたらパソコンが全部治ってるんじゃ……
絶対そうなるよ!みんな、こんなに頑張ったんだから。ケンカもしなかったし
ケンカの原因はいつも自分じゃん。

おとついは生活がむちゃくちゃだったし、それに昨日は昼、寝るつもりが、ダウンロードのことで結局寝れず、だからこのときはもう疲れきっていて、そんな希望を抱いて、眠ることにした。

朝起きたら、寝る前と全然変わってない！ いや！ 意外にも通信速度が飛躍的に向上している！ これにはびっくり！

だから、まだ接続してくれないときはあるけど、通信速度がすさまじく速いのでわたしは満足した（空前絶後の速さ！ これまでと全然違う！）。

やった！
登頂に成功した！
頂点に登りつめた！
てっぺんって
孤独なのねー
すごい！
ほかの人と比べたら
わたしは、チョモランマに
いるようなものじゃ……？
ほかの人
チョモランマ
（玉山《ユーシャン》）＊1

＊1
台湾中央部にある、台湾最高峰の山。旧称新高山。標高3997m

よし、これで安心。じゃあついでに待ち合わせ場所を決めようか！

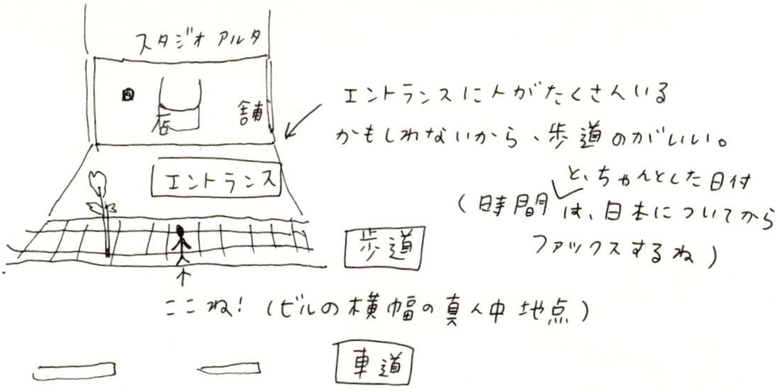
スタジオアルタ
店舗
エントランス
エントランスに人がたくさんいるかもしれないから、歩道がいい。
（時間と、ちゃんとした日付は、日本についてからファックスするね）
歩道
ここね！（ビルの横幅の真ん中地点）
車道

ウイルスの予告日は明日だぞ……

これは鉛筆
これは箸
ときどき間違える！

昼ごはんに一番よく作る
「わかめの肉なし味噌ラーメン」
冷蔵庫の余りものはなんでも入れて、このときは
じゃがいもと豆腐と葱を入れた。
味噌について注意 —— 水でゆるめたあと、火を止めてから
とき入れます。煮立せると苦みが
出ちゃう。

FAX

8月26日
昼。腹減った。

TO ミャオ

昨日の夜は早く寝たから、ファックスできなかったよ。
今日は水曜日。ミャオはきっと家事や片付けに忙しいはず。
わたしの記憶が確かなら、今日記者が家に来て撮影、
だよね？

うん！
まずはファックス入れて、ご飯食べて、それからあとは……

記者のスンさんによろしくね！ How Are you.
（もしそっちも彼女が取材に来たら）

撮影とは、人生の修練!!

これはわたしが言った言葉。
ヨメに先に使われた！
ずるい！

8月27日

To メイイー

普段は命や人生を教えるたぐいの本はあまり読まないのだけど、今日は時間を作って『モリー先生との火曜日』[*1]を読んだ。

「死について学ぶことは、生について学ぶこと」っていう考え方は、「チベット死者の書」でも出てきたけど、それでもこの本はわたしを引きつけた。とくに気になった箇所は――

「愛を受け入れる。（略）愛を受け入れれば軟弱になると思われがちだ（略）」 → わたしもそう考えてた。

「体がゆっくりしぼんで消えていくのを見ていたら、そりゃおそろしいさ。けれども、さよならを言える時間がこれだけあるのは、すばらしいことでもあるよ」→こんな角度からものごとを考えたことはなかった。

「（略）人生に意義を認めていたら、逆もどりしたいとは思わないだろう。先へ進みたいと思う（略）」

→今そうなろうと努力しています。

「生命は“遅すぎた”はない。生命は最後のその一瞬まで、変わり続ける」 →これはあっと膝を打った。

「人間はあぶないと思うと卑しくなる」

→わたしもときどき同じ過ちをおかしてしまう。

それに小さな波のエピソードが、わたしは好き。

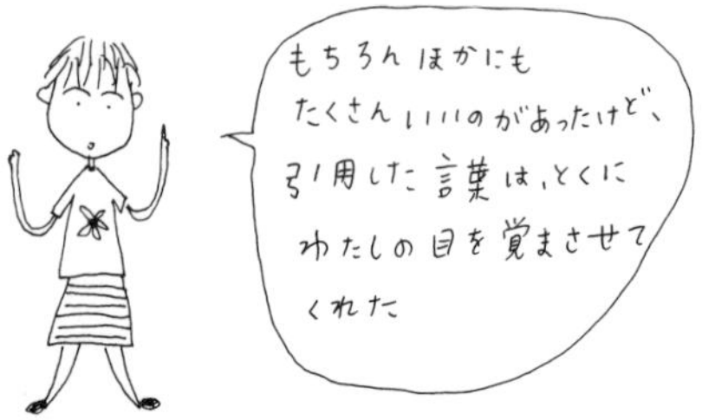
もちろんほかにもたくさんいいのがあったけど、引用した言葉は、とくにわたしの目を覚まさせてくれた

＊1
『モリー先生との火曜日』（ミッチ・アルボム著、別宮貞徳訳、NHK出版）引用はそれぞれ普及版の57頁、62頁、122頁、引用箇所不明、156頁

また引用

（略）その波は海の中でぷかぷか上がったり下がったり、楽しい時を過ごしていた。（略）ところがやがて、ほかの波たちが目の前で次々に岸に砕けるのに気がついた。

「わあ、たいへんだ。ぼくもああなるのか」
そこへもう一つの波が（略）「何がそんな悲しいんだ？」
とたずねる。

最初の波は答えた。「わかっちゃいないね。ぼくたち波はみんな砕けちゃうんだぜ！ みんななんにもなくなる！
ああおそろしい」

すると二番目の波がこう言った。「ばか、わかっちゃいないのはおまえだよ。おまえは波なんかじゃない。海の一部分なんだよ[*2]」

以上、ちょっと長かったけど、今日の収穫をメイイーにおすそわけしたかったんだ

いっしょに思い出したのは、「チベット死者の書」の言葉 ——
「理解を悟りと思うな、悟りを解脱と思うな」

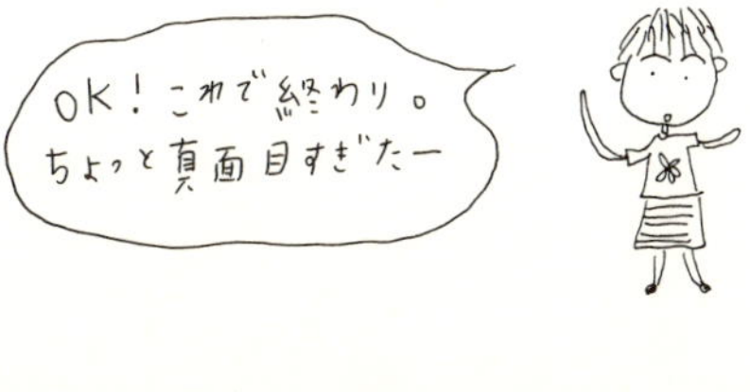
OK！これで終わり。ちょっと真面目すぎたー

＊2
引用は同181頁

今日は（いや昨日だね。また間違えた）カメラマンがやってきて撮影をした（ひとりで来た）。その間ずっと、早く終わらせてって何度も頼んだ。とはいえ、一応進歩したところもあって、わたしのほうから彼女に、撮影の角度やポーズを提案したりしたから、撮影はかなりスムーズに進んだ。

こんなストレスがない撮影は初めてだった。撮影後もちょっとお喋りしたりして、なにもかも楽しくできた（メイイーがくれたくますけと記念撮影したよ！）。

前の段落から
少し時間がたってる。

どうしてかわかんないけど、今日（今は8月27日の4:35AM）は気持ちが落ち着かない。頭の中が走馬灯みたいにぐるぐるして、気楽だった気持ちはいつの間にか消えてる……。ふいに、昔仲がよかった友達を訪ねて、ひとりひとり握手したくなった。ふいに、秋が早く来ないかなあって思った。できればわたしの記憶のなかにある、あの年のあの台風の夜にもう一度戻りたいってそう思った。思いっきり泣いて、わめいて、それから思いっきり眠りたいと思った。ずいぶん長いこと忘れてたけど、あの夜に感じた温かさと涼しさをもう一度感じたいって、ふいに思った。

9月の日本行き、ちょっと後悔してたんだ。だってわたし、収入が安定してないから。でも今、ふいに、早く行きたい、早く行きたいってすごく思った。

たぶん自分のなかの圧縮ファイルを、解凍したいのかも。

不愉快な思い出がある大連へすら、今は行きたい。

だから今日のファックスは、こんなくちゃくちゃのまま、終わりにしちゃおう！

冬のマフラーと吐き出す
冷たい息が懐かしい。

5:03 AM

To ミャオ

8月27日 深夜 1:00

ファックスのA4用紙がなくなったよ。たくさん書いたね。
明日買いに行ってくるよ。(受信用感熱紙も買ってこよう)。
ネットの速度が上がったなんて、すごくうらやましい。わたしが使ってるノートブックは、今世紀もっとも遅いパソコンと言っても過言じゃなくて、モデムは悪くないんだけど、なかのメカがとにかく遅くて、結局ネットの速度が低下する。

新しいのに買い換えたいけど、でもMac坊ちゃんのマザーボード換えたばかりだし(マザーボードだけで普通のPC1台分した！憎たらしい！)、もうちょっと我慢して使わないと。

夜、リンさんとマンション下の漫画王《台湾の漫画喫茶》の前を通ったら、窓にでっかい足の裏が貼りついているのが見えた。

うちのマンションの下の漫画王は
かなり居心地がいい……。

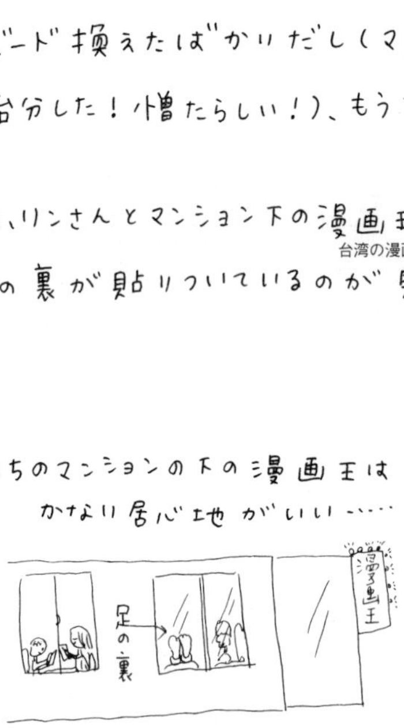

近づいてみたら、リンさんの友達だった。
座っているのがFuFuさんで、寝転がって足を上げてるのがシエさん。＊1

わたしたちは鬼月《グイユエ》＊2のおばけみたいに、
窓際から驚かしてやった。そしたらふたりは、
目をまん丸にしてびっくりしてた。

＊1
謝春徳　フォトグラファー。近年は第54回ヴェネチア・ビエンナーレで個展を開催した

＊2
旧暦7月（鬼月）は鬼門が開くので、おばけが多いとされる。日常生活にも各種のタブーがある

なんでこんなとこにいるんだ！
FU-FU
リンさん
メイイー
ここらは金持ちしかいないとこだぞ！
FU-FU
大安路＊3
（町会長はフーさん）＊4

そうなの！ わたしたちなんと、お金持ちが住む エリアで
暮らしてるの。 どうして ？

高級住宅地に
ちょっと住んで
みたかったのよお！
家賃が
高すぎるから
年末には
引っ越すよ！
ここらにある1000万以上するマンションなんかきっと
約3000万円
一生買えないけど、でももう住んじゃったから、これから
先はそんな夢、持たなくてもいいわけ。だから
ほかの夢を追いかけよう……
わけがわからない
理屈

＊3
台北市中心の繁華街である敦化南路一段の裏手

＊4
傅娟　テレビタレント、欧陽菲菲の弟（政治家）の妻

あいさつのあとシエさんは、足の裏を窓に貼り付けていた理由を教えてくれた。さっきふたりが「漫画王」の前を通りかかったとき、マンガを見ながら足の裏を窓に貼り付けている人がいて、騒がしい都会の片隅にある、静かなマンガ喫茶でのそんな悠然たるふるまいに、彼は、詩のようだ！といたく感動し、店に入って、彼が帰るのを待って、同じ席で同じかっこうをしてみたのだという。

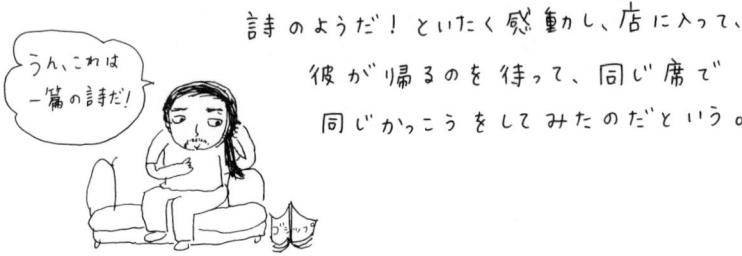

うん、これは一篇の詩だ！
ゴシップ

わたしたちと話をするので、足は下ろした。

ちょっとわけがわからない理由……

「詩」の鑑賞を邪魔しないよう、わたしたちはすぐ帰った。

なんてわけのわからない結末！
紙がなくなったから明日ね！

To メイイー　　8月28日 1:13 AM

今朝起きたら、昨日の低調な気持ちがまだ少し残っていて、もう一度、徹底的に考えた。
ひとつひとつ遡っていって、やっとこの問題の根源がどこにあるかわかった ——

矛盾と苦痛

↓

自分の価値観と、現実の集団的価値観がぶつかり、もみ合う

↓

もし自分がいいと思うこと、好きなことだけをやっていると、きっとこの生存競争の世界に適応できない。

↓

自分にも"媚びる"ところがあると知る。

↓

不純な正しさを、わたしは本当に正しいこととは思えない。

↓

でももういちどやり直したいとは思わない。人生の悔いはまさにそのやり直しできないことにあり、人生の美しさもまたそのやり直しできないことにある。

うん、でもこの"欠落"の「比率」が問題なんだ。ポイントはそこ！
そうよ‥‥ときには美しさが欠落した作品でも楽しめるし、だからこそ好きにもなる。じゃあ人生だって、同じように受け止められるんじゃ？

そんな感じで午後には元気復活。

人生が船旅なら、
やはりその方向は
自分で決めるのだ。

それから、うちの向かいにキラキラ光輝く灯りが見えたので、ちょっと出てみると、不動産屋のモデルルームだった。買う気はないんだけど、ちょっとその美しい部屋を見せてもらった。営業さんがジュースを出してくれた。

契約時の手数料が1%と手付が1%必要でして……
営業さん……なんていい人……
ちょっと気がとがめてる。ジュースをタダ飲みしにきたみたい。
↓
しゃれたグラスに入ってた。

せっかくその気になったので、じゃあ徹底的にと別のモデルルームも行った（隣接地にあった）。ところが今度は老獪な販売員が出てきて、わたしたちを見るなりこう言った――

ご予算はどのくらいでしょう？ここは1000万台湾ドルからの
約3000万円
ご案内ですが
あなた、大変ね！ご商売とはいえ、そんなキャラじゃ疲れるでしょう？
ほら今なら、"欠落"も受け止められる。

ということでモデルルーム見学に失敗して、追いかえされた。わたしは昔からモデルルームを見るのが大好きで、つまりインテリアが好きなのと同じ。帰ってから旦那に電話させた。お義兄さんがもしマンション購入を検討してるなら、あの人のいい営業さんのところに行けばいいと思ったから。

ということで今日の散歩はまったくもって、つまらない旅でした。つまらない旅から帰ってきたあと、アメリカ西海岸に台風が近づいているのを朝刊で知り、ウェブカメラでジャクソンビル（フロリダ州）の様子を見ようとしたんだけど、画面は真っ黒だった。たぶんカメラが、暴風に飛ばされちゃったんだ。今日はなんともつまらない一日でした。

1:13AMのベイビー

TO ミャオ

8月28日午前様に書いた
（事件の発生は27日夜）

自分でもそう思うんだけど、うちのキッチンはなかなか個性的でかっこいい。換気扇のうるさい音が嫌いで、静かなところで野菜を切るのが好き。切って洗った野菜を分類して、冷蔵庫でしっかり保存しておく。わたしは野菜や昆布の類でとった出汁が好きで、英語や日本語を勉強しながら煮込んで、しばらくすればほら、素材を生かしたすばらしい味わいが！

わたしは包丁でタンタン叩いてひき肉にするのが好きじゃないから、できあいの餃子とウインナー以外、包丁を使う肉は買いたくない。ゆでたり、煮込んだり、焼いたりは好きだけど、炒めるのは好きじゃない。換気扇のあの汚れを考えるだけで、食べる気がうせる。ベタベタ汚れは掃除が大変だし、だから最近は生で食べるのが好きになった。
ボールいっぱいにサラダを用意して、自分でドレッシングを作って、そんな食生活でもう元気百倍。

この静かで、ベタベタしないキッチンのスタイルを是が非でもキープしたいから、わたしは誰でもよく知ってるような料理は作らない（葱爆鶏丁《鶏ネギ炒め》、鉄板牛柳《牛ヒレの鉄板焼き》とかそんなの）。お客さんを家に招いてごちそうしたくもない。そうするといつしか旦那にしか料理を作らないようになって、リンさんは我が家の食生活をとても気に入ってるけど、でも人に得意料理はなに？って訊かれると、いつも答えられなくて困る。

わたしの得意料理……
あなたみたいなフリーの人って、料理できないでしょ？どうせ外食ばっかりで
人をバカにしてる人

もし本当に料理ができなくてそう言われるなら別にいいけど、実際はできるからね！

自分らしいかっこよさを持ってると思ってる人

それに食生活はそのひとの人生観でもあり、生活にたいする態度の現れでもある。だから、料理ができるできないは、その上手下手だけで判断できない。生の野菜を盛って食べるのが料理じゃないって言い切れる？

前に友達と一緒に住んでたころ、調理のときまず中華鍋で葱を炒めて香りを出し、それからあとに野菜を入れることを発見して、自分ってなにも知らないんだな——、基本がないんだ——って思った。でもその後（いまの自分）はもっとシンプルな味付けにしたくって、辛味や香味の誘惑をなるたけ断ち切って、素材そのものの味を楽しむようにしている。

こんな考え方って本当は絶えず、自分の作品（や創作活動）、さらに対人関係に反映されていて、おのずと共通点として出てくるみたい。

ここまでの話と全然関係がないこと。

前置き長すぎ！

長々と書いたけど、実はミャオに言いたいのは、今日、とある料理教室に行った。どうしてかというと、初対面のあまり親しくない人に誘われたから。

メイイーさん、料理にご興味がおありですか？
まあ、あるほうです！
ぼく、料理を教えてるんですよ！よかったら来ませんか？おもしろいですよ！
はあ……いいですねぇ！
お断りしにくい状況だ

その場で断れなかったので、結局行かざるをえなくなって、内心、せっかくだから人に名前が言えるような料理を勉強してこようって思った。学ぶことは良きことかな！

ということで、夜、わたしはタクシーを拾って、急ぎ、教室がある場所へ向かった。

道すがら、料理教室のことを空想した——きっとそこはハートフルなおうちで、あの先生（わたしは1回しか会ったことがない）が、キッチンに材料をふんだんに用意して、若い主婦や愉快な隣人たちが7、8人でダイニングテーブルを囲み、先生のお手本を見ながら、味見して……わたしもきっと新しい友達ができる。

あの先生とその奥さん

お手本が終わったら、涼しいリビングのテーブルに移り、
みんなで美食を味わいながら、わいわい意見を交換する……

先生からもらった住所についた。タクシーを降りると、料理
教室に来たとおぼしき女性が何人もいた。

エレベーター
8
7
6
5
4
3
2
1
男性もいて
あれ……？あの人たちも……？
たくさんいるみたいだけど……、おうちっていうよりオフィスビルみたい。へ〜んね〜
先生の自宅だと思ったから脱ぎやすく、わざわざサンダル！

わたしはその人たちに笑顔で挨拶し（だってみんなそうやってたから）、エレベーターを待った。そしてエレベーターが来てドアが開いたとたん、気づいた――

服が裏返しだー！
鏡
わたし
映ったわたし

8階つきましたよ！
料理教室に来たんでしょ？
ダメ！絶対にバレちゃいけない！すぐに隠さなきゃ！縫い合わせが一番目立つボタンの裏のところを腕で隠して、エレベーターの端に体を押し込んで、でも表情はあくまでも自然に、なにも気にしてません。みなさんとは無関係、なふりかろうじてエレベーターから足を踏み出し、顔を上げるとそこは本格的な教室で、「ジェンダー講座」とか「もっと成功するための次の一歩」とか「友達を増やす人間関係術」とかそういうのをやりそうなところだった。キッチンもダイニングテーブルもなくて、大きなホワイトボードがあるだけ。そこに料理名がいくつも書いてあり、見まわすと50人分の座席が……。しかもなにげに視線を向けた壁には「婚礼写真」が何枚か貼ってあって、新郎新婦がわたしをお迎えしている。
参加者はみな目をキラキラさせて、お互い気づかいあって……

これ……っても……まさか、婚活パーティー？
二重のプレッシャーに襲われている
……エレベーター、早く来て
壁にへばりつく以外なにもできない……
早く！早く帰ろう！
パタパタパタっとエレベーターホールに、サンダルの音。
あの初対面のひと、きっとわたしを独身の女の子だと間違えたんだ！
わたしは―！わたしは―！
既婚です！もう3年過ぎました！
右の涙は独身と間違えられたから
左の涙は服が裏だったから
もうおばさんです！

To メイイー　　8月28日 16:40PM

メイイーの料理の話で、だれにも知られてない過去を思い出した。

だいたいみんなわたしのことを、料理ができない人だって思ってるけど、じつは家で長年料理担当だったんだ！でもそれは小学校から中学校にかけてのことで、商売をしていた両親が忙しく、姉は放課後に塾があったし、母さんも姉さんの大学受験が大変だと考えてて（ハハ、姉が試験前にマンガを見てるようなヤツとはつゆ知らず）、あと弟は小さいし、それに両親は、男の子に家事をさせるべきじゃないって考えていた。

だから、毎日放課後——

ミャオ！
かき氷食べに
行くけど
来ない？
わたし…
帰って晩御飯
作らなきゃ……
行きたい！
行きたい！
行きたい！

自分の青春がうちの台所でむざむざ葬り去られていくことが、
なにより悔しくて、だからわたしの料理はいつも手抜き
だった――――

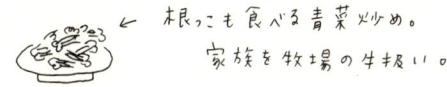

超でっかい大根
しかも皮を剥かずに
鍋に投入。

焼いてぐずぐず
になった魚

根っこも食べる青菜炒め。
家族を牧場の牛扱い。

ごくまれに機嫌がいいときだけちゃんと作った。
その後、服飾デザインの学校に通っていたころ、服飾に
なんの関係があるのか知らないけど、料理の授業があった。
しかも料理の先生が全員ヤクザの親分みたいで、のべつ幕なしに
怒鳴り散らすから、わたしたちはいつもビクビク息を潜める
ように授業を受けた。（にこやかな先生と味見しながら、
おしゃべりするっていう料理教室のイメージにはほど遠い）
そうやって有名どころの料理はけっこうマスターした。西湖《シーフー》《煮魚の》
醋魚《ツーユー》《甘酢あんかけ》、宮保鶏丁《ゴンバオジーディン》《鶏肉のピーナッツ炒め》、回鍋肉はもちろん、パイナップルケーキ
みたいな中華スイーツまでマスターした。

毎学期末にテストがあって、何を作るかは事前に知らされず、テスト5分前にひとりひとりくじ引きをして、あたった料理を作らないといけない。最初のテストでわたしは西湖醋魚をひいて、ラッキーって思った。だってこの料理はけっして難しくないから、自信満々で試験に臨んだ。

ところが材料を手にした瞬間、それがぬか喜びだったことに気づいた！

材料は料理ごとに分担してクラスメートが買いに行って、試験のときは先生のところにまとめてあり、くじを引いた人から取っていく。

で、どこの意地悪か知らないけど、買ってあった材料は

めちゃデカイ 草魚[*1]！

＊1
草魚（ソウギョ）はコイに似た淡水魚。中華料理でよく食べられる

西湖醋魚は、魚をおなかからさばいて、まるで2尾いるように見せる。

ここは切らずに
繋げておく。

そしてわたしは、デカ草魚との格闘にまるまる1コマ（テストは2コマ）を費やした。

なんども
叩きつける。
魚の血が、
どばっと流れる。
早く切れて！
じゃないとわたしが
切腹の刑！

1コマ目が終わってようやく巨大魚をふたつに開いたけど、
もう手がだるくてプルプル震えていた。
火にかけようとして、もうひとつの難題に気づいた！

うー
魚が……デカすぎて
中華鍋に入らない。
……これじゃ絶対
生煮えになっちゃう！

蒸すんだけど、だって鍋蓋からはみ出してる。

シッチャカメッチャカに魚を動かしてるとき、手がプルプル
震えていたので、　じゃないと全体に火が通らない
中華鍋を地面に落としてしまった——

女親分
誰？
減点！
わたしじゃない……
わたしじゃない……
同時に6人くらい
試験を受けていた。
ひっくり返らなくてよかった。

先生がよそを見ているすきに、ガゼルのような素早さで鍋を
コンロに戻し、なにごともなかったふうに装った。最悪の
状況は回避されたものの、気づくと、さっきの上下動の
せいで、鍋のなかの魚は——

片っぽの尾が切れている

先生が見回りを警戒しつつ、頭をフル回転させて
リカバリー方法を考える。そのとき、ショウガが見えた。
そうだ！千切りショウガをのせよう！（それから味付けし、
とろみをつける）
稲妻のような速さでショウガを切り、最後の仕上げをして、
わたしの西湖醋魚がついに完成した！

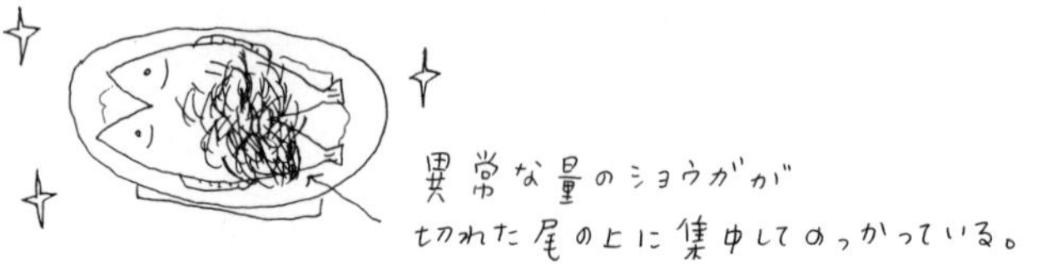
異常な量のショウガが
切れた尾の上に集中してのっかっている。

そして審査——

これ誰の？
まずい！
やっぱ
バレたか？
はい……
わ……
わたしのです……

あんたこれでも千切りショウがって言える？太すぎるでしょ！短冊ショウがじゃない！
はい！はい！次回は頑張ります！

怒られたけど内心大喜び。ショウがで減点されたけど、尾っぽが切れてたのはバレず、追試はなし。ラッキー。（たしか試験3回のうち、2回追試した）

こんなふうに料理のことを考えると、冷や汗が出るほど生々しい記憶がたっくさん浮かんできて、さらにわたしの青春を奪った主婦業のつらさを思い出す。だから……

今はもうほんとキッチンに入らない。それにふたり分だと、材料費が外食より高くなっちゃうこともしばしばで、またふたりとも揚げ物が好きだから（当然キッチンのしつこい油汚れに悩まされる）、最後はもう、自分でやんなくていいやってなっちゃった。

よくよく考えると、べつに料理自体がイヤなんじゃなくて、料理に付随する、皿洗いとかキッチンの掃除とかそういう雑事がイヤなのであって、だからって旦那は進んで手伝いをするタイプでもないし、やってくれたところで雑だし、そんなこんなでわたしの料理への意欲は大きく減退した(さもなくば、偉そうにやり方がおかしいだの、あれを入れろだの口はさまれるのがオチで、努力が報われない料理なんて、誰がやる？ それに彼は濃い味付けが好きで、調味料や香辛料も、わたしひとりだったらいらないヤツばっかり増える)。

毎回毎回
口はさんでなんかないよ！
抗議
だいたいそうなら毎回そうなのと同じじゃない？
じゃあ今日はサラダにしよっか？

わかった。サラダは……君が食べればいいよ
ほら！

お金があるときはプレゼントくらいするけど

P.S. 今日は七夕(チャイニーズバレンタインデー[*1])だけど、うちはいつもとなにも変わらないのよね。メイイーはなにかする？ ハッピーバレンタインデー！

＊1
七夕（旧暦）は台湾ではカップルが一緒に過ごす日で、2月14日とともに「情人節（バレンタインデー)」と称される

TO ミャオ

8月29日

七夕はいつもどおり。特別なことはしない。わたしたち、お節句や誕生日はいつもてきとー。結婚記念日も同じだ（3年間で2回忘れた）。

メイイー！
七夕だ！
飲もう！
無敵
Beer

昨日も飲んで
おとついも飲んで
今日だけ急に七夕を
理由に飲まないでよ。
のんべえなだけ
じゃない……

2年前ヨーロッパへ遊びにいったとき、たまたま、スコットランドで毎年8月に行かれる「エディンバラ・アート・フェスティバル」がやってた。

わたしが泊まった学校宿舎は抜群のロケーションにあって、周囲はみな小劇場のオフィスだった（解説すると、エディンバラ・アート・フェスティバルと同時開催のフェスティバル・フリンジっていう「B級」芸術祭があって、これがもっとおもしろいの。イベントやパフォーマンスが独創的で、既存の価値観を覆し、かつ社会をリアルに映し出す。わたしが泊まってたのはフリンジの団体が集まるエリアだった）そこにいたらもう、アート・フェスティバルのパワーに染まっちゃって、本当におもしろかった！

↙フランス南部

それより前にわたしはフランスの「アヴィニョン演劇祭」

にも行った。それは小劇場が中心のフェスで、小さな村全体(古城の中)にいろんなパフォーマーや役者があふれかえってて、十字架を背負ったキリストがいると思えば、ハンバーガーやウィンナーを売り歩く人もいて(売り物は全部偽物だった)、それに最高のストリートパフォーマンスを見ることができた……。

あの年、2つの巨大なフェスティバルの洗礼をうけたから、そんな長期型のイベント、フェス(1週間〜1ケ月)には興味がある。

毎年11月のフィルム・フェスティバル*1(ゴールデンホース・アワード)は、わたしもお祭りだから、できるだけ参加する(わたしはさほどのめり込まないけど、旦那は前、7000台湾ドル《2万円くらい》もチケット買ってた)。

台北フィルム・フェスティバル*2もうすぐ始まる。9月26日からよね? チケットも99台湾ドル《300円くらい》とお安い。
いい映画がたくさん来るし、みんな30歳前の若い監督で、そういう映画が一番いいよ!

台北フィルム・フェスティバルのテレビCMは2本あって、そのうち「巫女篇」の歌はわたしが歌っているのだー!
(放送は来月から)

*1
金馬奨(ゴールデンホース・アワード)は1962年より開催されている台湾の映画賞及び映画祭。中国語圏の映画賞としてはもっとも歴史が長い

*2
台北フィルム・フェスティバルは、台北市主催で98年が第1回

メイイー、
ほらもう書くなよ！
飲もう！
七夕だ！
12時過ぎたから
もう七夕じゃない！
うるさい！
FAX
しぶしぶ、
ファックスはこれで終わり。
のんべえ夫妻です。

To メイイー　　8月29日 16:20 PM

ときどき、バカみたいって思うことがある。例えばわたしにこんなことを訊く人がいる――

ミャオさん、どんな音楽が好き？
えー わたし、音楽はとくに……
なにー！ 今どき好きな音楽がないなんて！この人、生きる楽しみを知らないんじゃ?!
じゃあいつも どんな映画を 見てるの？
映画もとりたてて 好きじゃない ……
なに!?
嘘…
こ、この人、なんて話し甲斐がない人だ……

わたし別に音楽が嫌いなわけでも映画が嫌いなわけでもない。ただそんな積極的に聴いたり見たりすることがないだけで、偶然好きなメロディを耳にしたら、CDをさがしに行くし、いいドラマとか見たら、ビデオ屋で揃える。ともかく、わたしがわからないのは――

音楽をたくさん聴いた人は、心が豊かに育まれ、思うままに生きられるってこと？
映画をたくさん見た人は、そこから素晴らしい理想を吸収してよりよい人生を送れるってこと？

＊1
『荀子《じゅんし》』

わたしは別に、音楽や映画の存在意義を否定するつもりは全然ない。作品を楽しみ、その感性や知性を吸収したり、ゆったりした気持ちになることの意味を否定するつもりはない。

ただ「物に役《えき》せらる[*1]」じゃないけど、いつのまにかその物を持つこと自体が一番の大事になってしまって、その物が自分にとってどんな意味を持つのかを忘れてしまう人がいる。たとえばコメディ映画にしたって、ゴシップ誌にしたって、見てるあいだ自分がリラックスできて、おおらかになれるなら、それはまったく意味がないことじゃないよ！

ゴッホの名画を山ほどコレクションしたら、それで本当にゴッホの精神を理解したことになる？

興奮しすぎてしまった……
自分だけが芸術をわかってるって勘違いしてるヤツのことを愚痴るだけのつもりが……

ともかく、そういうむかつくヤツのことを、昨日のフィルム・フェスティバルの話から思い出してしまった。

うちの猫ちゃんがもうすぐ「歯無しのやから」になってしまう——

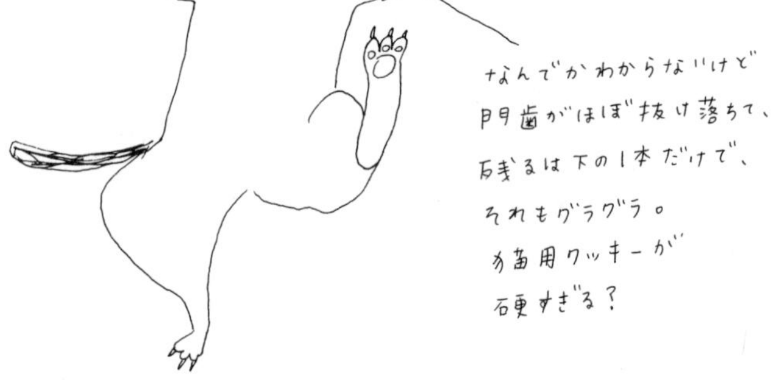
なんでかわからないけど
門歯がほぼ抜け落ちて、
残るは下の1本だけで、
それもグラグラ。
猫用クッキーが
硬すぎる？

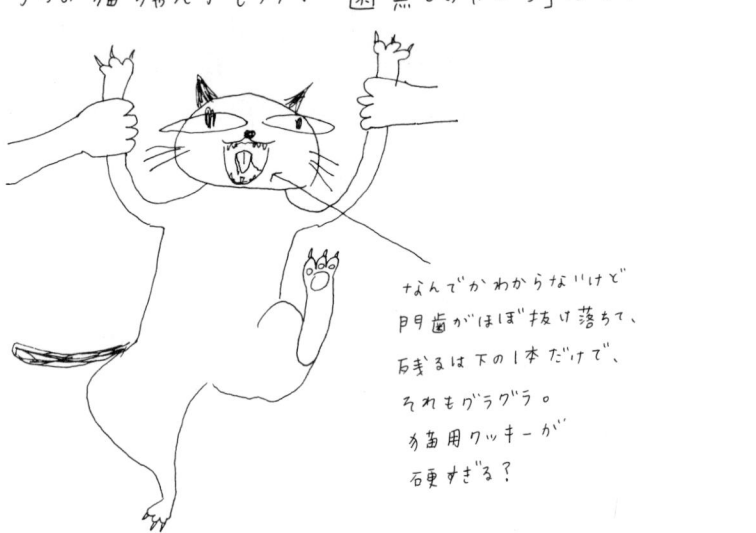

獣医さんに電話したら、診ないとわからないと言うので、
まったくもー、親バほどありがたいものはないよ！
貧乏だけどやっぱり行かなきゃねーーー・・

また噛んで！
だから抜けんのよ！

TO ミヤオ　　　　　　　　　　　　　　8月29日 8:40

昔、わたしもよくそういう問題にぶち当たった。誰の映画が好き？って訊かれたり（つまり監督の名前を言えということね！？）、どんな音楽が好きかと訊かれたり（つまりジャンルを言えというわけね！）、でも「貧乏」育ちのわたしに、映画を見にいくお金があるわけないじゃない！　音楽だってラジオだし、つまりDJが流す曲をそのまま聴いているだけ。選択する権利がないところで、自分の嗜好をどうやって知れと？

そんなふうに訊いてくるのって、なんかテストみたい。つまり回答次第でその人をランク付けしようとしてるわけ。昔はそんな質問をよくされて、プライドがちょっぴり高いわたしは、論理的に答えられなくて、いつも焦りにかられた。だから一時期、そういう高尚な映画を避けていたし、いつでもなにかを批判し、覆そうとしてる小劇場が嫌いだった……

そういう幸せな人たちは、若いころバイトしなくても大丈夫で、するにしてもお小遣いとして自由に使えるし、社会人になってもそんなに忙しくなく、文化・芸術に勤しむ時間がある……。25歳までのわたしなんて、唯一自慢できたのは自転車で台北を駆けまわるテクニックだけで、音楽や映画や演劇やなんかのことを訊かれたところで、その人がいかに芸術をわかってるかって“鼻息”をひけらかされてるとしか感じなかった。

なんて不公平なの……。

そして神様を責めた。

いつから変わったんだろう？ そういう嫌なヤツらに質問されたあとに、それでもときどきそのオススメ作品を見たり聴いたりして、すぐ寝ちゃうのもあったけど、たしかに共感できる作品もあった（共感といってもたぶんヤツらとは別の部分で）。で、その監督の作品をもっと見るため、がんばって監督の名前を覚えるようになって、そしてだんだんと、そういう芸術的質問にも答えられるようになった。

あとから思ったのは、あの「嫌なヤツら」はもしかしたら人生の「一時的な先生」だったんじゃないかってこと。その時期、彼らに負けないよう、自分の内にあるものを鍛えていった。彼らの、そうやってひとを値踏みするようなやり方は誤りかもしれないけど、わたしからすれば（心を広くして振り返れば）、彼らは手頃なライバルだった。

映画をたくさん見て、音楽をたくさん聴いたら、よりよい人生が送れるってわけ？ っていうミャオの意見には賛成。そんなの絶対、イコールで結べるわけがない。

スリリングで刺激的なバイオレンスムービーって、悪者が最後お縄頂戴になるのを見たくて見るんじゃなくて、銃撃・爆破シーンを見て、自分のうちに隠された暴力欲求を発散させて、スカッとするためのものだ。

ラブストーリーを見る人だって同じで、愛情への美しい希望が心にあるから、ドラマに入り込んで、その美しい雰囲気だけでも味わいたいのだ。
現実の自分はきっと味気なく、退屈なのだろうし

あーあ、えっと、わたしが言いたいのはっ―（もう話がむちゃくちゃ）、募金する人が必ずしも善人じゃないし、人を殴る人が必ずしも悪い人じゃない。ゴシップ誌を読む人が必ずしも俗人じゃないし、なにも知らない人が必ずしも愚かな人じゃない……

わたしが一番見下してしまうのは、自分の尺度でしか他人の価値を測れない人で、しかも測ったあとは、軽んじるか、さもなくば媚びるか。そんな人、一番キライ！

実は、昨日一度書いた内容がちょっと真面目すぎたんで、結局ぐちゃぐちゃと捨てちゃったんだけど、わたしが言いたいのは、そういう見下してしまう人、キライな人のことを、今のわたしはとりたてて排除しようと思わなくなったこと（あ、違う。向こうはわたしを嫌うんだけど、わたしみたいな弱気な人間にはもう、その人を排除するエネルギーがない）。

人付き合いなんてもう、適当にあしらっておけばいい。誰かがなにを言ったとか、なにをしたとかに、自分はもう影響されたくない。

もし映画や、音楽のことで質問してくる人がいたら、適当に
あしらっとけばいい！
自分への自信が相手に伝われば、クール！個性的！って
思われるかもよ？

わたしは音楽も聴かないし、映画も見ない！
ギロッ
ニャオ
わたしはわたし！
芸術家ってやっぱり性格キツイ！
カテゴライズへのアンチテーゼが表出している！

やあ、やっと会えたね。
でも……
ゴッホの名画を集めてるひとは間違いなくお金持ちね！

ベイビー、どうして
歯が抜けるんだろう？
かなり心配だね。
早くお医者さん
行ったほうがいいよ。
大人の歯に入れ替わるだけなら
いいけど。

P.S. わたしたちが
交換した、ファックス、
あわせて130枚を
超えたよ！すごーい！

TO メイイー

8月30日 16:50 PM

わたし昨日、バカなことしちゃった。メイイーからのファックスが来たときちょうど近くにいて、びっしり書かれた細かい字が見えたから、二枚目が出てくるのも待ちきれず、信号が鳴ってるさなか、破いた。

そしたら突然、ファックス機から「ビー」って大きな音が出て、どっか押して止めようと思ってるうちに、三枚目を受信し始めて、電話も鳴るし、ファックスが変になってるから電話は取れず鳴りっぱなしだし、わたしはなによりメイイーのファックスがリジェクトされちゃうかもって、うろたえちゃって——

やっと電話の呼び出し音が止まって、三枚目は紙が出てこないし、だからあわててメイイーに電話したの。

紙ないの？
想像図
違います。わたしはミャオです……

中国語：「没紙嗎（メイジーマ）？

わたしバカよねー。
あわててたから、てっきり
メイイーが「梅子《メイズー》」って
友達からの電話だと
勘違いしたのかと思った。
切ったあとでやっと「紙」のこと
訊かれたんだってわかった。

なんでこんなあわてまくるのか自分でもわかんないんだけど、いっつもこうなる。とくにファックスやパソコン、オーディオ、カメラとか「機械」類でなにかトラブルが発生すると、バカなのは毎度のことなのに、ヒステリックに騒ぎだしちゃって。

わたしはオールラウンドな機械音痴

書いたのに捨てちゃったファックス、すごく気になる——！どうして送信しなかったの？どうして最初から書き直したの？
（送られてきたの、すごくよかった！）

メイイーが書いてた、性格の“卑屈さ”みたいなの、わたしも思い当たる！
人と知り合うと、わたしはまず自分の主張はせずに、相手に合わせてしまう（あるいは観察していると言ってもいい）。そんなふうに、相手がどんな人なのか探ったうえで、じゃあ付き合ってみましょうか、ってなる。もちろん最近は大人になったから、そこまで真面目に考えないよう努力してる。

なるべくこんな気持ちで――「いいじゃん！こんなもんさ！
わたしが嫌いにならなきゃ御の字だよ。他人なんて
どうにも変えようがないし」
もちろんその人が明らかな「敵意」を向けてくるなら、
こっちも気分悪くなるけど。

ここ何日か、くりかえし何度も考えたんだけど、やっぱりあの、前にケンカした親友に、こちらの気持ちを伝えようって決めた。どうしてかというと、人づてに彼女が引越しするって聞いたから。もちろん彼女はわたしにどこに引っ越すかなんて教えてくれてないけど、もしこれきり連絡が取れなくなったなら後悔するんじゃない？ってずっと自問していたんだ。

今回の不愉快なケンカの過程でなにか間違いがあったなら、それはお互いになおしていけばいいって、ずっと考えてた。でもいろんな理由があって、わたしは「ゴメン」のひとことが言えてない（少なくともここまでは）。ただ、〆切ができたことで、わたしは決断を迫られている。このまま連絡を断つか？それとも今この、友情を取り戻すチャンスにかけるべきか？（もしこの友情がどうでもいいものなら、どうして今こんな決断を迫られているんだろう？）

3年後、5年後、あるいは10年後の自分を考えてみた。そんな未来の自分は、今の（数年前の）自分が「ゴメン」と言ったことに、眉をひそめることはないだろう。だからわたしは、筆をとり

手紙を書き始めた。

まあ、実際にこの古き友人を取り戻せるかどうかはもうどちらでもいい。大事なのは自分がこの問題にたいしてアクションを起こしたかどうか。将来の自分に、後悔を残さないでいられるかどうか。

自分のことに後悔なんかしてはいけない。でも同時に、誰かの決定を尊重しなければならない。そう考えたら、気持ちがすっと楽になった。

まいったなー。こんなこと書いたら、返事が書きにくいんじゃない?
いつもそうじゃない!
嘘つき。テーブルがこんなキレイなわけない

To ミヤオ

8月30日 21:10PM

友達や同級生とケンカして、それきりになったことがあったか思い出してみた。思いつかない。無かったのかも。
それがいいことなのか悪いことなのかはわからない。わたしの性格には「ケンカ」とか「憎しみ合う」とかいう能力がほぼ欠落してる。もしだれかとの間に誤解が生じたとしても、それが最終的に衝突する直前、逃げちゃう……
でも、表面上の衝突は回避されていたとしても、自分の心はもう決まってる。

全部あげますよ！
覚えてろよ〜！

「覚えてろ」ってのはつまり、もうその人とは真剣に付き合わないって決めたということ。あるいは前回の"共存"みたいなことで、やむを得ず顔を合わせる機会があったら、その場だけあしらっておけばいい。

この腰抜け偽善者め！いつも自分を押し隠して！
あれー

まあ、その怒りというものをどう表現したらいいかわからないのが、わたしの最大の弱点なんだけど。例があるから、
と旦那
ちょっと聞いてね。

今年の初めにリンさんが受けた仕事があって、それはCM用に油絵を9枚描いて、6万台湾ドル《約18万円》っていう話だった。リンさんはその広告代理店の要望に応じて、×××という画家さんの古代美女画のタッチを参考にして、さらに自分のスタイルで造形し、スケジュール通りに納品。クライアントも非常に喜んでくれた。ところがそのCMが放映されるなり、その画家は内容証明郵便で賠償請求してきた（その根拠がなんなのかわたしたちにはわからない。パクったわけでも模倣したわけでもなく、著作権侵害なんか全然ありえない）。バカな広告代理店はその画家の言われるがままにお金を支払い、しかもリンさんのギャラからその分をそっくり抜いた。

怒！
なに勝手に俺の金から抜いてんだよ！俺だって芸術家だよ！有名な画家に示す敬意はあっても俺に示す敬意はないってことか！fxck！
あの絵だってモディリアーニの影響をもろ受けてるじゃないか！
なにが創作だ!? なにがオリジナリティだ!? fuxk！
あなた落ち着いてよ
悪いのは広告代理店よ！お金をとったのは代理店なんだし、怒りはそっちにぶつけようよ！

それから1、2週間、CMの担当者になんども電話して、伝言を残したけど全然返答がなくて、わたしも腹が立ってきた。

もう！また会議中!?
出たか？

ある日の昼、Wさんがやっとつかまった。急ぎ、自分たちの考えを彼女に述べた。すると彼女はやましいことなどひとつもないとばかりの口ぶりで、リンさんが責任を取るべきで、満額の報酬は支払えないの一点張り。

ところが彼女は、減額分を自分が補償すると言う。
わたしは彼女に言った――

Wさんがお金を出す必要はありません。問題は、御社のわたしたちにたいする敬意が足りないことで、当初の約束通りギャラを支払ってくれたらそれでいいの！
あなたがお金を出すというのはよくありません。これは御社の処理に誤りがあったのですから。訴訟になったって負けるわけがないのになにを恐れて……
リンさんとお話できますか？
わたしの心拍数はこのとき200くらいいってたと思う。話してて息が切れた。
女性がお金を出すと聞いてすっかり柔和になった旦那

電話を切ったあと、自分たちになにか得るものがあったのか考えた。お金が戻ってきたわけでも、敬意を示されたわけでもない。怒りがまたずしりとお腹に溜まった。

怒るな、
怒るな
肝機能の数値が
上がっちゃうぞ
でも、無駄骨
だったじゃない!

それから1、2ヶ月たってもWさんからは一切電話がなく、広告代理店がどう処理したのかもわからない。もちろん謝罪もなく、毎日このことを考えるだけで、わたしたちどれだけナメられてるの!? って腹が立った。

だから旦那と話し合って、この怒りをはっきり、強く表明することを決めた。お金は要らない!金はヤツらのコーヒー代にくれてやれ!うちらの意地を見せてやれ!
内容証明郵便を出す前に、まずわれわれの正当な主張を痛烈な言葉でしたため、相手方に送りつけ、かつ関係各位にファックスしようと決めた。

昼過ぎ、Macでその文章を作っていた。自分たちの正しさを余すところなく理路整然と伝えようと文面を練っていたら、また心拍数が200を超えた。
あまりの興奮に手が震えだし、ようやく打ち終わって保存しようとしたら――……

当時なにかっていうとトラブってたMac
フリーズ
神様！どうしてわたしをこんな目にあわせるの……
まさか、あの心の痛みにもう一度向かい合えと？

わたしも忙しく、リンさんも忙しく、それきり3週間がたった……

コンチクショー！俺様はこれほど敬意に値しないのか？
まあまあ、肝臓に悪いよ！

それからもう一度話し合い、これほどナメられてるなら、

ちゃんと お金 を取ろう、となった。

ハン！Wさんが払おうが会社が払おうが、もうどっちでもいいさ！図々しくもらっておこうぜ！どうせこの社会は図々しいやつが勝ちだ。もう善人はやめだ……………
やり手の奥さん

図々しくやろうと
決めたあと、
また考える。もし万一彼ら
（広告代理店）に
こんなふうに
思われたら——

清貧とか言ってすまし顔してると思ったらやっぱり金か……
陰口
なにが敬意よ 結局金が欲しいんでしょ……

これはわたしたちにとって、なにより耐えがたい光景だ。貸しを作ってるのは向こうなのに、なんでわたしたちがたかってるみたいに！？（でもそう見られる可能性は十分にある。ここはゴシップが大好きな社会だから）事実として、どれだけ図々しくやろうが取り戻せるお金は2万台湾ドル《約6万円》でしかない。こんなはした金のために、魂を失ってもいいのだろうか？

まさか俺のプライドはこれっぽっちの価値しかないのか？新聞に謝罪広告を載せろ！
くそ！

またヒステリーが始まった！

そもそもこちらの要望は、むこうから連絡をよこせというだけで、別に余分に金をぶん取ろうとか、道義的に謝れとか無理難題を突きつけているのではない。なのにどうしてできないのか？

この一件でわたしたちはずいぶん消耗して、弁護士に頼もうかとも思ったけど、そんな大金ないし、ちょっと大げさすぎる。もともとあるべきものを取り返すだけなのに、それを求めることは、どうしてこんな難しいんだろう？

きっと、この問題はまだまだわたしたちを悩ませると思う。でもそれは修練だと思わなきゃ。将来降りかかってくるかもしれない、似たようなトラブルの予行演習だと思って。たぶん強い性格の人ならとっくに解決してると思うんだけど、わたしと旦那はただただ毎日悪夢にうなされるだけ！

二度といい子ちゃんにはならない!
家
外
どうもどうも
すいませーん

To メイイー

8月31日2:25AM

昨日のファックスの"やり手の奥さん"と、となりの"陰口を言い合う敵"の絵、それに「二度といい子ちゃんにはならない!」のふたり、すごい好き! すっごくおもしろい!

この手のこと(「激高日記」だ!)は、わたしと旦那も少なからず経験がある。ときには弁護士に相談しようかと思うほど頭にきたこともあったけど、でもどうしようもない。わたしたちはまことの貧乏カップルだから、結局もう運命に任せるまま、流されるままのがいいみたい。

でもときに「やり手の奥さん」の役を演じないといけないときがあって、でもしゃべるのが下手だから口を開いたとたん、悲劇のピエロに——

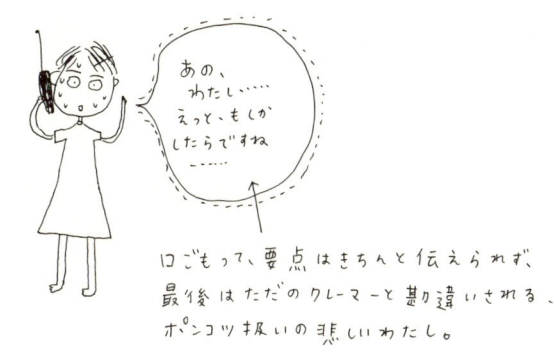

あの、
わたし……
えっと、もしか
したらですね
……

口ごもって、要点はきちんと伝えられず、最後はただのクレーマーと勘違いされる、ポンコツ扱いの悲しいわたし。

だからそういう場合はいつも、手紙を書く。家計の苦しさをひと通り訴え、自分がいかに仕事を愛し、この逆境でなお前向きに努力しているかを綴り、最後に感謝の言葉をいくつか加える。

でも手紙の内容はまんざら嘘でもなくて、事実としてそうなのだから……（比較的軽い被害なら不運だと諦めます。手紙を書くのは、本当にどうしようもない状況だけ）。

いい？
もしこれで相手が
心を入れ替えなかったら、
ひとでなしってことだから！
もう二度と一緒に
仕事しなくて
いいからね！
郵送！
……

やり手の奥さんミヤオバージョン

もう"何年"も連絡してこないんだから、経理のうっかりじゃすまされない。

これまで原稿料未払いのところは腐るほどあって、その人たちはどうして、人が骨身を削った作品の代価を騙し取る気持ちになれるんだろう！？　彼らからすればそんなのはした金でも、わたしたちフリーの人間からすればそのひとつひとつの積み重ねで生きてるのであって、じゃなきゃ仕事なんか引き受けるもんか！　そのお金の使い道がトイレットペーパー一年分だったとしても、それは生活に必要なものなんだ！

トイレットペーパーは
なくなったからって、
空から降ってくるもの
じゃないよ！

未払いされるくらいなら
トイレットペーパー10個もらったほうがマシ……

~~一番覚えてるのは~~ ←(もういい。書かない。彼らの頭はネジが足りてないって思うしかない)。ほんとうっっに、お金のことでグジグジ言いたくなんかないんだけど、でも誰でも生活費のやりくりで頭が痛くて、ときにはそんな悪者に負けないよう、強くならなきゃならない!

猫クッキーだけじゃ嫌だ!
あんたたちのせいよ! わたしだって、金のことばっか言いたくないんだ!
怒るなよ! 怒ると肝臓に悪いってメイイーも言ってたじゃんか!

こんなふうにときにはゲンナリ疲れてしまって、もうマンガなんてやめて、お店やるか路上で物売ろうって考えちゃう。お金のために自分の尊厳を犠牲にするのなんて意味ないし、犠牲にするなら、もっと堂々、かつ豪快に捧げたい。でもときには悔しくってしょうがなくなる。そんなときは、絶対成功して、やつらに死ぬほど後悔させてやる!って思う(そしてそれ以降、彼らの依頼はお断りだ)。

でも……、

ご存知のとおり、「死にいたる怠け病」のせいで、〆切前なのにまだまだ絶賛製作中。まさに地獄の一丁目。

今日から出国までの間はずっと地獄。描きます！やります！

また明日！

骨にしみる冬の寒さに耐えてこそ、

梅は花咲く香りたつ……

TO ミャオ

わたしたちのファックスもう140枚以上になるよ。もうすぐ200枚だ。たぶんミャオが東京についたころに、目標の200枚を達成するかな（本になるとき、分厚くなりそう）。だからどうやって本にするかちょっと考えた！

ファックスの意

縦開きで、綴じ糸が上にあって、めくるように読む方式。
ファックスを見るときに似てる。

書名も考えないと。

ふたりが「交換」してる感じを出すのに、
地の色を変えてもいいかも。
たとえばミャオは白地、わたしはグレーとか。

とりあえず今日は、このくらい。
なんか思いついたらまた。

p.s. このあいだ書いてた近くの物件ってモデルルーム？
完成済みの価格だったら21坪くらい？
未完成物件って安心できない。なんとなく
モデルルームと違うんじゃって疑っちゃう。

From　この世の暇を謳歌するメイイー　　9月1日12:50
To　地獄でも前向きに頑張るミヤオ

前にテレビのニュースを見てたとき、いかにも見てくれの汚い男がなにか悪いこと（泥棒かなんか）して捕まってた。犯人は××年生まれってレポーターの声が聞こえて、ちょっと気になった。同い年だったからだけど、なんか考えちゃって。そう若くもないのに、こんな体力仕事するって（泥棒、強盗って体力や精神力が相当必要なんじゃ？）、疲れすぎるだろうに……そして画面を見たら、その人の顔と、押収品とテロップが……

わたしと
同じ年で
同じ誕生日！

同じ日に生まれた人の人生は、どうしてこんなに違ってしまったのか。わたしは法律も交通ルールも守っているのに、どうしてこの人は何度も何度も罪を犯し、社会に迷惑をかけるのか？
（この人は出所後の再犯）

答えはもちろん、神様にしかわからないよね。

（今日はざっくり書くね。地獄に突入したミヤオのプレッシャーにならないよう、あまり考えなくていいようなのを書きます。
もし返事に時間がかかりそうなら、シャシャっと落書きでいいよ！）

海外に行くといつも買いたくなるものがある。それは、帽子、カバン、水筒、お弁当箱。わたしは水筒が大好きで、でも使う機会があまりない。だって小学生じゃないもんね。弁当箱もそうで、たまに「自助餐《ズージューツァン》」*1に行くとき、自分の弁当箱と箸をわざわざ持参するときがある。店によっては面倒くせえなぁ、って思われてるかもしれないし、エコだって思われてるかもしれない。わたしはただ、幸せな小学生みたいにすてきなお弁当が食べられて嬉しいだけなんだけどね！

一番突拍子なかったのは、日本でゴミ箱をふたつ買って、帰ってきたことかな。

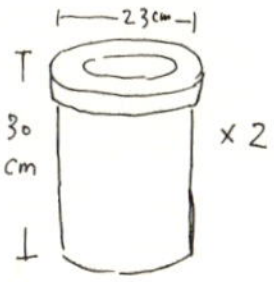
23cm
30cm
×2

ひとつは透明の青
もうひとつは透明のグレー

でもこういう買い方はほんとに
一時の気の迷いで、
帰ってからちょっと後悔した。

前回はぬいぐるみのくますけを7体買った。
いやあ買ってよかったと思った。

可愛いなー！
わたしって
幼稚ねー！

ふたつは人にあげた。

昨日、仲のいい友達がファックスをくれた。あるテレビ番組の内容をまとめてくれたもので、タイトルは「芸術と真理」。
専門家と学者の座談会だった。
友達のまとめから、一部抜き出してみると ——

*1
バイキング式のお昼ごはん屋さん

☆ ユダヤ教のラビが、火葬場の老人とおしゃべりをしていた。老人はそこで40年以上働き、毎日亡骸を火葬している。40年前、火葬の温度は125度だった。今日は715度必要だ。なぜなら人の体に含まれる化学物質が増加したから。人は自然から離れてしまった!

☆ ワシントンの世界観察協会が定義する「持続性」とは———「自給自足に足る社会であり、かつ子孫たちの機会を損なわないこと」

子孫たちの
機会‥‥

☆ わたしたちの文明は、すでに最適な状態へ調整する能力が失われている。目先の最大の利益を得るためだけに、わたしたちは自然のサイクルを破壊している。機械耕作を行うのに、1エーカーあたり15倍のエネルギーを必要としている。それは1エーカーの農地が最適な状態において生み出すエネルギー量より多い。なるほど、貧富の差が激しくなるのも当然だ……

……最適化は必要だが、極限化は必要ない……

都市と組織、あるいは生産と利潤は、ひとたびその極限状態が続けば、自らのシステムを破壊してしまう。だからわたしたちが必要なのは最適化なのだ!

人の体も同じだ

気楽なことを書くつもりが、
なんかでっかいテーマが
出てきちゃった。
うん、もう止めにしよう。
今日はこれまで。

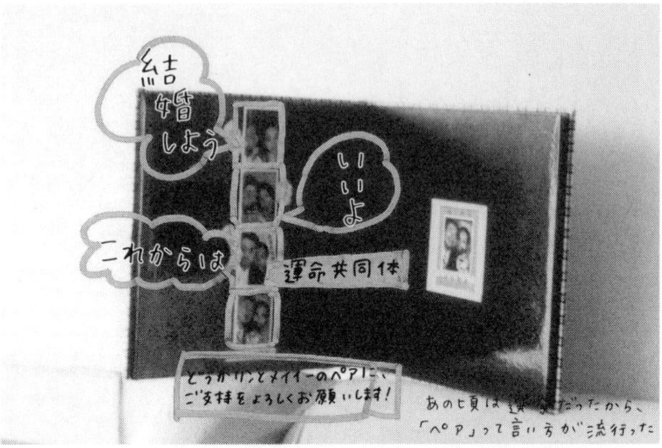
結婚しよう
いいよ
これからは
運命共同体
どうかリンとメイイーのペアに、
ご支持をよろしくお願いします!
あの頃は選挙だったから、
「ペア」って言い方が流行った

「ねえ、婚礼写真をみんなに見せちゃおうよ」って
シャオが言うんだけど、わたしは……(ちょっと迷って、
でもやっぱり出してきた。だってこの本は自分を何でも
かんでもさらけ出してるから、いまさら隠してもね!)

結婚したのは1995年の末で、ちょうど総統選《大統領に相当》前だった。
わたしは写真を4コマ漫画にして、カラーコピーして
友達や親戚に招待状代わりに配った。

FAX..

To メイイー

9月1日 2:35AM

ちょっと忘れてたんだけど、火葬の話を読んでふと思い出した。あのさー、今回の海外旅行のためにわたし、遺書を書きました。

そそくさ。
誰もいないうちにひとり、こっそり、あとに託すことを書き残す。
緊張

どうしてこんな緊張するのか？ わかんないけどたぶん、中華民族ってのはこういうのをタブーに感じるんだろう。例えば19歳のとき、臓器提供意思表示カードを作ったんだけど、家族にはやっぱり納得してもらえなかった。今回も「遺書」を書いているときすごくドギマギした。旦那に見られたらまたぐだぐだ余計な心配されるだろうし。不吉だとかなんとか。

書き終えてから、こそこそと隠し場所を捜した。難しすぎてもダメだし、すぐ見つかってもダメ。ずいぶん考えてやっと最後は、通帳を入れる引き出しにした。身分証も一緒に挟んで。

なかは
ぐちゃぐちゃ
ここならいい。普段
旦那は、ここ触らないから。
でも毎日、必ず開かな
ければならない
のです。
小切手の入金
↓
普段はわたしの仕事

遺書の内容だけど、バッカみたいなの。そのほとんどが借金のこと（互助会[*1]の満期までの支払いや、クレジットカードの支払いなどなど）。だから、周囲の人に余計な迷惑がかからないよう、神様にはできればわたしを、無事に帰宅させてほしい。

海外に行くといつも買いたくなるもの わたし篇。それはインテリア小物です。そんななかで一番印象深く、かつ一番頭を悩ませたのが、蘇州で買ったアンティーク小箪笥——

具体的なかっこうはちょっと忘れた
（実家においてある）。
だいたいこんな感じで、
木の肌触りが最高。
だいぶ古いけどね。

なんで印象深いかっていうと、この箪笥は蘇州で買って上海に運んで、さらに福州へ飛んで香港で乗り換え、最後台湾へはるばる持って帰ってきたから。小さいものじゃないし、相当苦労した。税関で難癖つけられるし、あちこちで異様な目で見られるし。

＊1
「互助会」は会員が定期的に集まって一定金額を出しあい、毎回くじで当たった人がその日の全額を持ち帰る民間の互助金融システム。日本の「無尽講」「模合」に似たもの

日本なら、昔服飾デザインをしていたころは洋服、バッグ、靴しか買わなかった。マンガを描くようになってからは、画集とか可愛い小物とか日用雑貨とかを買うように。
今考えてみて、買ってよかったなーっていうのは——

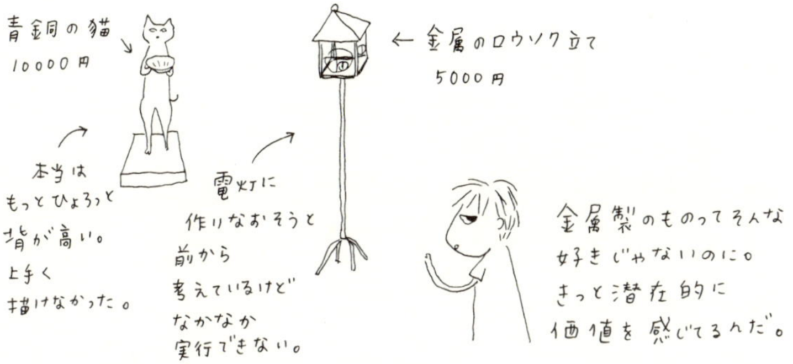

青銅の猫
10000円
本当はもっとひょろっと背が高い。上手く描けなかった。
← 金属のロウソク立て
5000円
電灯に作りなおそうと前から考えているけどなかなか実行できない。
金属製のものってそんな好きじゃないのに。きっと潜在的に価値を感じてるんだ。

いやあ、可愛いお店とか、個性的なショップとかがホントに好き。
だからこの何年か日本に行ってもデパートへは行かなくなった。
わたしはいつも訪れた先の本屋で地元の店をオススメするような雑誌を買って、ふらふら探して回るのが好き。そうするといつも、雑誌に載ってないようなおもしろい店まで発見できる。

仕事
旅行のこと

今のわたしはまるで鼻先にニンジンをぶら下げた馬みたい。
でもあっという間よ、あと何日かすれば食べられる！

TO ミャオ

午後、ある出版社で年内の刊行計画について打合せした。話が決まって、心が激しく高ぶった。消極的なわたしなのに、とたんパワーが湧いてきた。ファックスを交換しながら、気づいたことがある。ふたりとも忙しいのは同じだけど、ミャオはシンプルに、忙しさがひとつの方向に向かってて、わたしの忙しさはあちこちデタラメな方向を向いてる。だからミャオは、「脱稿」とか「本の執筆が一段落」とか「〆切のプレッシャーから解放された」とか、忙しさにちゃんと終わりがある。わたしなんか、どれだけ忙しくしても、形ある成果が見えてこない。

前に誠品書店[＊1]をぶらぶら新刊と雑誌をチェックしてたら、携帯が鳴った。あわてて出ると（わたしにかけてくる人って少ないから、いつもあわてる）、新聞社からの催促で、やるって約束していた「自画像」をすっかり忘れてたのだ。「まったく！ミャオさんはとっくに入稿してるよ！どうしてまだなの？」って言われた。

「忘れてました。本当です。わざとじゃなくて。本当に！」と答えたわたしに、新聞社の人は言った――「外向けの雑事が多すぎるから忘れるんでしょう？」

＊1
1989年創業で、台湾の出版文化を牽引する書店チェーン。この敦南本店は24時間営業。おしゃれで品ぞろえがよく、イベント・講座も多く開催する。日本では“座り読み”も有名

そうだ！外向けの雑事が多すぎるから
忘れるんだ……

誠品書店にいたのは、晩に、ある女性シンガーソングライターのミニライブがあったからで、終わったあと帰宅して9時から友達と打合せをして、それから旦那の製作チームの領収書とか帳簿とか整理して、時間をみて台南のお父さんにも電話しなきゃならなくて、便秘の友達のための特効ツボを専門家の父から教えてもらって、解説イラストを描いてあげる約束してたから……。

いつもこんなふうに忙しさはてんでんばらばら。
先にこれやって、それが済んだらすぐあれやって、って……
でも、もし本気で創作中心の生活がしたいなら、
なにがなんでも静かな環境をつくって、
心の奥底に少しでも沈んでいなければ……

一日中反省
ばっかり。
無視無視！

今日は、自分に適切なプレッシャーをかけるんだって決めて、だから心はずませて、編集者と会ってきた。ずっと前から熱心に声をかけてくれていた編集者さんで、わたしはこの十数年の台北自転車生活から学んだことと、自身の生活のあり方みたいなのを融合させて一冊の本にしたいって伝えた。今月から始めて、できれば11月中に完成したい！

打合せのあとすごくポジティブになって、気持ちが高ぶった。だからちょっと落ち着かせようと散歩して帰ることにした。南京東路から家に向かって、ホリデイ・インのあたりでIKEAが新規オープンしてるのが見えて、つい中に入ってしまった（わたしにとっては、スーパーと同じく心の洗濯ができるお店）。コーナーごとの心地よく、美しいインテリアを見て、うちの横倒し家具を思い出した。あ――！頑張らないといけないことが、まだまだたくさんあるな――。

もうひとつ、わたしも遺書を書いたことがある。前回イギリスに行くときだけど、もう書きながら泣いちゃって（まるで自分が本当に死んじゃったみたいで）、おかげで旦那にバレて、くだらん！って怒られた。でもやっぱり最後まで書いて引き出しに入れておいた。無事に帰国したあと見なおしたら、これがもう感情的すぎて自分でも気持ち悪かった。死ななくてよかった！公開されてたら大変だったよ。

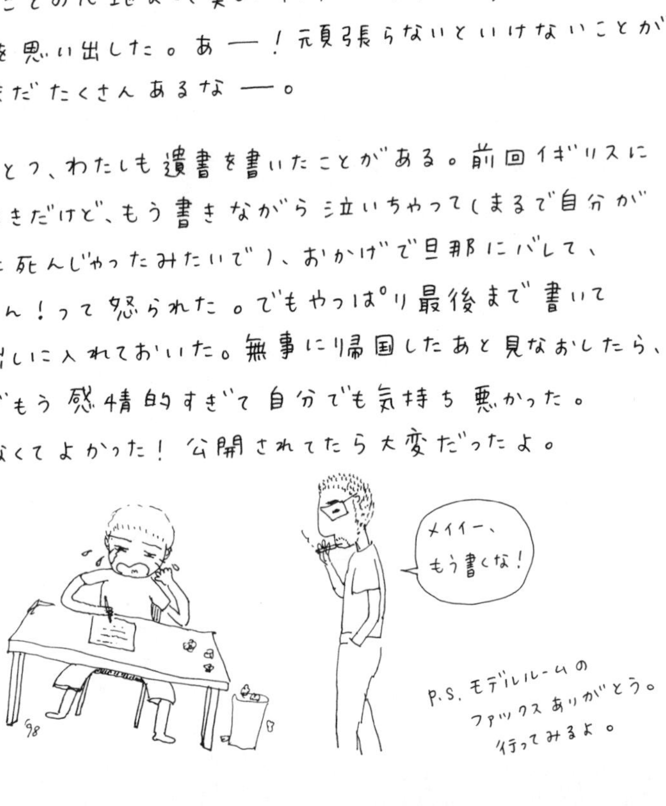
メイイー、
もう書くな！
P.S. モデルルームの
ファックスありがとう。
行ってみるよ。

To メイイー

9月2日 0:20

（今は9月1日、23:10）

今日昼、めでたくマンガが脱稿し、原稿を送ったあとゆっくり睡眠を補給しようと、強烈な睡眠薬――『古文観止』《古典の教科書》を手に、横になった。ところが、3、4篇読み終わってもまだ冴えたままで――図1参照

功の成るは成るの日に成るにあらず
禍《わざわい》の作《おこ》るは作るの日に作るにあらず
＊1
眠れない
古文
観止

図1

夜やるイラストの仕事がまだ残ってたから、無理にでも寝ておかなきゃならない。だから古文の教科書は放って、心理（リラックス）療法に変えた。心地よい映像を心に浮かべて、完全なるリラックス状態に……。
――図2参照

＊1
蘇洵《そじゅん》「管仲論《かんちゅうろん》」

それでもまだ眠りにつくことができなくて、しかもなんか逆効果で、今にも跳ね起きて、身支度してハイキングに出かけたくなった。青春の歌を大声で歌ってさ。頭のなかに、わけのわからない歌がぐるぐるまわる――
――図3参照

眠れない
猫の足
これも？

図2

♪昼間から歌うたえ、酒を飲め♪うららかな
春の日に、
友と帰ろう、里へ帰ろう[*1]
……
ヘーイ!
ヘーイ!
きっと脱稿して機嫌がよすぎたんだと思う。
我慢できず歌い出す……
図3

自分の脳みそのせいでどうにもおかしくなってしまいそうで、最後の手段。ちょっとした悩み事を考えることにした。現実逃避で眠ってしまえばいい ―― 図4参照

旅行中
もしも……
もしも旦那の餌やりがてきとーで、ベイビーが飢え死にしたら、どうしよう？
もしもクレジットカードの限度額を超えたらどうしよう？
もしも……
図4

この手は上手くいった。やっと眠りについて、でも熟睡できてないなあって意識がある程度にうつらうつらしてたら、電話が鳴った。前メイイーにも話したレコード会社のヤンくん[*2]で、わたしはもう、記憶喪失みたいにデタラメなこと言ってた ―― 図5参照

旦那さんとふたりで日本に行くの？
違う。旦那じゃなくて メイイー と行くの!
きっと日本でもファックス日記をするってのが頭にあったから、ポロッと口から出た。
図5

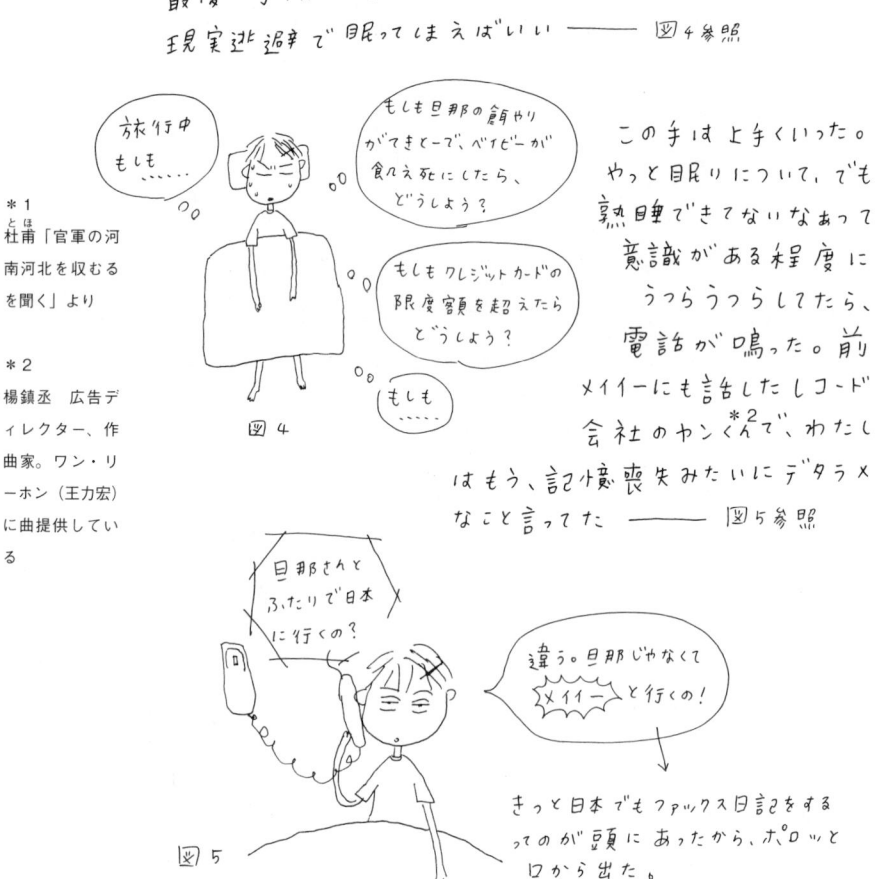

＊1
杜甫《とほ》「官軍の河南河北を収むるを聞く」より

＊2
楊鎮丞　広告ディレクター、作曲家。ワン・リーホン（王力宏）に曲提供している

幸いそこではっと目が覚めて、すぐ訂正したからいいけど、電話を置いてから、頭がぼんやりのまま、そういえば先端出版の編集が電話してきて原稿のことを訊かれたとか、マンガ家の友達が電話してきて旦那としゃべってたことなんかを思い出した……。
トータルで睡眠の質は50%ほどで最悪。
自分の脳みそが苦労性すぎて、ホント最悪。

18：40頃、また起きてしまい、もう無理に寝るのはよして、いつも見てるテレビ（＝ちびまる子ちゃん → TVBS神鵰侠侶《しんちょうきょうりょ》*3 → MTV → 台湾実録事件簿）を見た。

MTVでちょうど台湾（中国語）のミュージック・ビデオ特集がやってて、だからメイイーの旦那さんの作品が見れるかなと期待してたんだけど、結局流れなかった（紹介されたのは別の監督さんひとりだけ）。

それからファックスが届いたから、これを書き始めた。文章書いたり、絵を書いたりするのは好きだけど、まあでも、できればもう少しリラックスして過ごせたらと思う。もっといろいろ、ぐだぐだやってたっていいと思う。

嘘ばっかり！
怠けてる時間
のが多いじゃない！
（〆切直前以外は）

マンガや文章以外にも（贅沢言ってるって言われそうだけど、人生なんて結局、自分の興味にしたがって、いろんなものごとにぶつかっていくものだから）、もっとごちゃごちゃ外向けの雑事もしたいけどね——。

*3
金庸《きんよう》の武侠小説原作のドラマ。1995年TVB制作、ルイス・クー（古天楽）主演のもの

ここまで書いて思い出したけど、わたし アパレルとのコラボの案件も、ソファーメーカーとのコラボのことも 全部忘れてた(どれも帰国後納品にしてあった)。まったくねー。

暇になったと思ってたら、忘れてるだけとはねー……

わー、わたしも大忙しだったんだねー……

なんて雑な終わり方。

9月2日

From　移動中のメイイー
TO　ニャオ

GUESS!

Where Am I?
I'm moving……

（さて、わたしはどこにいるでしょう？）

ファックスの黒い線がないでしょう？うちのファックス機を修理した!? 違う、違う。わたし、うちにいないの。何日か「お里」に帰ろうと思って、だからしばらくは黒い線を見なくて済むはず。でもいま、特急電車のなかで書いてるから、字がぐちゃぐちゃ。普段はあんまり鉄道には乗らない。疲れるから飛行機に乗ることが多いけど、飛行機は飛行機でずっとビクビクしてなきゃなんないし（しかも鬼月[*1]だから、イヤな予感が……）、だから今回は自強号で南部へ帰ることに決めたわけ。

台湾鉄道の特急

心理的にどこか異常なのかもわからないけど、最近いつも「疑わしい」匂いを感じる。
誰かおならした？（という疑い）なんか腐った？（という疑い）電化製品が焦げ臭い？（という疑い）……

電化製品が焦げ臭い？
弁当が腐った？
ゴキブリがさっきまでいた？
誰かおならした？

いつもなんか不快な匂いがするの。最初は、台北の汚い空気のせいで、なにか知らない"粒子"を吸い込んで、だからいつしか自分の呼吸がいつも変に感じてしまうのでは？って思ってた。

＊1
言い伝えで旧暦7月は遠出をしてはいけない

おなら
おなら
もし誰かがおならしたら
それは気体だし、またなにか
の物質でもあるから、そこ
に含まれる分子が空気
中に広がって、もし
それを吸ったらつまり、
誰かのおならが
わたしの肺のなかに
入るってことだ……
これは気持ち悪い！

こんなふうに考えてるのってもちろんよくない！もっと前向きに考えなきゃね。例えばこの鋭い嗅覚を「香水」に生かしてみるとか。小説『香水 ある人殺しの物語』の主人公を見習って、香水の香りの成分を見分ける——植物由来の香りが何%で、何歳の少女のホルモン物質が何%、あるいはある特定の葉巻を好む大人の男の憂鬱な涙が混じってる、とか……

残念なことに、(いや本当に練習したことがあります)、細やかな香りの違いを区別するほどには才能がなくて。だから、この微妙な"臭い疑惑"くらいしか発揮する場がない。

例1
さっき碗粿《ワングェ》と魚とろみスープ
米粉の茶碗蒸
食べたでしょ？
なんで連れてかないの！
匂い……が……
つたわる……

例2
ぷっ
クン
クン
昨日は肉食べ過ぎ。
匂いがよくない

P.S. 台湾南部へ向かう列車はよく揺れる。

さっきも自強号に乗ったとたん、これはあの匂い、あれはあの匂い、って考えてだしてしまった。知ってると思うけど、台湾の列車のなかには、世に存在するすべての匂いが嗅げるからね——。そのおかげでわたしの鼻と脳神経がまた研ぎ澄まされてしまった。車内のクーラーが強すぎて、持ってた服を全部身に着けたけど、それでも足りない。その上に新聞紙を体にかけて、よっぽどおかしな 格好だったんだろうね、となりの大学生（まだ純朴な一年生か二年生）が、本の陰からチラチラこっちを見てる 。

シャツ
スカーフ
上着を前後逆に
カバン
新聞を体にかけ

それからファックス日記かかなくちゃって、紙とペンを取り出そうとカバンを開けた。このおばちゃんの大胆な行動に、となりの男子学生はとてもびっくり。

＊1
嘉義は台湾中部の都市、阿里山鉄道の起点。台南は台湾南部の古都

車中ずっと"おなら"のことを描いていたのも、ずっと見られてたみたい。まあ途中で降りてくれてよかった。じゃないと彼のこと書けないからね。

電車はもう嘉義《チアイー》＊1を過ぎた。もうすぐ台南。母さんはきっと栄養満点でいい香りのスープを作って待ってるはず。今回の帰郷は栄養補給のため。すっごい楽しみ！

新営駅にて。空が少しずつ暗くなる

To お里に帰ってるメイイー　9月2日23:05 PM

「お里」かぁ！この言い方はいつまでも慣れないね！
去年結婚して、まだ1年にもならないんだけど、正直言うと
結婚後の生活にまだかなりの部分で馴染めてなかったりする。一番大きいのは年越し。*2
昔はこんなだらだら過ごしてた――

TV
↙弟の家ではカチューシャ
お年玉
姉
かわいがってた猫のフーはもう死んじゃった。
ねえ、自分の部屋、掃除しなくていいの？

去年の年越しは初めて"よそ"の家で過ごしたから、
なんか変な感じだった。

旦那
ちょっとホームシック
みんな今頃なにしてるかな？
お義父さん（舅）
さいただこう！
お義母さん（姑）
さ、食べて、食べて！
旦那の妹
兄
わたしよりちょっと年下の義姉さん

＊2
台湾のお正月は「春節」と言い、旧暦で祝う。大晦日の夜は家族で「年《ニエン》夜飯《イェファン》」を食べながら年越しをする

こっそり隙を見て実家に電話した ——

母さん！
みんな元気？
油
義母さんの料理は
美味しい。
母さん！
帰りたいよー！
心の声
まるでイジメに
あってるみたい
だけど、義母さん
はとっても
いい人。

電話を切ったあと

こんなじゃ
だめ！
しっかりしないと！
義姉さんは新人
なのにすっかり溶け
こんでる……

もしかするとわたしが持ってる考え方がほかの人とは違ってるのかも。嫁に行ったなら夫の実家で年越しするのは当たり前だって（みんなそうだし）わかってるけど、

わたしは……

どうして女は嫁に行ったら娘から「男方の人」に変わらないといけないんだ？っていつも考えてしまう。

男方の実家が自分の家って……。

じゃあ、

どうして旦那がうちの実家に来て、ご飯を食べながら年越しを迎えてはいけないのか？

そう考えると、男のほうが幸せだって思えちゃう！

わたしは別に、フェミニズムの闘士じゃ全然ないし、家のことと愛情は別問題だと思うし、それに夫の家族は全然いい人ばかりで（舅も姑もいい人。この点わたしは相当ラッキー）。ようは純粋に、この伝統的な習わしに慣れないだけ。

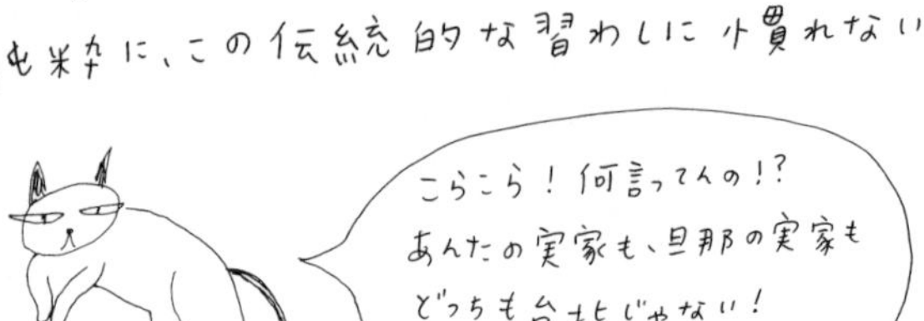
こらこら！何言ってんの！？
あんたの実家も、旦那の実家も
どっちも台北じゃない！
10分と離れてない……

ファックスもこうやって場所が動くだけで、感じが全然違う！台南の香りがしてくるみたい。そうだ！日本へ行くとき、ファックス日記「空中篇」をしようか？離陸してから飛行機の上で書こう！

鬼月のことだけど、わたしも結構信じてるし、タブーを気にする。例えば最近、夕方になるとリビングが洗濯物（昼ベランダに干してあった）でいっぱいになる ——

最近曇りがちだから、乾きが悪い。

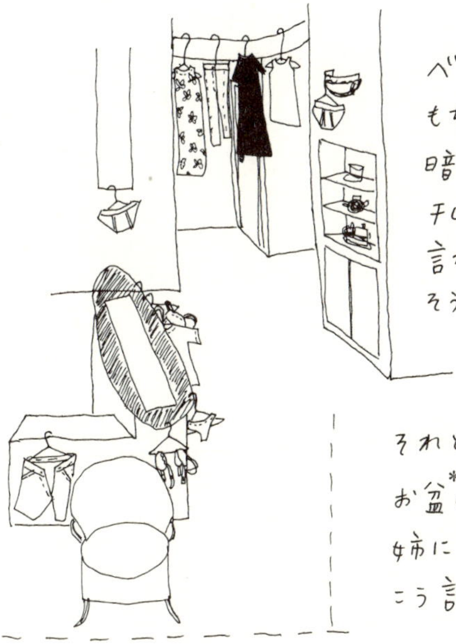

ベランダから下げてきたのはもちろん、鬼月の言い伝えで、暗くなってから外に服が干してあってはいけないって言われてるせいで、どうしてそう言うのかは知らない。

それと最近悩んでるのが、お盆[*1]のお参りをするかどうかで姉に電話したら、こう言われた。

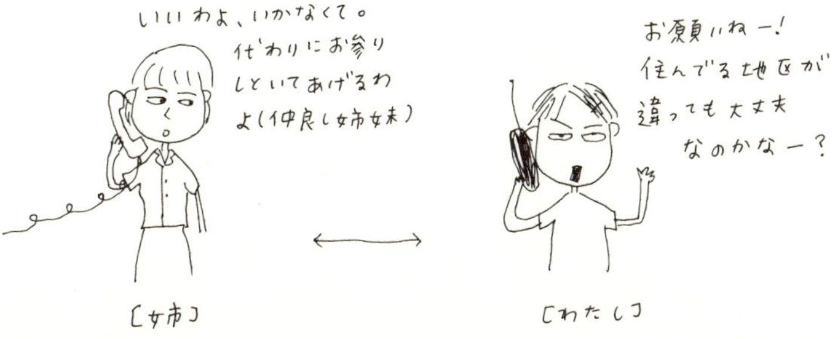
いいわよ、いかなくて。代わりにお参りしといてあげるわよ（仲良し姉妹）
お願いねー！住んでる地区が違っても大丈夫なのかなー？
〔姉〕
〔わたし〕

＊1
台湾で日本のお盆にあたる行事は「中元普渡」と呼ばれ、旧暦7月15日に先祖や霊魂に対してお参りする。燃やす紙銭、お供え物やタブーなど細かいきまりがたくさんある

とかいってやっぱり迷って決まらず、電話代（3台湾ドル）が無駄になった。

そうそう、鬼月の不思議なエピソードがひとつあった。昔、服飾メーカーにお勤めしてたころ、ちょうどお盆の日に起こったこと。あの年、会社の記念日かなんかで、お盆と合わせて連休だったんだけど、わたしたちデザイン部門はちょっと急ぎの仕事があって休日出勤してた。だから会社にはデザイン部門の4人しかいなくて、社長はいないし、ほかに誰もいないから、わたしたちはサボって七並べを始めた。すると突然、内線が鳴った。わたしはなにげに受話器を取った。

なにもしゃべらないから、受話器を置いた。しばらくしてひとりの同僚が叫んだ——

変よ！　会社にはわたしたちしかいないのに、どうして内線がかかってくるのよ！

わたしもぎょっとした。内線は会社のなかからしかかけられないはず。うちの会社はツーフロアあったから、わたしと同僚でカギを持って、もうひとつのフロアも見に行ったけど、たしかに誰もいなかった。だからみんなゾゾッと、怖くなっちゃって……世にも不思議なお盆の話、終わり。

From　台南のメイイー　　　9月3日午後4時
TO　　台北のミャオ

結婚してからの「実家」での年越しについては、ミャオと同じ気持ち。
うちは実家がどちらも台南にあって、だいたい車で12分あれば着く。旦那の実家は義兄さん（長男）も義姉さん（お嫁さん）もやさしく、気取りがなくて、姑さんはもっとおだやかで、わたしに手伝いもさせようとしないし、嫌な顔ひとつ見せない。
だから旦那の実家に帰ると、逆に手持ち無沙汰。

長男のお嫁さんは家事担当。しっかりもの。
長男さんは料理が得意。
次男のお嫁さんは近くに住んでて、よく手伝いにくる。
次男さんは足りないものの買い出し担当。
三男さんはギャグとお酌担当。

実家に帰って睡眠担当のリンさん

なにをお手伝いしたらいいかわからないので
嫁《か》しては夫に従い、ずっと寝てる。

旦那は家を出てずいぶんたつので、家にはもう自分の部屋がない。机どころか畳半分のスペースもない。帰れば、団欒の楽しみがあるとはいえ、やっぱり一つ屋根の下なりのやっかいさはある。

たしか姪っ子の部屋で寝ていたとき（どの部屋に寝るかはケースバイケース）、夢見心地のところで（わたしたちふたりは宵っ張りで、下手するとみんなが起き出したころにやっと寝つく）、誰かのノックの音がした……

数学の参考書を取りに来た
うん……

起きたらもう、リビングで座ってるしかなくて、おしゃべりして、瓜子《グァズ》＊1を食べて、あとはもう手持ち無沙汰もいいところ。しばらくしたら、リンさんがバイクにわたしを乗せ、わたしの実家に帰る。

＊1
スイカとかの種を煎ったおやつ

旦那の実家に行くにせよ、わたしの実家に来させるにせよ、どうしたって自分のうちみたいにのびのびとは過ごせない。でも正月の団欒は参加しなきゃなんない。だから、一年目はお互いの実家を訪問したけど、二年目はバリ島のリゾートに逃げちゃった。「子作りしてくる」って言ったら、家族もそりゃめでたい、って許してくれた。三年目は、お互いに慣れてきたので、大晦日の晩ご飯をうちで一緒に食べて、そのあとリンさんは自分の実家に帰ってお酒飲んで、わたしは翌日《旧暦元日》にご挨拶しに行って、一泊だけして、また自分の実家に帰った。

↑
ま、気持ちってことで。

勝手ばっかり言ってもダメだ。ときどきは年長者を立てておかないとね
お互い、家族の理解があってよかった

今回台南に帰ったのは、なんかずっと体調が悪かったからで、具体的な症状があるってわけじゃないけど、どこかぼんやりして元気が出ない。父はその道の専門家で、とくにツボから病気の原因を見つけることができるので、たくさんの人がわざわざ父を訪ねて、自己治癒のやり方を勉強していく。わたしは父に診てもらうことはほとんどなくて（"老人の知恵は家の宝"なのに）、だから今回はわざわざ5日間時間をとって、父に娘孝行をさせようってわけ。

昨日の夜、寝る前に目がかゆくて、てっきりまつ毛が目に入ったせいだと思ったら、起きて鏡を見てもなにも見つからない。

父はわたしのこの行動を奇異に思った。

（これには説明が必要だろう）
専門家の父はその観察眼が鋭く、
家族の健康状態に常に目を配り、
誰一人その眼力から逃れることはできない。

むくみがある。腎臓に注意
肝臓に火の邪あり。ゆえに眼が腫れてかゆい
mom
父特製フローリング（取り外し・移動可能の、畳式フローリング）
我が家はみな地べたに座って生活する
語気がいつもと違う。気持ちが乱れておる。心の経絡を整えねば……
弟の電話の声
咳に痰が。胃に湿の邪あり
妹

父はわたしを呼び、ツボを押して眼がかゆい原因を調べていく。手のツボが終わってまだ少しかゆいと言ったら、今度は足のツボを調べていく。

最後、治療すべきツボ（「復溜《ふくりゅう》」、「三黄」）を見つけ出し、

強くマッサージすると、わたしの「ぎゃー」という叫び声のなか、

かゆみはあっという間に消えていた。

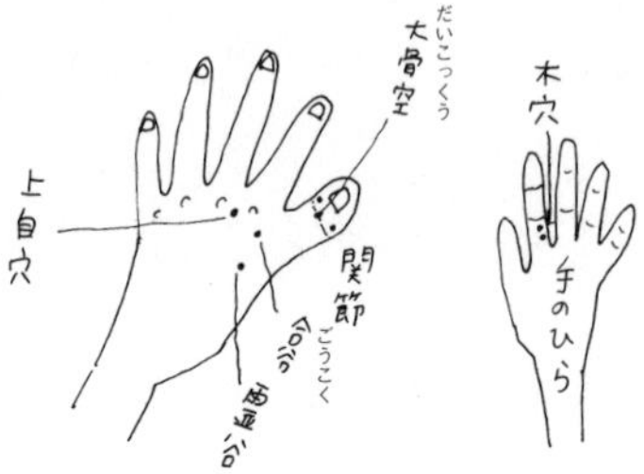

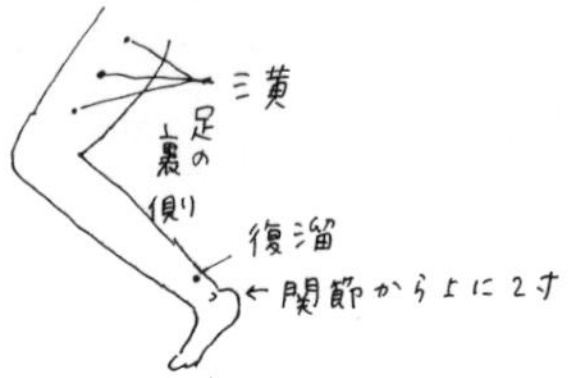

以上はわたしの眼の不調を、自分で治すためのツボ。誰にでも使えるわけじゃない（人それぞれ病気の原因が違うから）。わたしの原因は肝臓の火《ほてり》の邪が強すぎて、眼に症状が出たみたい。参考まで。絵がちゃんとしてないけど。

やっぱり実家はいいねー！ご飯はお母さん任せ。病気はお父さん任せ。わたしは食べるだけ、寝るだけ。みんな大喜び！

9月4日0:15AM

From　地獄から帰還したミャオ
To　体のメンテナンス中のメイイー

愛しきこの世界!
愛しき父さん、母さん!
愛しき友人たち……
と
ベイビー
みんないっしょに、大きな声で、
喜びの歌を歌うよ〜〜〜

やっと終わった!旅行前の仕事が完璧に終わった!
予定時間内(変更後の)に!
この瞬間、わたしの心は、まるで世界一美味しい料理を食べたあとのように……、まるで20歳の朝に戻ったかのように……、まるで部屋に溜まっていた洗濯物をすべて洗い終わったかのように……、まるで世界でもっとも偉大な大著を読み終わったかのように……

心よりの招待状ー
さあ一緒にバレエを踊りましょう〜

振りかえれば、自分の強靭な意志に敬服せざるをえない。昨日(2日)からはじめて今朝7時まで作画を続けたあと、一旦寝た。4日早朝に完成のつもりだったんだけど、予定外にも午後1時にうるさくて目が覚めちゃって、本当はもうちょっと寝たかったけど、歯を食いしばってまた頑張って、ついに夜8:30に完成!いや、それからあとセリフ入れがまだあって最後は11時まで。やれやれ……

喜んでくれるのね!
ほめてくれるのね!そう?そうよね!
ナルシスティックに全肯定。
あご
それ以上言わないで!
てっぺんに立つ者の孤独
には耐えられそうに
ないから!
ただいま狂喜乱舞、自己陶酔中
大げさだなー。
たかが2枚描いた
だけじゃん!

教えてちょうだい！
世界にチョモランマより
高い山があって？
教えて！この世界に
出産より痛い痛みがあって？
（どうか数分でいいので冷静に）
ローラ！

ふぅー！ やっと正常に戻った（気がする）。この「解放」というこの上ない感動、メイーならわかってくれるでしょ！
いやあ、この締め切り直前の姿ってのはホント、親にはかわいそうで見せられない。以前、ペン入れの途中にそのまま一晩眠ってたことがあったけど、目覚めたときまだ右手でペンをぎゅっと握ってた。あとセリフを入れながら意識を失ってたこともあったな。

勝手にペンが動いている
ことにまだ気づいてない。

起きたらびっくり！
急ぎで修正液の出番。

でも全部自分のせいだから、誰かを責めることもできない。
ペース配分が下手な自分が悪いのだよ！
今日はちょっと疲れちゃった。ここまでね。おやすみ。

p.s. いつまで台南にいるの？
わたしが日本に行くとき（5日）
まだ台南？（あんまり遅く
送信するとご家族に悪いしね！）

9月4日 3:20PM

From　上げ膳据え膳のメイイー
TO　もうすぐ日本だね、ミャオ

父
母
わたし
妹

母が、わたしたちのファックス日記のことをとても気にしてくれていて、電話が鳴るたびに走って行って、いつでも(スタート)ボタンを押せるよう待機してくれる。わたしより全然熱心で、ファックスが出てくるまでその場で待ってんの。ようは、わたしより先に見たいからなんだけど!

母さん、ちょっと返してよ、それわたしのだから!
もうちょっとで見終わるから!

昨日の午後は家族総出で、近くの公園に行った。母さんが「蜘蛛の巣」(遊具ね)で遊びたいってずっと言ってて、わたしは行ったことがなかったから、上り下りするだけの遊具なのかなと思って興味津々に出かけた。「蜘蛛の巣」を見ながら両親は、台南市はデザインから市長のやることからなにもかもダサいけど、これだけは悪くない、と言った。

そんなこんなで遊び始めた。若いわたしと妹はもちろん、我先にと上っていったのだけど……、そしたらまさか母さんまで、するするっと上がっていって、あっという間に遊具の真ん中でピョンピョン上下に揺らす揺らす（地面から2mくらい離れてるのに）。

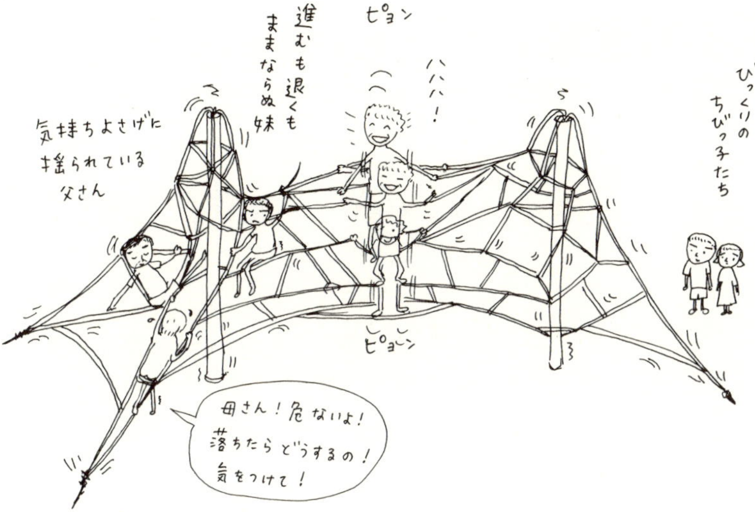
気持ちよさげに揺られている父さん
進むも退くもままならぬ妹
ピョン
ハハハ！
びっくりのちびっ子たち
ピョーン
母さん！危ないよ！落ちたらどうするの！気をつけて！

母さんはピョンピョン止めないし、父さんも温かく見守ってるだけだし、わたしと妹が「蚊が多いからもう帰ろうよ」って言ってようやく、この「蜘蛛の巣・仰天旅」は終わった。
はいっ。家族の肖像、終了。

実家に帰ってから何日かは、早く寝るし生活もシンプルだし、結果として午後の時間に集中して物を書いたり、絵を描いたりすることができる。台北だと電話がガンガンかかってきて、雑用で気が散って、予定通り仕事が進まないけど、ここなら大丈夫。

またこの何日か、ぐじぐじ考えていたことがあった。それはある編集部からの依頼（文章メインにイラスト数カット）で、問題はそのテーマが家庭生活（リンさんとの家庭）だったこと。

わたしには語るべき家庭生活の秘訣もないし、書けばきっと、もっと露骨にふたりの生活を書かなきゃならなくなる。そうやってプライベートをさらすやり方ってわたし慣れなくて、またいいことだと思ってない。だってわたし自身、なにを見せてなにを見せないかをコントロールできるほどには成熟していない。

わたしの作品（の大部分）は、たしかに実際の生活からアイデアを得たもので、全部が全部自分の経験じゃないにしても、それでも必ず自分自身が感じたことで、じゃないと紙の上で完成させることができない。これまでわたしの創作は、一から十まで家での生活を描いたものだし、それをもっと直接的に公表してしまったら、もう息がつまっちゃう。だからやっぱりこの話はお断りしたほうがいいと思ってる。

実は、書かないって気持ちはとうに固まっていて、一週間前に結論が出てたんだけど、彼女の好意や励ましを思うと申し訳なくって、ずっと言い出せないでいる。悩ましいけど、早く言わなきゃね。もし出版スケジュールに入れちゃったら、もっと申し訳ないから。

どうやって言えばいい？

月曜日、台北に帰ったら電話しよう。苦手だけど、やらないと！

想定パターン
逃げるの？
やるって言った
よね？
書きたくないなら早く
言いなさいよ！スケジュール
上に上げてんのよ！
どうすりゃいいのよ！
は！せっかく
チャンスをあげたのに。
いいわよ、帰って。

恐れながら！
お許しいただきたく存じます。
ふたりの幸福を描くなど、
身に余ることにして、
わたくしめの力不足がために、
まかり間違ってお上に
ご迷惑をおかけするわけにいかず、
ご辞退させていただきたく、
平にお願い申しあげます。

TO メイイー　　9月4日 22:10PM

今日は旅行準備のため実家に行った（旅行カバンを取りに行った）。そしたら母が、来月玉山に登るのだという。
そしてこう言った――

それが
わたしの
夢なのです

午後帰宅したら、メイイーのファックスが届いてた。お母様の「勇猛」な蜘蛛の巣のぼりを読んでたら、ふと、うちの母の尋常ならざる体力について思い出した。

何年か前、友達何人かと九份《ジウフェン》＊1へ遊びに行った。みんなうちの母とめっきり馴染んでたから、母も一緒に連れて行くことに。九份に到着して、石段を登りきってゼーゼー息切れしてるわたしたちを尻目に、うちの母だけはまだまだ元気いっぱい。近くに木を見つけると、なんとスルスル木のぼりしていくではないか!!

＊1
台北郊外の観光地。旧炭鉱街で、ホウ・シャオシェン『恋恋風塵《れんれんふうじん》』の舞台として有名

なっ！
母さん！
なにしてるの！
下りてきて！
ねえ！写真
撮ってよ！
おばさん！
危ない！
おばさ…
なんてこと…

ハラハラさせられたうえに、仰天させられて(スカートだったのよ!)、それからみんなで、九份の賑やかな通りを見物して歩いた。珍しいところに行きたいって言う母の後ろをしぶしぶついて行ったら、人里離れた場所に出てしまい、そのうえ山の野良犬に追いかけられた。わたしたちはもう力尽き果て、ただおろおろするばかり。それを尻目に母はむんずと棒をつかむと、必殺犬打ちの術を繰り出し(ほんとに叩いたんじゃなくて脅かしただけ)、にっくき犬を退治した。
このとき母は言った――

諸君、向かいの山まで歩いてみないか?
母さん!
鉄人レース?
コーチ! わたしたちもう無理です!

このときわたしは悟った。計り知れぬ母のパワーは、凡人を圧倒し、わたしらのようなジャリなどの敵ではない。最後は泣いてすがって、母のその夢を断念してもらった。

それ以降、母と一緒に遠出することはほぼなくなった(母の日はさすがに例外)。家族で彼女に体力で敵うものはいなかったからだけど、もし母とともに鍛錬に勤しんでいたら、わたしは今頃、オリンピックを目指していたかもしれない。

ありえない

→会社から

実家に帰ったらちょうど姉が昼ごはんを食べに戻ってきた。
昼ごはんのあと、スーパーへ盆のお供え物を買いに行くというので、
こりゃ渡りに船だ、とついて行った。

↓

ずっとどうやってお参りするかわからず
悩んでた。

果物はここらを3種類ばかし……
姉
49
ちょっとお！5種類だって母さん、言ってたでしょ！
不真面目すぎない？
そんなんじゃ福の神が会社から逃げるよ！
焼肉の網
あ！これ買おう！
なに？焼肉するの？
違うわよ！レターホルダーにする
壁にかけて
書類や帳簿をなかに入れる。額縁にもなる！
絵を入れて壁にかけると、さまになる
……

結果、意外にもわたしのほうがたくさん買っていた。

こら！お参りは
真心があれば
いいの
わたしは、ほら、
言い伝えを信じてる
からさー。だけど姉さん、
会社でお参りするんでしょ？
少なすぎない？

お参りったって、わたしたちすでに限界まで簡略化しちゃって、
わたしのお供えもたかだか―鶏↗小さめ 半分、ウインナーひとパック、
魚一切（もう焼けてるうなぎ。しかもペラペラのやつ）とビスケット
5パック、果物5種類（小さめの梨2個、すもも3個、小さい
もも？3個、小さいバナナ4本、キウイ31個）だけだった。
だから姉はもっと、てきとーだったってこと。
でもお参りはたしかに、真心があればいいと思う。
ただねーやっぱり無意識にどうしても……

（わあやっぱりバチがあたるのが怖い！
旅から無事帰ってこれますように！）
帰ってテーブルに並べたらなんか、
すっかすか。サイダー（大きいの）を買って、
少しさまになった。

つまりね！これで出国前の心配事は全部片付いた……
明日の午後の飛行機で出発します。だいたい12時半には
家を出るから、ファックスは、もし朝なら送ってくれてもいいし、
午後ならもう見れない……

おばさん、見てる？
よろしくねー！変な
友達じゃないから……
おばさんが、
いつまでも健康で
元気でありますように！

荷造りしようかな。じゃまた！
日本で会いましょう！できるだけ9月7日昼までに
待ち合わせ時間をファックスします。アルタ前でね！

TO ミヤオ

9月5日 お昼ごはん前

「焼肉レターホルダー」っていいアイデアね！ 実用的で安い
インテリア小物！ かしこい！
わたしもひとつ廃品利用の裏ワザをお教えしましょう。

スーパーのレジ袋収納法

毎日なんかかんかでレジのビニール袋をもらいます。わたしは
ちっちゃいのがひとつふたつくらいなら、絶対にもらわない
ようにしています。自分のバッグに入りきらないときだけは、
大きいのをもらうけど。

それでもレジ袋は（大きいのも小さいのも）、どんどんキッチンの
すみに溜まっていく。すぐ取り出せないし、見てくれも悪いか
ら、レジ袋収納箱を作ってみました。

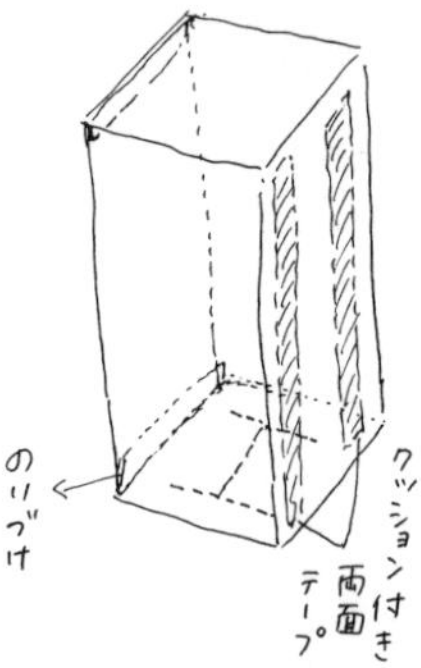

① 紙の箱を用意（ティッシュの箱よりちょっと大きめのもの）。家ですぐ手に入る、手頃なもので十分です。

② 外観が気になるなら、箱の外側にきれいな紙を貼ります。わたしはスピードにこだわるので（面倒だし）、無色の（茶封筒みたいな色の）箱で作ります。

③ 一方はのりづけして封をし、もう一方は開け閉めできる状態のまま。

④ のりづけした側の底に口を開ける。形状はお好みで。（工型でも、U型でも、〇型でも可）

⑤ 長い面に両面テープを貼り、壁に取りつけます。キッチンの壁って普通はタイルなので、要らなくなったらはがすだけで、元通り（賃貸の人も安心）です。

わたしはおおきいの用と
中くらいの用でふたつ
箱を作って、最初から
分けて入れていく。使う
ときにどっちか迷わなく
てすむから。下からひっぱれば
すぐ使える。キッチンもすっきりキレイ。

さらに、ゴミ用ビニール袋を少しでも
減らすため、乾いたゴミ用の
↳果物の皮とか、水分を含むゴミは捨てない
ゴミ箱を新聞紙で作りましょう。

①
新聞紙を広げる →

②
折る →

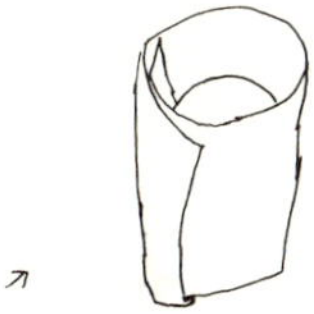

③

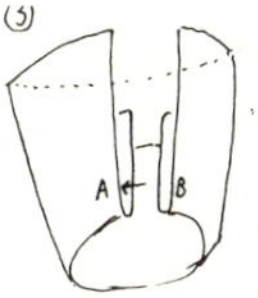

BをAの谷に滑りこませ
円筒状にしていく

こうすれば
ゴミ出しのとき、新聞ゴミ箱を
そのまま大きいゴミ袋に入れられ、
前は毎日1、2枚でた
小分けのビニール袋を
使わなくてすみます。
人類の子孫繁栄のために！

上から見てみます。
内側に折られた
部分を押し込めば
底になる。

④

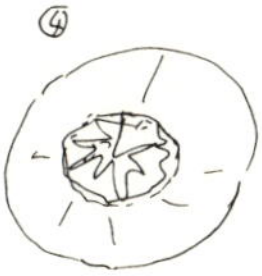

⑤

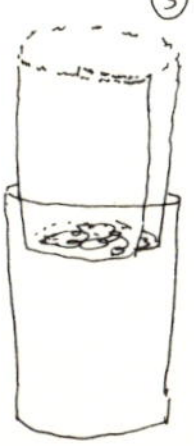

←
←
新聞ゴミ箱を本当のゴミ箱に入れる

出発前だから、あんまりたくさん書かないね。

気をつけて いってらっしゃい!

うちの母からの挨拶

ミヤオちゃん
毎日ファックスを楽しみに
してます
メガネなしで書いていますが
読めるかしら?

(キッチンの壁で書いた)

ベランダにお米を置いておくと
毎日スズメが遊びにくる。
ミカオ

お盆のあと、お米が余って(お線香をさす用。母さんから貰った)、わたし自炊しないから、小鳥たちにご馳走することにした。全部食べられたあとも、まだ飛んで来てはうろうろするから、かわいそうだし、追加でひとふくろ(自分でお金出して)買って、小鳥に食べさせてあげた。

FAX?

From ミャオ 002813××××××××　9月6日 2:53AM
(ROOM NO. 1357) 新宿プリンスホテル

TO メイイー 0018866 ×××××××

国際電話はつながりにくいから、
もし無言電話があったらわたしだから、
すぐスタートボタン押して

予想より、予定より、かなり遅く
ホテルに着いた。日本時間でもう23:20だよ。しかも疲れて
ぼろぼろ。途中も渋滞だった‥‥
ともかく、やっとファックスが書ける。やっと、無事のご報告ができる。
時間ができた

部屋はとっても小さくて、ドレッサーもない。しょうがないので床に
寝っ転がって書いてる。今日は本当に、すごくすごく疲れた。

ファックス書きたいけど、こりゃ明日に
持ち越しするしかなさそう。ホント、疲れすぎ。
朝になったら

さっき、コンビニで買ったカレーライス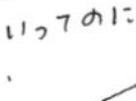を食べて、ジュース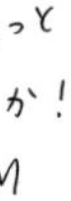
飲んだ。

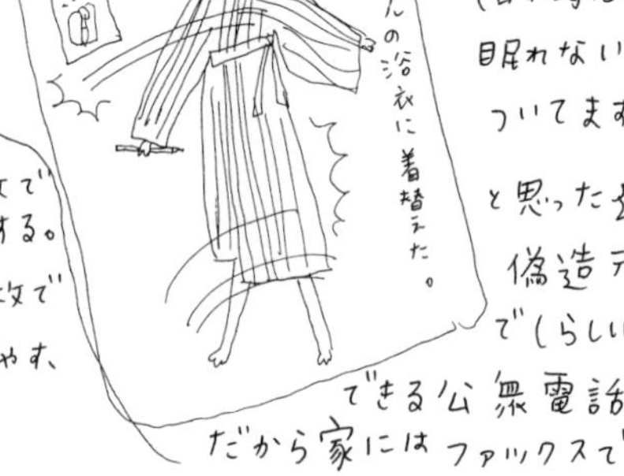

なんてもったいない。日本から台北に送るファックスは安くないってのに‥‥‥‥
もうホテルの浴衣に着替えた。

安くないから、
やっぱもうちょっと
頑張って書こっか!?
今は9月6日の2:43AM
(日本時間)、なのにまだ
眠れない。昨晩ホテルに
ついてまず家に電話しよう
と思ったのに、日本は
偽造テレカが多すぎるせい
で(らしい)、国際電話が
できる公衆電話がなかなかなくて、
だから家にはファックスで知らせた。
ついでにいくらか確認したら、A4 1/3の
大きさで150円(約40台湾ドル)だって

→つまりA4一枚で
120台湾ドルもする。
貧乏性だから、一枚で
文字数を増やす、
悪あがき。

新宿にて

To メイイー　9月6日 21:43PM

今日友達の紹介で、日本人と友達になった。さあ彼に一言お願いしましょう——

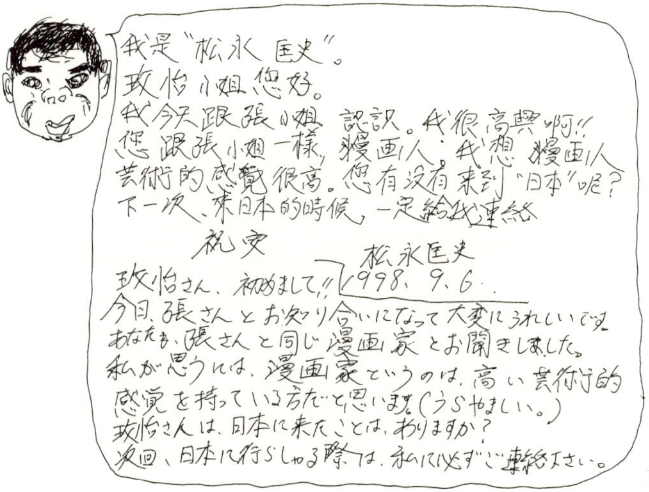

我是"松永匡史"。
玫怡小姐您好。
我今天跟張小姐認識。我很高興啊!!
您跟張小姐一樣, 漫画人, 我想漫画人芸術的感覺很高。您有没有来到"日本"呢?
下一次、来日本的時候, 一定給我連絡
祝安
松永匡史
1998、9、6.
玫怡さん、初めまして!!
今日、張さんとお知り合いになって大変にうれしいです。
あなたも、張さんと同じ漫画家とお聞きしました。
私が思うには、漫画家というのは、高い芸術的感覚を持っている方だと思います。(うらやましい。)
玫怡さんは、日本に来たことは、わりますか?
次回、日本に行らしゃる際は、私に必ずご連絡下さい。

いやがる松永さんにファックスを書いてもらった(自画像も)。顔真っ赤にして照れちゃって、こそこそ見せないように書いてた。ホントいい人。わたしらをホテルまで送るときも、迷子になった香港人観光客を見つけて、熱心に案内してあげてた。

今回の旅行では、旦那からマンガの背景用に街の風景を何枚か撮ってきてくれとたのまれていたので、撮った——

おじいちゃんが店番してる雑貨屋

わけのわからない地図つき掲示板

ベンチに座って居眠りする老人

帰ったら旦那にどう説明すればいいのか。変な写真ばっかり。

きっとファックスが来なくて焦ってたよね？ 書き終わったのをずうっと持ち歩いてたんだけど、コンビニが見つからなくて、あっても国際電話ができない。ほんとゴメンね！

→本当はここでファックスするつもりがダメだった。

今日は自由が丘、田園調歩《田園調布》、代官山、原宿に行った。スケジュールはびっしり。もちろんここぞとばかりに可愛い小物をいくつも買った。でも代官山は日曜日だったから人が多くて（ショップに入るだけで並ばないといけなくて、熱が冷めた。どれも見たい店だったけどしようがない。諦めた）。

そのあと原宿で晩ご飯を食べた。友達がなにか買いに出てるあいだ、わたしと松永さんのふたりきりになって、わたしは日本語できないし、向こうの中国語はなまってたどたどしい。だから意味が通じないときは、漢字で筆談した。松永さん、漢字はすごく書けるから、ファックス交換日記に参加しない？って誘ってみたら、面白がってた。松永さんは台湾が大好きで（15回来たことがある）、台湾に住みたいんだって（だからとても親切で、日本に来ている台湾人を手助けしたりしてる）。

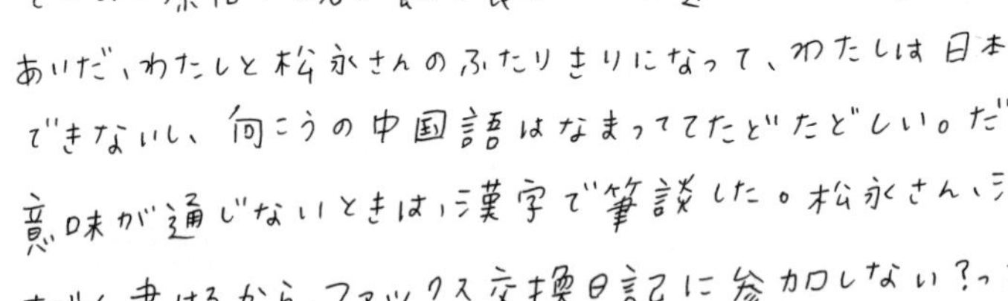
????
う〜ん……
書いてください
………
〜台湾〜
〜香港〜…

← わたしの絵は似てない。ホントは可愛いひと。

ずっとこうやってお話ししました。

アルタ前の約束の時間を決めました。9月8日午前9:00
(台湾は8:00ね)。
早起きさせて申し訳ないけど、どうしてもスケジュールが上手く組めなくて。お許しください。わたしあのあたりを9:20くらいまで「うろうろ」してる。見えるといいけど。ビルの真ん中から歩道に出たあたり。たぶんスカート履いてる(白か紺)。

ホントは書きたいことがもっとたくさんあるのだけど、帰国してから追加するね。今回はちょっとスケジュール入れすぎ。ファックスする時間のなさかな!(節約しなきゃだし)

ゆ、許して……
←お金はここ。
ショッピングを貪るわたし。

9月6日22:11 PM

From 台南のメイイー

9月7日 夜中 12:40
Taiwan

To ミャオ
002813 ×××× ×××
Room No. 1357 新宿プリンスホテル　（計3枚）

外国でファックス可能なところをさがすって、そうとう面倒よね。わかるわかる。だから、ファックスのことで気ぜわしくしなくてもいいよ。無理しないで！

忙しいスケジュールなのに、旦那さんのために街の風景まで撮ってるなんて！ウェブカメラとファックスですでにきゅうきゅうなのに、ご苦労様！旅行メインでね！わたしとのやりとりは体力と時間があるときでいいから。8日朝8:00に新宿をネットで見ます。ちゃんと早起きするよ！ネットに問題さえなければ、ミャオの画像を保存できるはず。

何度か練習したから
もう完璧にカメラをアルタ前の
歩道の位置に合わせられる
画像
こちらの操作も
マスター済み

ミャオ！
頑張れ！

②

ついでにお教えすると、東京で歩きすぎて筋肉痛になったら、ホテルに帰ってお風呂に入ったあとツボを押すといいよ。足の疲れがとれて、次の日もまだまだ遠征できるよ！

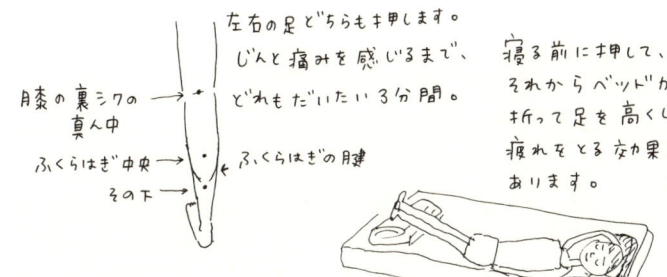

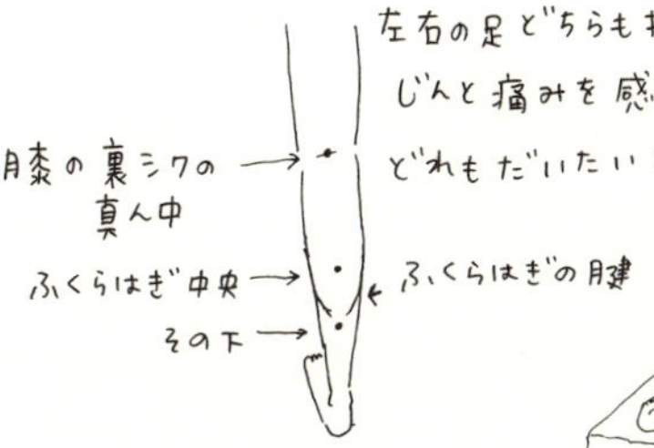

膝の裏シワの真ん中
ふくらはぎ中央
その下
ふくらはぎの腱

左右の足どちらも押します。
じんと痛みを感じるまで、
どれもだいたい3分間。

寝る前に押して、
それからベッドカバーを
折って足を高くして寝ると
疲れをとる効果が
あります。

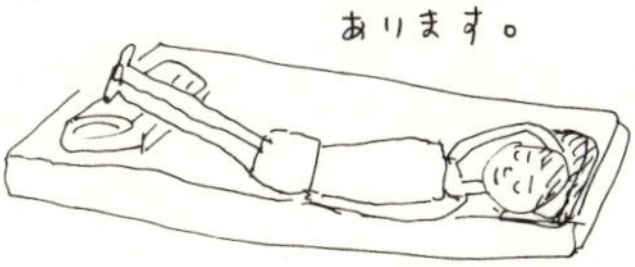

ミャオの友達の友達の松永さんに、もしまた会うことがあったら中国語・日本語対訳の手紙をありがとうって伝えてね。自画像本当に可愛かった。わたしもお知り合いになれてとても嬉しいです。

わたしの精一杯の日本語でご挨拶

松永匡史さん 初めまして！

わたしは 妙さんの友達です. 毎日妙さんと手紙を FAX しています

あなたの漫画の自画像が大変かわいいです

毎年 わたしは日本に行きます。去年東京に2回 行きました.

いま わたしは日本語を勉強します 日本語がおもしろいです

わたしは初級生, どうぞよろしく.

基礎
I
日本語

新宿アルタ前でミャオを探せ！

③

そう、お伝えすることがひとつあります。例の"王妃マルゴ"のテレビ……放送したよ。わたしうっかり妹といっしょに見てしまった。妹は涙を流して、突っ伏すようにして笑ってた。開き直ってたつもりだったけど、自分のアホな姿をこうあらためて見せつけられるとやっぱりキツイ。この世でわたしを知る者が、だれ一人見ていませんように！　番組視聴率がゼロでありますように！

それから、やっと笑いがおさまった妹が（だいたい数時間後）、こう言った——

「なんかさー、姉貴さー
王妃がたまたまトイレに行ってるときに、宮廷で緊急事態が発生して、王妃に急遽お出ましいただかなければならなくなり、（でもトイレだから）やむなく召使いが王妃のかっこうをさせられて、代わりになってる感じだよね！　召使いは立ちふるまいがあまりにはしたなくて、礼儀も知らない。だから宮廷にあらわれたとたん見破られて、

おとがめを受けたガサツな偽物！

笑いで涙と鼻水がとまらない妹
それがわたしだ。
あんた、うまいこと言うわね！
やるせないわたし

P.S. 国際電話がずっとかからなくて、訊いたらうちはかけられないんだって（変なの）。
先に台北の自宅へ送ってそれからリンさんに転送してもらうねー。だからちょっと画質悪いかも。

From 鎌倉でひとりのミャオ　　9月7日16:43 PM
To メイイー

今日は友達と別行動になったから、ひとりで鎌倉に来ています。横須賀線に乗って途中横浜に停車したとき、ふと、横浜って来たことがないって思って、急遽下車した。それから書店に行って、横浜のガイドを見てたら、なんか下りたことを後悔し始めて、だからやっぱり電車にもう一度乗って鎌倉まで来た。今日は雨で、しかも来たのが早すぎて店があんまり開いてない。しょうがないので喫茶店兼ケーキ屋さんに入って休憩中。じつは今、すごく眠たい。

早く！早くどこか
座れるとこ探して……
眠い！疲れた！
ダメダメ！
旦那に頼まれた
煎茶を買わなきゃ……
歩いてる途中

お茶を買いに行って、「ティーバック」の日本語がわかんないのでを描いたら、すぐわかってくれた。絵を描くって、ひとつのコミュニケーションなんだ！

小さなお店には、わたしと店の主人とバイト、あと欧米女性がふたりいて、わたしそのキレイなふたりに声をかけて、絵かなんか描いてもらいたい！っていう衝動にかられたけど、頭が変とか思われるのもいやだし、自重しました。
今日電車に乗るときは、切符が買えないらしい二人の黒人に声をかけられた。前回は日本人に道を聞かれたしね！面白い！ちゃんと案内（手振りで）してあげたよ。旅行って最高！

もっと面白いところに
もっとたくさん行きたい。
もっといろんな人に会いたいー

この店で食べた、アイスティーと抹茶ケーキ。

欧米女性が出ていった。自転車乗ってたよ！わたしも出なきゃ。次の休憩場所でまた書くね。

New いま下北沢です。雨は依然やまない。さっき100円ショップで鉄製のティッシュ入れを買いました。道でティッシュがいくらでももらえるからね。それを入れるのにちょうどいい！

↙小さい、使いやすい。たった100円。

実はわたし、今回も変なものをどんどん買っていて、例えばブラシ。日本人がどう使ってるのかよくわからないけど、作業机の消しゴムカスを掃除するのにいいと思った。あと木の人形、はたぶん置物だと思う……雨のせいなのか、今日は収穫が少ない。店があんまり開いてない。休憩してるこの店に、さっきひとりの男性が犬を連れて（チェック柄の服を着たワンちゃんと）入ってきて、お許しを得てワンちゃんの写真を撮りました。飼い主さんは自分の飲み物をオーダーして、マスターはそれと一緒に、犬用のお水を持ってきた。なんておもしろい！

↓

もう午後4時。あとちょっとで新宿へ帰らないと。厳しい決断ですが、ちょっと寝ないとまずい。この何日か睡眠時間が少なすぎて、歩いてても寝ちゃいそう！

↓

もうホテルです。4:40。フロントから、メッセージがあるって。
きっとメイイーのファックスだね？
下りてもらってくるから今日はここまで。
明日朝、台湾時間で8:00、アルタでね！

↓
ここから非常に近い。

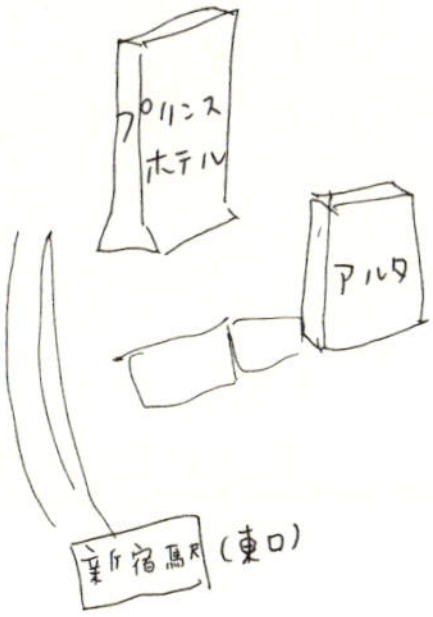

P.S. 台北に帰ったのかな？
じゃあ台北にファックスするね。

From 台北の自宅からメイイー　9月8日深夜 1:30

TO ミャオ
002813×××××××
Room No.1357 新宿プリンスホテル

旅行はわたし、ひとりでぶらぶらするのが好き。食事のときだけかな、同行者がいたほうがいいって思うのは。ひとりだと、どう歩こうが、なにを見ようが勝手だし、失敗しても自分以外知らないんだから、人目を気にすることないしね!

わたしも海外旅行したいよー。海外じゃなくてもいい。台湾国内でも、行けるならそれで十分。でもいつもなんだかんだで時間が作れない。

(9/6)
昨日は、自由の丘《自由が丘》、田園調歩《田園調布》、代官山、原宿と行ったんだよね? すごいスケジュール。ちょっと密度濃すぎかも。代官山の人ごみに耐え切れなかったんだ? 並んだって言ってたの、きっとあの店だ。紺系統の服だけ売る、ちょっとしっとりした民芸調のお店。入れなかったのは残念ね。地下のカレー専門店もいいんだって。日本語の先生の祐子先生が、駅近くのアフタヌーンティーの店を推薦してた。mamadarudo《ママタルト》って言って、ここのケーキはよそとは違うんだって! 絶対外せない店なんだけど、わたしも前回行ったとき、並んでたから諦めた。すごい残念、すごい心残りだよー!

ずんずん前に歩いてくことも大事!
心残り、は旅行の一部分。人生と同じ。

特急で台北に帰りついたとたん、6本も電話がかかってきた。全部仕事の。仕事を通じて自分が進歩できたらいいって、そう思ってる。絵がもっとよくなれば、絵がもっと自分の気持ちのままに描けたら——って。絵を描くことでなにか考えて、絵を描くことで人生の時間を潰えさせていくって、なかなか悪くない。だからわたしは仕事が嫌にならない。

嫌になると言えば、今日の特急。寝にくかった—！あのイス、本当に考えて作ったんだろうか？どうして頭をもたれさせる位置が、あれほど人体工学と乖離してるのか？どこの巨人が設計したんだ？いったいだれの上半身が、あんな高いヘッドレストに合うっていうのか？

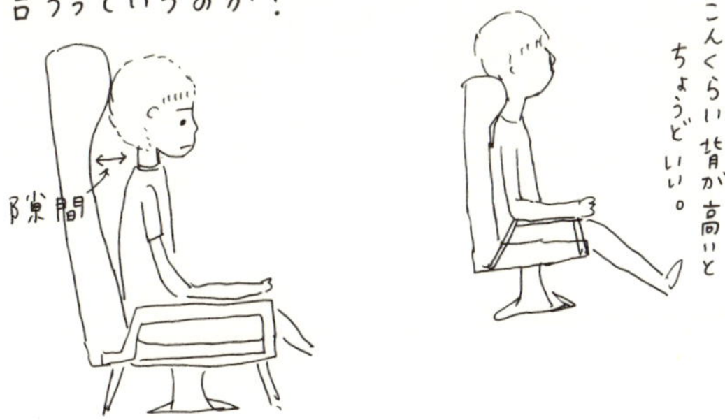
隙間
こんくらい背が高いとちょうどいい。

左側にもたれてもだめ、右側もだめ。寝てたら首がこってきて、乗客目線で考えられない無能なデザイナーにたいして、怒りがこみ上げてきた。それにひきかえ、日本のデパートで入ったトイレの清潔さと気持ちよさときたら・・・・・

凶暴なわたし
頭空っぽでデザインするんじゃないわよ！何百万人が使うのに座り心地が悪すぎ！
気弱なわたし
まさかわたし以外の人はこのイスになにも思わないのだろうか？わたしだけがおかしいの？

From 今高円寺純情商店街、午後は荻窪のミャオ　9月8日22:40PM
To　台北に帰ったメイイー

朝、わたしたちのこと見れた？　アルタの前で9:02からうろうろ（いやぼ――っと）して9:20までいたの（離れる前に手を振りました）。

去り際、青空に向かって手を振るおバカふたり
アルタで
今日はイベントがあるので、午前中開店前から囲ってある。
誰か掃除中。

万が一今日見れてなかったら、明日朝また行くから言ってね。でもファックスは早めにください。準備があるから。新宿で本を買って、ホテルへ置きに戻ったら台北からのファックスが届いてて、てっきりわたしたちのぼ――っとタイムを見て速攻のファックスかと思ったら、昨日の深夜のだった（1:30に寝て、起きれた？）。ともかく、感想が早く読みたいです。（ちゃんと画像残しておいてね！）

―――――――――――――――――

今わたしたちは西荻窪にいます。疲れたのでまず休憩することに（買った雑誌が役立たずで、地図だと近く見えるのに、実際歩いてみたら遠い！）。

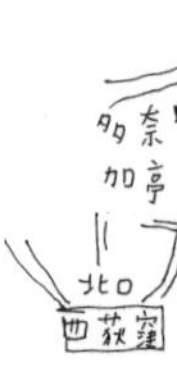
多奈加亭
北口
西荻窪
駅から歩いて
20分以上かかった。
雑誌では、近所の主婦がおしゃべりを楽しむお店って紹介してた。

めちゃくちゃうるさい。
たしかに近所の主婦がおしゃべりを楽しんでる。

(ホテルに戻った。21:30PM)

お茶を飲み終えて、さっそく西荻窪をぶらぶらした。ここ、わたしすごく好き。懐かしい雰囲気があふれてて、日本の骨董や西洋のアンティークが売ってて。今日は休みの店が多かったけど、それでも開いてる店がけっこうあった。ほぼ雑誌の地図に書いてあるまま、一軒一軒回っていった。ホントにおもしろいところで、とくに日本風の古い(レトロな)商店が好きになった。華やかな東京にも、まだこんな店がたくさん残ってるんだ！ ここはアニメ『耳をすませば』の舞台に似てる。静かな街で、骨董屋があって……、猫がいて……。(電車には乗らないけどね)

今回日本に来て、どっちかっていうとこういう古い町並みのほうに惹かれた。渋谷とか原宿とかはあまり行かなかった。
今回のこんな旅もなかなかいい。ずいぶん個性的な旅になった(ただし詰め込みすぎ)。

写真もだいぶ撮った。(撮り方は同じ。わけがわからない流)
東急ハンズにも行ったよ。まさに日曜大工天国！ 大好き！

もう旅も終わりだし、明日11時(午前)にチェックアウトするから、さっき荷物を整理しました。今回の旅行を振り返ると、いろんな出会いがあった――服を着た犬とか、高円寺純情商店街の猫(記念撮影させてくれた)とか、古い雑貨屋とか、鎌倉の民家の表で門番してる犬とか、

新宿アルタ前でミャオを探せ！

古い商店の店先に置いてあった公衆電話とか、誰かの家の
窓とか……

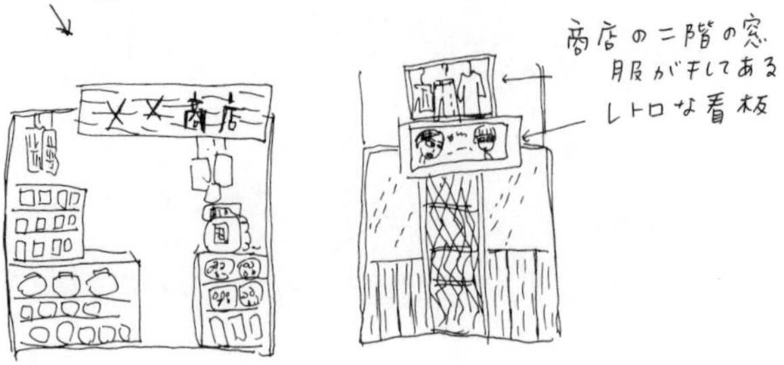
××商店
商店の二階の窓
服が干してある
レトロな看板

そのすべてが特別な体験に思えた。そのひとつひとつが、
旅行で目にした物語であり、まるで情景あふれる小説に
何度も足を踏み入れているかのように感じた。
そしてそう感じることが、一番の価値なんだって思う。

わたしはやっと、物を買うことの意味がわかった気がする。その
道具たち(買ったもの)はそんな物語の一幕や、その舞台となる
小さなお店のなかに存在している(いた)。だからそれを買う
ことは、ものたちに含まれる記憶を一緒に持ち帰ること
なんだって……

p.s. 明日ファックスくれるなら11時前ね。
じゃなきゃ台北で!

①

9月8日 2:15 PM

From 早起きしてネットした
メイイー

To ウェブカメラに出てたよ
ミャオ

Please, This FAX is For
Room: 1357 CHANG MIAO JU
おねがいします。4ページ

昨日の夜目覚まし時計2つとラジオのタイマーを1つセットして(92.1MHzのうるさい《→元気な》ラジオ局)、朝は予定どおり起きたよ。
だいたい7:30からネットの準備を始めた。パソコンが遅くてバカなので、映像が見れない可能性に備え、早々にネットをつないで待機してた。

人生においては、多くの予期できぬアクシデントが発生する。
わたしの経験によれば、大事なときこそ、必ずなにかトラブルが発生する。
早目にネットをつないで準備したのは、最悪うまくいかなかった場合は自転車に乗って近所の友達のところでネットを見るつもりだったから。

2回立ち上げなおして、やっとSHINJUKUのカメラが開いた。
それですぐ、2人の女性がALTAの大きな文字の下で、ぼさっと立ってるのが見えた。カメラのズームは限度があるから、ダークグレーのスカートに白い靴下を履いているのがミャオだと見当をつけ、すかさず機材を取り出した。

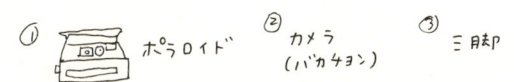

①  ポラロイド
② カメラ (バカチョン)
③ 三脚

2

撮影開始。

早く!早く!
間に合わない
あ、ダメだ!ポラロイドって
どうしてこんなボケてんの?
ポラロイドの
フィルム空き箱
早くカメラに
換えなきゃ!
フラッシュは
いらない!

ウェブカメラについてるシャッター機能は、画像保存したとき変になりそうで、とても押す気になれない(容量とかシステムとかパソコンはもうわかんないからさー、万が一フリーズしたら一大事!)。だから最後の最後まで待ってから(8:18ごろ)、サイトのシャッターを押した。そしたらちゃんと保存できたよ!

ALTA
友達は背中
ミャオは正面

成功

③

最後に画像をバックアップして、ミャオに、あとうちのお母さんにもメールで送りました。さすが！パーフェクトに任務完了！

ここまでは午前11:00に書いた。

ここからは午後2:00。

さっきBCC中広ラジオの『スターの歌声をあなたに』に出てきました。固定リスナーがいる長寿番組で、レコード会社の昔の同僚がこのプロモーション出演の話を持ってきてくれて、司会者も優しく親しみやすい人なので、行ってきた……

リッチー・レン ＊1
宣伝スタッフA、B

出番を待っている間（もうひとりゲストがいたので）、ふと司会者の名前を知らない自分に気づいた。じゃあ出演中、どうやって挨拶すれば!? 長寿番組だから、わたしだってその司会者を知らないはずがない！どうしてきれいサッパリ忘れてちゃってるのか？ 昔、レコード会社で宣伝担当だったくせに忘れてどうする！

でも本当に忘れていた！

リッチー・レンに訊く？
まさか！大スターに訊くなんて恥ずかしすぎる。笑いものだよ！
番組スタッフに？
それもまずい。叱られるか、バカにされる……
ほら、座りなよ！どうぞ！
いい人
まるで人の家にお呼ばれして、そのお名前を知らないのと同じ……

＊1
任賢齊　90年デビュー、アジア全域で人気を誇る歌手。出演映画に『星願～あなたにもういちど～』『エグザイル／絆』など

④

周囲の人の会話にずっと耳を傾け、手がかりをずっと探す。
たとえばあだ名とか、漢字一字でも、とっかかりさえあれば
思い出せる……、ところがそれすら聞こえてこない。

スタッフ
まずい!!
おー！ちゃんと事前に紹介してくれるんだ……
助かった…
メイイーさん、司会者が誰かごぞんじですか？ひとりはホウさん＊1 もうひとりはジェフさん。番組は2つのコーナーに分かれていてまず最初に……
……

＊1
侯麗芳　司会者、俳優。1973年より中華テレビなどで幅広く活躍

やっと心のつかえがとれた。
だからリラックスしてスタジオに入って、
司会者とも楽しくお話できた。

てっきり今日は、なにもかもうまくいかない日なのかと
思ったら――まさかの救いの手！
なんとも晴々しい気持ち！

今日の快調な流れに乗って、
運気がいいうちに、
いろんなことをやってみよう！

From 帰宅したメイイー
To 帰国したミャオ

9月10日深夜

前回のファックスはあんな前向きだったのに、それから2日間はずっと落ち込んでた。
細かいことは書きたくないけど、やっぱり自分の人生にどう向かい合うかっていうのは、ずっと変わらず自分に問い続けている難問です。

自分の心が十分にタフで柔軟で、より深く、広く、透明であってほしいと思う。それによって外の大きな世界に対処できるように、自分の感情の動きや予測できない未来にも対処できるよう、わたしはなりたい。それにもっと自分に知識があって、もっと技量とエネルギーを持ちえたら……

わたしは
そうなりたい
また落ち込み期か。
生理よりちょっちゅう来るな

午後誠品書店まで出かけた。ぐるっとぶらついて、あと自分の本がどこに置いてあるかチェックしようと思って。
入ったところに小さなポスターがあって、ハオさん[*2]とチュー教授の名前が目に入った。チュー教授の新刊刊行を記念した記者発表会が行われるとのこと。わたしはチュー教授の知性と生き方に敬服していたし、ハオさんの出版界での仕事に一目置いていたから、記者に混じってその感動的な講演を拝聴した。
わたしの心が欲していたのは、まさにそんな広い視野に根ざした言葉だった。

生と死に疑問と恐怖を抱いていたわたし……、社会の価値観に対して拒絶反応があったわたしは——

＊2
郝明義、大塊文化出版社長。P276よりファックスに参加。『交換日記』の原著はこの出版社から刊行された

チュー教授の講演から、まさに今必要としていた励ましを貰った……
帰宅してすぐ旦那に電話して報告した。わたしたちのお手本に
なる人を見つけたって ——

ねえ！ねえ！今日
講演聴いてきたよ！こんなこと
言ってたの……
……
……
本買った？
俺も読みたい
……
うん……

旦那とわたしは同級生みたいで、いつも同じ問題に悩んで、
語りあって、また、お手本になる先生を求めていた。
そろって現実生活で試練にぶち当たっては、
ただわたしたち自身は全然進歩がなくて、ちょっとした試練に
すぐ音を上げてしまって、まだまだ修行が足らないってことを
思い知らされる。

なんか進歩ないねー
焦るな焦るな
早飯はお椀を
割るってね

By the way

誠品書店の地下三階が死ぬほど寒くって。入るなり鳥肌が立って、
30分で足がアイスキャンディーになって、2時間の講演のあとは、
電子レンジに飛び込みたくなったよ！

寒くて震えてる

ちょうど席を立とうとした
人のおしりが近づいてきて、
わたしは生まれて初めて
人様のおしりをウェルカム
したよ。あったかかった。

P.S. メール見るの忘れないでね！
ウェブカメラで撮った画像を送ったから。
ゴメンねー、帰国してやることたくさん
あるのにね？
Good night

TO メイイー　　9月10日 3:10AM

帰りの飛行機でずっとあることを考えてた。それは心にずっとしまってあった、人に知られたくない欲望のひとつで、別の本（『地球の表面をゆっくり歩く』[＊1]）でちょっとだけ触れたことがあるけど、ずっと人には知られたくないと思ってた。だって、わからない人に誤解されるのが嫌だったから。

中学校のころ、当時の親友と、歴史に我が名を残そうって、野望を語り合ったことがある。この「張妙如《チャン・ミャオルー》」の名前を、歴史のどこかにほんの小さくてもいいから書き残したい！　今思い出してもそのときの感動はありありとしたまま、消えない。

まさかこのわたしもまた、そんな「名声」を求めてせこせこするような人間なんだろうか？　ずっと前から、何度も何度も自分にそう問いかけてきた。でも今日、飛行機の窓から、この青くて美しい地球を眺めていたら（NASAのホームページの、宇宙から撮影した地球と同じ美しさ）、ふいに、大声で泣き出したくなった。

人間って、いったいなんなんだろう？――こんなに小さく、そしてこんなに大きい。人生って、いったいなんなんだろう？――こんなに苦しく、そしてこんなに楽しい。わたしやみんな、あの人やこの人……、これっぽっちしかいない、そしてこれほどたくさんいる人びとを、創造主ははたして覚えているのだろうか？　わたしも同じように（あるいはわたしだけが）、忘れられてしまうのだろうか？

＊1
エッセイ集。原題『在地球表面漫歩』

いや！
忘れられたくない
……

まるで子供が母の愛を欲するのと同じように、
母にとって自分が特別な存在でありたいと
強く欲するように、あるいは自分の人生が
母をがっかりさせるような、無意味なものでない
と望むように。

ひとつの空、ひとつの大地に包まれて、わたしは名を残したいっていう欲望の原点を理解した。そして、母の胸元へ飛び込んでいきたいと心から思った。

そうもし母に愛され、また自分を愛することができたなら、かりに姉弟のなかで一番賢い、一番優秀な子供でなかったとしても、少なくとも愛を理解し、感じることはできる。どうして母が、転んだわたしに手を貸さなかったか、その理由もきっとわかる……。

娘よ、自分で立ち上がりなさい。自分の力で生き抜きなさい。母にできるのは、それを教えることだけ……
母さん？どうして……？

そうやって自ら行動することでやっと愛を理解し、そして愛を得るのだ。わたしたちは、強く生きることがどれほど大事か、忘れちゃいけない。

帰宅して、メールでもらったアルタの写真を見て、わたしの心に感動があふれた。これはわたしのスナップ写真。ある日の、この地球でのスナップ写真。
はっきり言えば、今回の旅行は、（体も心も）全然リラックスできる旅行じゃなかった。

でも不思議なのは、旅行のひとつひとつの出来事が繋がっていく感じがあった。ひとつのことを終えると、そこから次のなにかが生まれ、そのなかからまたなにかを感じる……。そんな自分は、普段のなにもしない、なにもできない自分よりずいぶんマシに思えた。だってなにか間違えたとしても、少なくともその誤りから、次の正しさをひとつ学ぶことができたから。

みんなそれぞれ価値観が違うし、物事への対処のしかたが違うってことは知ってる。例えばわたしと誰かがある同じものを追いもとめていたとしても、その理由ややり方が違うってことも。ときに努力して前に進む道は孤独で辛い。でも自分自身で歩いていき、触れてみなければ、愛を理解することも得ることもできない。

家についたら今回の旅の出来事を、追加でファックス日記に書こうと思ってたんだけど、でも気がついた。今回の旅は、具体的ななにかより、内面的に得たもののほうが断然多くて、すごく充実していたと思う。だからきっと、笑顔でこの旅行を終わらせることができる。

具体的なもので最大の収穫は、内臓人形。

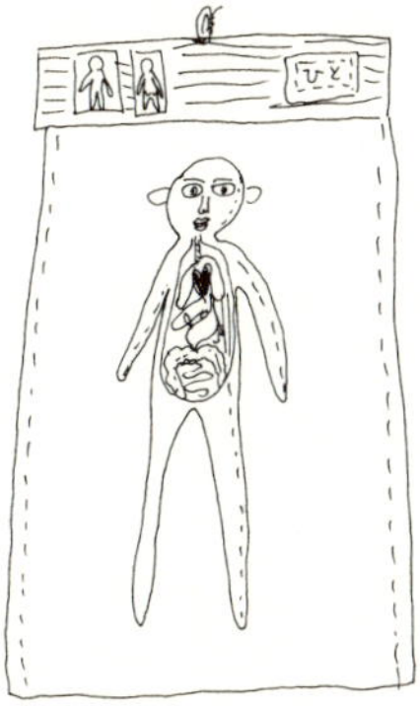
ひと

ポイントは人形というより、これを手に入れた西荻窪の店。店のなかはアーティストの作品がいっぱい並んでいて、廃棄物を再利用したものや、コラージュ作品、それに絵もあった。わたしは彼（か彼ら）の、廃棄物アートやコラージュが見せる美的センスと豊かな創造力をとても気に入った。そして、人生もこんなもんじゃないかなって思った。

わたしたちは、自分の人生を完璧にすることはできない。でも自分の人生から出た廃棄物を再利用して、コラージュし、自分だけの美しい人生を作り出すことはできるはずだ。

気持ちが落ち込んだとしても
どんどんそれを再利用して、自分らしい人生を創りあげよう！

松永さんが見送り前に描いてくれた絵。メイイーのファックスを見せたら、ずっと笑ってた。

"アイラブ TAI WAN"
98.9.9
まつなが

Good night.....

TO ミャオ

9月10日

ミャオ、今日なにした？

わたしのファックス、ずっと黒い線が出てるでしょう？ゴメンねー。

もう一ヶ月だよね。前、修理にどのくらいかかるか訊いたら

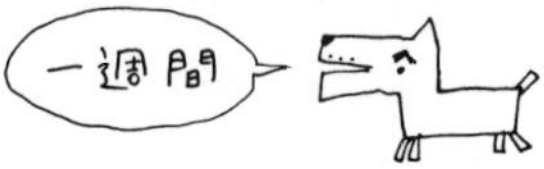

って言われて、それきり

ほったらかし。

いやあ、キレイなファックスをお見せできなくてお恥ずかしい。

昼間忙しすぎたからね！

TO　メイイー　　9月11日 2:45 AM

今日は一日中、ドッタバタだった。
まず旅行の荷物を全部床にひっくりかえして、買ったものを取り出しては、誰にあげるか決めていって、同時に日曜大工をスタート。日本で買ったインテリア小物がけっこうたくさんあるから、どこに飾ろうかって我が家の最適ロケーションを物色した。

もともとあった絵
内臓人形
焼肉網
しまった！釘の高さが違う……
取り外すと壁に穴が残って見苦しい。まいった……

だから作戦目標を変更した。

買ってきた台を鉢植え置きに。

100円

そして買ってきたとってを、自作の棚に取りつけた。

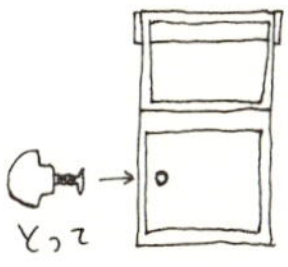
とって

ドリルがないから、また原始的なやりかた。まず釘を打ち付けて穴を開け、ドライバーでその穴を広げて、やっとこさとってをねじ込んだ。

それからまた、リビングの壁の前に戻った。深く考えないまま、またひとつ釘を打ちつけていた。

あちゃー！
どうすれば？
バランスがますます悪くなって、壁の穴がますます増えていく悩みに悩んだあげく、また作戦目標を変更した。
前に描いた、テレビ台のところへ。

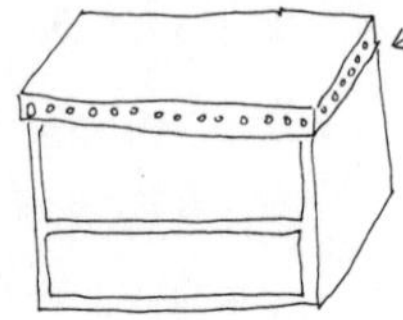

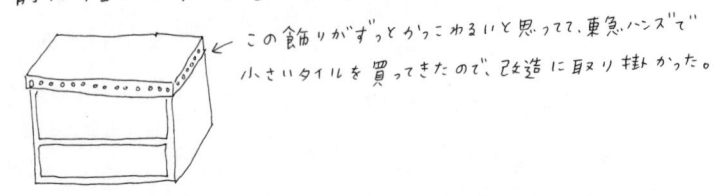

この飾りがずっとかっこわるいと思ってて、東急ハンズで小さいタイルを買ってきたので、改造に取り掛かった。

もともと貼ってあったガラス玉をカンカンはずして、タイルを貼っていく。
途中で気づいた。タイルが 足らない……

そして最後はこうなった ——

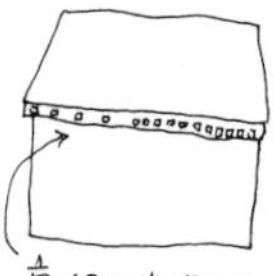

裏側はタイルがまばらになっていき、壁に隠れる部分はまだ“数珠”が残ってる。

裏は目立たないから、と自分を慰め、気分を変えるため、電話を何本かかけた。15日〆切のクライアントとの電話が終わったら、なんかふいに途方にくれた。いま自分はいったいなにをすればいいのか、わからない。

昨日の夜、旦那の実家でご飯を食べて、だから惰性のまま、床には服、ゴミ、その他ごちゃごちゃしたものが一面に散らばり、さしこむ夕日がそれを照らした……

またリビングの壁問題に立ち戻った。額をひとつ見つけてきて、とりあえずもう打っちゃった釘にかけてしまおうと決めた。でも額になにを飾るかが思いつかず、すでに絵をさがすような気分もなくて、床をごそごそ、割り箸の空き袋やインスタントラーメンの調味料入れ、飴のちっこい袋、「五分珠《歯痛の薬》」、ティーバックの小袋を見つけ出して、てきとーにコラージュしていき、最後、破いたメモ紙に「……日々」と書き添えた。

こうして作品ができあがった。
タイトルは「……日々」

壁にかけてみると、おや、
なかなかいい感じ。釘の
高さはもうどうでもよくなった。

それから旅行中のファックスを取り出して、パラパラ見なおした。わたしが書いた内容があまりにいいかげんだったと思って、また自分を責めはじめた……

このダメ人間！
のほほんと
遊んでばっかり！
ファックスもこんな
適当で……

なんでちゃんとやんなかったの？
値段が高いとか言って、
ちょっとしか書いてないし。
それにメイイーと全然
"交換"してない。
自分のことばっか描いて……

結局最後は
全部ホテルから
送信して、
チェックアウトのとき
金額みたら、
そんな高くなかった。

それからファックスを片付けながら、時間は戻ってこないんだってことに気づかされた。それが失敗であっても、一歩踏み出せば二度と元へは戻れないんだって。だから考えた。どのみちもうここまで生きて来たんだから、「炊いた米は元に戻らない」んだし、どうなろうとこのまま続けるしかない。日常は続いていくのだから。

それからまた、日本で買った本を取り出して見てたら、こんなのがあった。

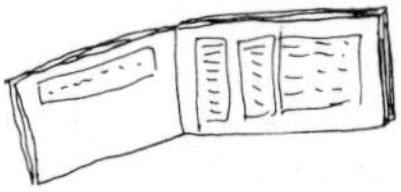

この本は横開き。わたしたちの本は縦開きにしてもよさそう。

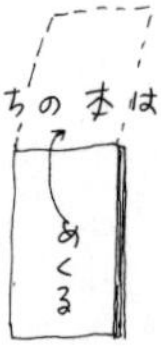

ポイントはケース。

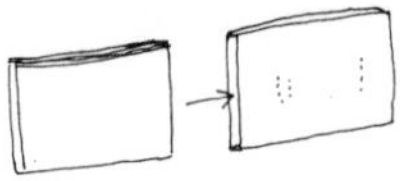

これなら本屋さんの棚に置いても背表紙(タイトル)が見える。

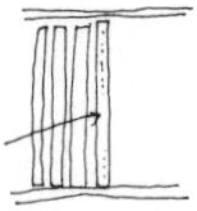

厚みがあるやつじゃなく

この本の表紙は(ケースも)ハードカバーみたいな硬いやつじゃなくて、コストも下げられる。値段が高いから買わないって人がでないように。

いやこういう装丁って別に珍しくもなくて、わたしたちも前に思いついたくらいだけど、買ってきたこの本は紙の感じがすごくいい。厚さもほどよいし、こんど見せてあげる。

そうそう前に、ホッチキス止めの装丁も考えたことがある。わざわざボロっちいレトロ感出そうって

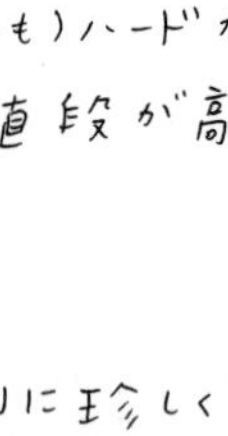

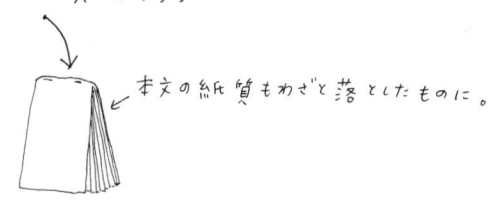

本文の紙質もわざと落としたものに。

ホッチキス装丁の欠点は、破損しやすいことだけど、やっぱほかにない味わいがある。

もしケースをちゃんと作れば、その欠点はクリアできる。

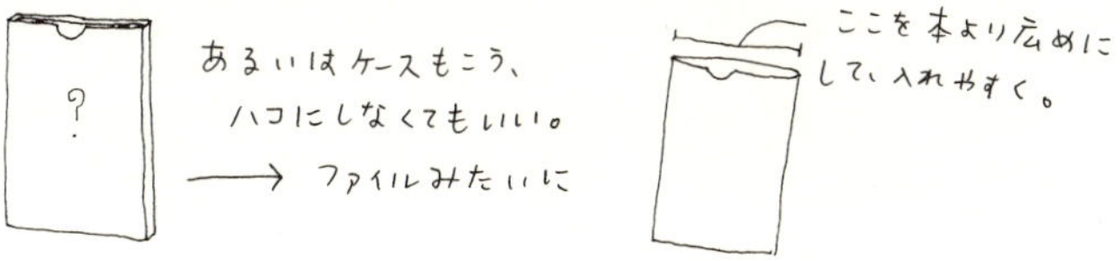
?
あるいはケースもこう、
ハコにしなくてもいい。
ファイルみたいに
ここを本より広めに
して、入れやすく。

なにかいいアイデアある？
調子よくなった？もし元気になったらちょっと話そうか？
待ち合わせしてちょっと雑談して、どう入稿するか相談してもいいし。

いま発情期なの……
ベイビー

どっちがミャオでしょう?

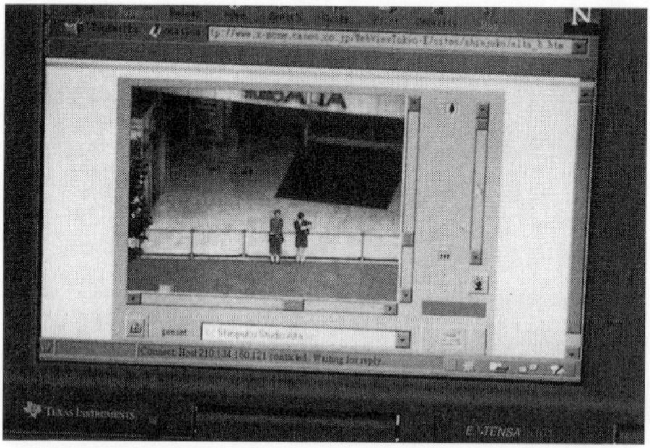

海(とネット)を隔てて、撮影成功!

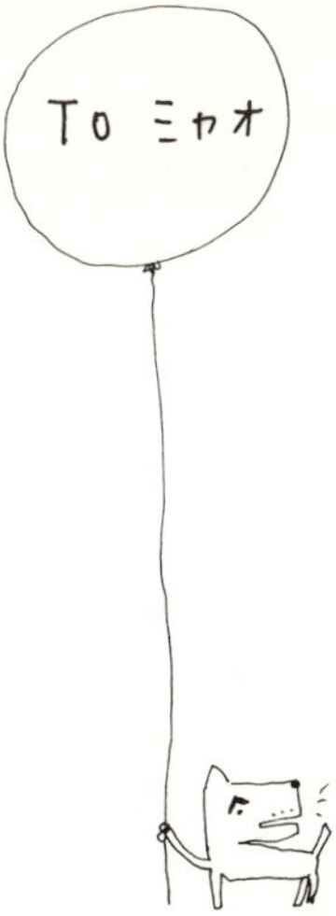
TO ミヤオ

9月11日 昼1:10

早起きしたら長い長いファックスが届いていたので、まっさきに切り取ってソファーに寝転んで、ゆっくり読んだ。

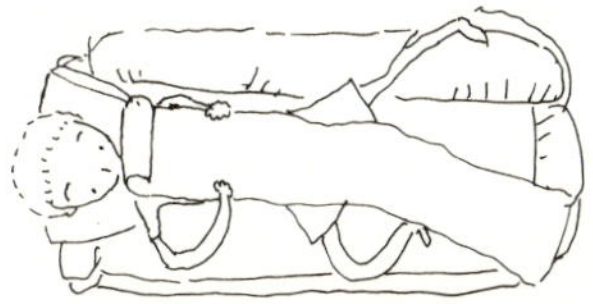

読み終わって、すぐ返事を書きたくなった。シャキッと目を覚まそうと、まず顔を洗った。で、テーブルにつこうとしたとき、メガネをかけてないことに気づいた。洗面台から探し始め、その周辺、ソファー近辺、テーブル、キッチン、水を飲んだティーテーブル……。でも見つからない。

メガネがないと視界がぼけちゃって、当然ますます見つけにくい。だから昔のメガネをかけて探そうと思った。そしたらきっとちゃんと見えるから。だからまた引き出しや箱を開いて、かけずりまわって、結局見つかったのは旦那の昔のメガネ。

かけたとたん、霧が晴れるように思い出した！わたしったら起きてメガネなしのまま、顔をくっつけるみたいにしてファックスを読んでたんだ！つまり最初っから……

So,
メガネは机元にある

バカ！時を
無駄に過ごした

そうだ、東京のウェブカメラのとき、わたしはてっきり、ミャオがおもしろポーズをとってくれるもんだと、待ち構えてた。そのポーズをカメラに収めて、みんなで大笑いしようと思って。

ところが、ミャオとミャオの友達はすごくおとなしくって、そこに20分も立ったまま、一回だけカメラの左のほうにちょろっと歩いていってキョロキョロっとしただけで、すぐもとの位置に戻っちゃった。最後に手を振ってくれたみたいだけど、更新のタイミングで撮れなかったの。気づいたらふたりはもう消えていた……

←
この姿は更新のタイミングで、
うちのパソコンには映らなかった。
ネットでだれも見てなかったのかな？
そうだったら本当にボケたんとしたふたりが、
世界に向かって挨拶してるみたい。

disappear
パソコ

昨日は友達のお供でウェディングドレスを選びに行きました。新婦になる人って情緒不安定になりやすいから、友達がブレーンになってあげる。わたしはよくそれをやる人。

作家のリー・アオ[＊1]が、男性より女性のほうが婚礼写真を重視するって言ってたけど、同感。結婚するとき、ほとんどの新婦は最高に美しいお姫様（か女王様）になりたがる。でも実はこれ、すごく皮肉なことに、しっかりおめかしした新婦は、本人と全然違う姿になる——美しすぎるか、ブサイクになるか（化粧するとかえってよくない人もいる）で、さらにその写真を24インチサイズに引き伸ばして、油絵みたいな額縁に入れて、家に飾ったらもう、どうしようもなくかっこわるい。しまうにも場所とるし、捨てるわけにもいかない。しょうがないからベッドの下の肥やしになって、ホコリを被っていく……。

＊1
李敖　1935年生まれの作家、評論家。76年反乱罪で服役。2000年総統選に立候補

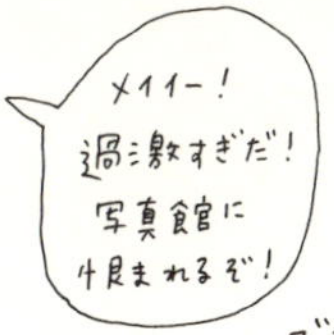
メイイー！
過激すぎだ！
写真館に
恨まれるぞ！

わたしはなんだか、独身を捨てて人の夫となり、
新しい家庭を築こうとする若い男性たちが
かわいそうに思う（新婚早々ってだいたいお金がないし、
でも台湾の社会では、婚礼の費用は新郎方が負担する
ものだし）。3、4万台湾ドル使って、うそっぽい写真を撮る
日本円で12万円くらい
くらいなら、新婚旅行を5日長く行ったほうがずっといい。

もちろん、「せっかくの晴れ舞台を美しく」とか
「人生で一回きり」とかそういう気持ちはわかる。
ただ結婚で本当に得られるものがなんなのか、
考えないとね。

妹がもうすぐ結婚するんだけど、彼女も
わたしと同じ考え方で（妹は何事にもカラっと、
ぐじぐじ言わない性格だから、結構好き）、
だから母はいつもぶちぶち言うんだ。よその
娘さんはあんなちやほやしてもらってる（嫁に来てもらうため、けっこうお金
を使う）のに、うちの娘たちは簡単に済ませられすぎじゃない!?って。

母さんが気にする気持ちもわかるんだけど。でもわたしらの考え方
をぼちぼちと聞かせて、だんだん理解してもらっています。

わたしの婚礼写真？ ホントは撮りたくなかったけど、周囲の
みんなのことを考えてやっぱり撮った。

やり方 1

花柄の布と小銭を持って、旦那とふたり、
南京東路の証明写真に行った。
それで4回撮影（花柄の布を背景にして）。
1回90台湾ドル（今はもっと高いかもしれない）
×4回で360台湾ドル。
日本円で1000円くらい

なかに
ふたりいる

やり方 2

旦那がポニー（彼の親友）に撮影を頼もうって言った。
だからわたしは、ユーピン（わたしの親友）に手伝ってもらうって言った。
ポニーが来たけど、カメラを持ってなくて、ユーピンがカメラをポニーに貸して、わたしが自分のカメラ（3400台湾ドルした）をユーピンに
1万円くらい
貸して、フィルムは4、5、6本くらい買ったかな？ 覚えてない。
で植物園に行って、適当に撮って、帰って化粧落として、またみんなで晩ご飯食べに行った。

セットとお化粧は別の友達に頼んだ。
おれいに2000台湾ドル渡した。
6000円くらい
新しいスーツを買った。
これ一着でどんな場面も
対応可能。
12000台湾ドルくらい。
3万5000円
リンさんが持ってる唯一の
スーツです。
シンプルな白い
ウエディング
ドレスは借りた。
洗濯代は
負担した。
ウエディング
ベールは迪化街＊1の
布屋で買った。
150台湾ドル。
500円くらい
磨いた古い革靴。

当日の撮影費用だけなら、たった1000台湾ドルくらいだったかな!?
みんなに見てもらう引き伸ばし写真は、キャビネ判くらいのプリントをカラーコピーして、コピー機の最大がA3だったから、A3に拡大して、とにかく、これで結婚した。
こんな手作りの結婚は簡単だしお金かからないし、旦那の実家も大喜び。うちの実家も、珍しくていいんじゃないって、みんな大満足だった。

結婚にはとにかく
うんざりさせられたから、
思い出したくない。
あんな注目されて、
居心地悪くて、
落ち着かなくて
この手の、社会にたいして義理
立てするだけの行為なんか、
わたし、思い出したくもない！
生活は、自分が心地よく
過ごせればそれでいいのだ
どんどんガサツになる女

＊1
迪化街《ディーフアジエ》は台北の淡水河ぞいに栄えた商業地で、今も漢方薬材や生地、乾物を扱う問屋が並び、年越しはとくに買い物客でにぎわう。「永楽町」と呼ばれた日本統治時代の古い建造物が残る

時間決めて会おうよ。本をどうするか話し合わなきゃ。

① ファイルみたいなケース、ちょっとよさそう。

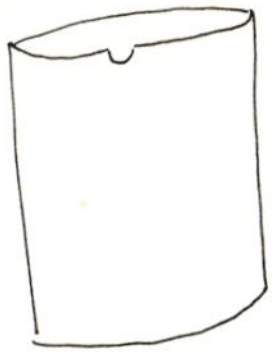

② 前言った、ふたりのファックスをそれぞれ違う色にする案で、
別のアイデアが浮かびました。
どうせわたしが送ったファックスには
全部黒い線が入ってるんだから、
その線を残したままにしたら？
ひと目でわたしのだってわかる。

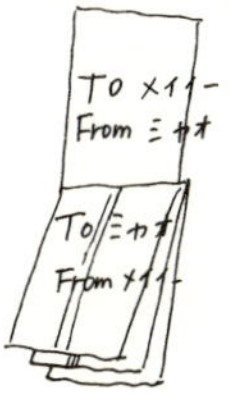

③ ホッチキスは親しみがあるね。
めくるとパタンと開くのもよし。

④ わたし、時間は融通がきくから。
ついでに大塊出版と会うかどうかはどっちでもいいです。
早いに越したことはない。

⑤ ファックスか、電話ちょうだいね。

TO ミャオ

6:00pm

わたしってなんてヒマなんだ。またファックス書いてる。
何日か前、新聞の原稿を書いたんだ。旅行関連ね！
なんでかっていうと友達（Her name is ウェイさん[*1]）が新しい芝居を
上演するんだけど、そのテーマが旅行なんだ。

タイトルは「キキの世界一周旅行」

そのプロモーション活動の一環で、『自由時報』の文化欄に
わたしの文章を載せたいと言ってくれたのです。わたしの文章力の
なさにもかかわらず、意外な申し出をいただいて、嬉しいやら
ドキドキするやら。

＊1
魏瑛娟　劇作家、演出家。1985年より作品を発表。「キキの世界一周旅行」は東京のアリスフェスティバル1998でも上演

わたし、長い文章って全然書いたことがなくて、600字程度でも
死にそうなのに今回は1000〜1500字と言われ、覚悟を決めて
やることにした。練習だと思って始めたんだけど、書き始めたら
収拾つかなくて、なんと結局2000字も書いてしまった。

おかげでちょっと恥ずかしい。あまりにだらだら書きすぎて、
分量が増えすぎちゃって、ちょっと……よくない。

ボツでもいいです、って言ったんだけど、いいともダメとも言われてない。
もしかしたら2日たったらボツって言われるかもしれない。先に
送るから、見てほしくて。意見きかせて。ミャオなら、恥ずかしく
ない。ミャオならわたしのスタイルとかキャラクターを知ってて
（考えて）くれるから、安心感みたいなのがある。

まる1日かかって書いたから、ミャオに先に読んでほしい。

「鈴木さんちで一泊二食」

わたしが行きたい旅――そう！それは、鈴木さんちで一泊二食。

わたしはそれを本で見たのだ――「この民宿を営む鈴木さんはまるでみんなのお母さんみたいにとっても親切。手の込んだ料理と波しぶきが望めるお部屋は、きっとあなたに“本物”の日本を感じさせてくれるはず。もし空いているなら角部屋がオススメ。宿泊費は4000～7000円（食事付き）」

本で紹介されたところなら、どこでも行くってわけじゃない。例えば東京タワーはどのガイドにも載ってるけど、わたしはちっとも行きたくない。わたしがあるところに行きたくなる理由はいつも、ほかの人がそこに行きたがらないからだ。これはわたしの悪いクセ。みんなが追い求めるものは、迷いもなく却下する。みんなが好きなところは、笑って拒絶する。たしかに、これは悪いクセだ。

鈴木さんの家に行くには、まず東京へ行かなきゃならない。安い航空チケットを選ぶ。むろん過去の事故記録も少しだけ考慮する。それからカードを切って、旅行保険に加入して、簡単な遺書を残して、責任ある社会人としてやるべきことをきっちり済ませたあと飛行機に搭乗する。

準備は念入りに、出発はリラックスして――はみんなと同じ。空港についてバッグやパスポートがない！　なんてあたふた緊張するのはゴメンだ。脈拍がどんどん速くなって、緊張するのが一番嫌い。胃腸がぐるぐるしたり、足がブルブル震えたりするのはいいけど、心臓がバクバクしだしたら、もうわたしがわたしでなくなってしまう！　旅行のときにそれは避けたい。いつもと違うわたしが旅行に行ってもおもしろくない。旅行は、本当の自分で行きたい。

一日目

東京に到着した日の宿泊先は、本を見て決める。その本の出版社は「ロンリープラネット」という。その名前を目にするだけで、わたしたちは人生ごとどこかへいざなわれていくような気がする。だからわたしはこの本の推薦を信頼している。それからは価格で決めた。一番安い、小さなホテルを選んだ。賑やかな池袋のパチンコ屋やセクシーな客引きの間をくぐり抜け、路地の奥にある風流な宿にチェックインした。

二日目

朝早くから、東京のカラスに起こされた。このホテルは池坊の生け花があちこちに飾ってあり、みな裸足でエレベーターに乗る。きまりで、靴は玄関に置いておくのだ。下でお茶を飲み、上に上がって休む。そのときみんな裸足でエレベーターに乗る。いままでにない感じ。このホテルの特色だと思った。
明日鈴木さんちに行くため、ちょっと出かけなければならない。山手線に乗って、有楽町駅近くの東京国際フォーラムに行った。ここのトラベルセンターは、地図などの資料も万全で、新宿のよりサービスがいいからだ。科学的なフォルムの建物、未来的な自動販売機。セブンイレブンすらグレーの色合いでクール。東京国際フォーラムの地面は、上に向かって光を発している。会議ホールへ向かう東京の人びとはみなビシッとした格好で、キビキビと歩いていく。わたしは鈴木さんちへの行き方を教えてもらうため、人ごみのなか、光る地面を踏みしめて、建物へとずんずん歩いていく。

三日目
鈴木さんちは土肥にある。土肥、きっとそれは実り豊かな土地なのだろう。村の男の子はみんなプクプクに太っているのだろうか。聞いただけでいても立ってもいられなくなる。今日の目標は、東海道線に乗って熱海へ行き、伊東線に乗り換えて伊東に到着後、さらに伊豆急行で下田まで行くこと。乗り換えごとに黒糖温泉まんじゅうを食べる。そしてやはり、下田で逗留することを決める。出発が遅すぎて、着いた頃にはもう空が暗くなってしまったからだ。日が暮れてから電車に乗るのは、悲しすぎる。だからここで下りよう。ついでに鈴木さんに電話し、明日お邪魔することを告げる。

PS. 電話の内容
鈴木さん「もしもし」
わたし「うー、wadashi wadashi」
鈴木さん「もしもし」
わたし「うー、wadashi wadashi……
sumimasen」
あわてて電話を置いた。自分が日本語をしゃべれないことを忘れてた。

四日目
天気はよくない。風も強い。この日は大きなバスに乗った。山間部の小さな村落を抜けて松崎にたどりついた。警察で地図をもらって、バス停前のコンビニで赤いビニール傘を買った。地図の示す線にしたがって、船着場へ向かった。「船で土肥へ行きたい」と思った。「土肥に行く観光客はきっと多くない。だから船で土肥へ行く人はもっと少ないだろう」
あまり人がやらないことを、わたしはしたくなる。これはわたしの悪いクセだ。うんわかってる。

乗船してから、台風が来ていることに気づいた。オレンジ色の制服を着た船員たちとわたしは、波を切り、果敢に進んでいく。まるで貸切船みたいに、わたしを土肥の鈴木さんちまで連れていってくれる。

土肥につくと、雨風が激しく襲い、通りは寒々しく、わたしはただひとり赤い傘を差して立ちすくむ。そんな台風の日にあらわれた珍客を遠目に、町のおばちゃんたちがひそひそ話をする。彼女ら現地の人からすれば、旅行者など名前も過去も持たない——人から注目を浴びるのが大嫌いなわたしだが、わたしを見る彼女たちの眼がけっしてわたしを存在として捉えてないのだと気づき、もうなにも考えず、鈴木さんちへの道を急いだ。

バッグパックを下ろし、慎重にチャイムを押した。一回、二回、三回。ドアが半分開いていたから、わたしは中を覗きこみ、二回ほど声をかけてみた……そして玄関先で 30 分ほど座っていた。「鈴木さん、どうしていないんだろう？」わたしは住所をもう一度確認した。「間違いない。どうしていないんだろう？」わたしは傘を差して海辺へ歩いた。しばらく歩いて戻ったら、親切な鈴木さんが待っていますように。旅行とはだいたいにしてこんなもんだ。見たいものが必ず見られるとは限らない。行きたい場所に必ず行けるとは限らない。そうやって気を取り直して、自分を慰めた。海岸は風が強く、波は大きかった。今日鈴木さんに会えなかったのはきっと、台風が来ていたせいに違いない。

それからわたしは美枝子さんちに泊まった。部屋は大きく、海に面していて、24 時間温泉が使える。でも食事はついてなかった。一晩中、わたしは潮騒の音を聴いていた。そしていろんな種類のカップ麺を食べた。

五日目

美枝子さんの娘さんは背が 170 センチもある。彼女は雨風のなか、車で駅まで送ってくれた。車中ふたりきりで、なにを話したらいいのか。でもわたしは日本語ができないから、なにも言わなくていいだろう。朝一番で土肥から修善寺へ行き、東京まで帰ってきた。それから成田空港へ急ぎ、台湾へ帰った。

「鈴木さんちで一泊二食」計画は、台北を出発して、東京から土肥にたどり着いた時点でもう達成していた。この行動に、特別な意義はない。ただ自分の悪いクセが招いただけのことだ。でもわたしは心のなかで、この無意味さに狂喜した。

To "お休み" したら元気になったメイイー　9月12日 16:20PM

昨日のこと。フレンドリードッグレコードのカンくん[＊1]がうちに来るって言うので（またフレンドリードッグに戻ったらしい。わたしにいろいろ描いてほしいって）、だから朝からずっと、一昨日の片付けをやって、とにかく忙しかった。そもそもうちは汚すぎる。

まず分類して山にする
ギュン
ギュン
ギュン

全部片付けたら汗まみれで、シャワー浴びようとしたら、トイレの掃除が済んでないことに気づいた。

汚い
汚い

トイレ掃除[＊2]を済ませ、あわてて一階の喫茶店へカンくんを迎えに行った。すでに30分も遅刻。

＊1
楊鎮丞、P188にも登場

＊2
台湾の家は通常シャワーと洗面所とトイレが同じ空間にある。浴槽がないことが多い

あわてて一階の喫茶店へヤンくんを迎えに行って、
↓
あ然としちゃう。
まったく同じこと書いてる！

そして今日の努力の成果を
見てもらった。

掃除の成果を褒めてもらって、見栄っぱりなわたしは大満足。さらにアイデア満点なお部屋！とか褒めてもらっちゃってますます嬉しい。はぁー、どんだけ褒められたいんだ？ わたし？

- - - - - - - -

夜、大塊出版から電話があって、担当者に近く原稿を渡すって伝えた。だから時間決めよう。16日（水曜日）はどう？ その日ちょうど別件で外出するから、ついでに会えるなら一番いい。

この二日間、よく寝た。たぶん疲れすぎのせいだけど、もう"秋"
→ 日本に行ったから
眠状態。秋は昔から一番好きで、心の洗濯ができるいい季節だなぁーっていつも思う。あらためて昔のことや将来のことを考えたり、自分はいったいどんな大人になりたいんだろうって、考えたりする。（おかしいよね。もう大人だっていうのに。でもなんとなくまだそうなってはいけないような、まだ全然なりきれてないような……）

ともかく、空を見上げながらぼーっと考え事して、それだけで
一日過ごせるようなそんな季節。

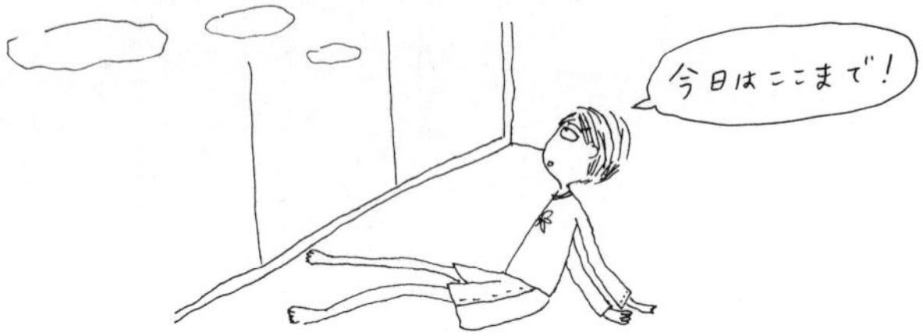

P.S.
① 次はわたしが休む!
② 書き忘れてた! 鈴木さんちに行く旅行スタイル、すごくいいと思う。

9月12日

From 高いビルを見てるメイイー
To 高い空を見てるミャオ

ファックス交換日記をしてたこの1ヶ月で、わたし本当に進歩したと思う。毎日かかさず一緒に頑張ってくれたミャオに、ホント感謝してる。
前は、いつも絵をビクビクしながら描いていて、失敗するのが怖かったから必ず先に下書きをしてた。でも、この1ヶ月の強制・集中・熱血ファックスのおかげで、自分をダイレクトに表現できるようになって、変な遠慮がなくなった！いろんなことを学んだよ。それにまるで、一緒に頑張る同級生を見つけたみたい。

浴槽がない!

ミャオのうちの浴室、浴槽がないタイプなんだね。それを見たわたしの眼がキラリ光った。あのね、うちにすごく素敵なヒノキの風呂桶があるの。（台湾ヒノキで作られていて、きめ細やか。林田桶店で買った）でもうちは賃貸だから、浴室には置けなくて（普通のやつがすでにある）、しょうがなしにベランダに置いたまま、風と太陽に晒されて……もったいなすぎる！あれはうちで一番高い家具なのに（2万台湾ドル以上した）使えないなんて！
6万円くらい

親族や友達にあげようと思ってたんだけど、浴室が小さいか、浴室の入り口が狭いかで、受け入れ先がずっと見つからなくって。毎日ベランダで雨風、太陽にさいなまれてる風呂桶を見てると、本当、つらいんだ。

浴槽ひとついかが?
本当に気持ちがいい木の浴槽だよ。キレイだし、ヒノキだし、堀り出し物

使いたいけど、うちは無理なので、
つらいけど、せめて信頼のおける人に……

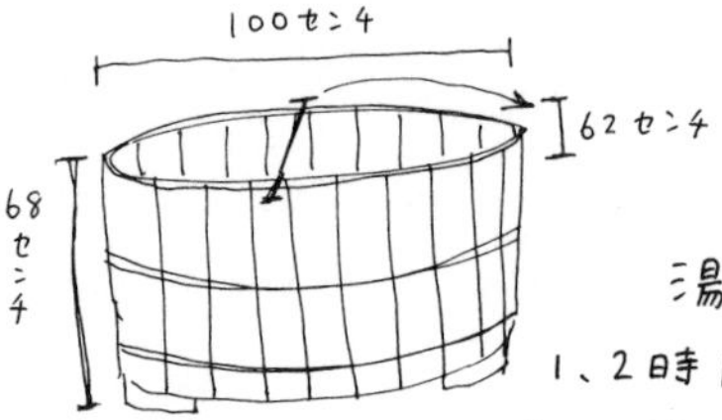
100センチ
62センチ
68センチ

シャワーだけのときは、浴槽のなかに立って浴びればいい。なかに排水口があるから。
湯船に浸かりたいなら温度は1、2時間もつよ(冬)(夏はもっと長く)。
浴槽の壁も木だけど水を抜いたあとは、落ちにくい垢も残らないし、使いやすいし、気持ちいい。普通の家庭に備え付けの浴槽とは、質感が全然違う(おしりでわかる)。

でも、これはわたしが勝手に思ってるだけで、もしミャオが浴室はがらんとしてるほうが好きなら、浴槽は邪魔になると思う。

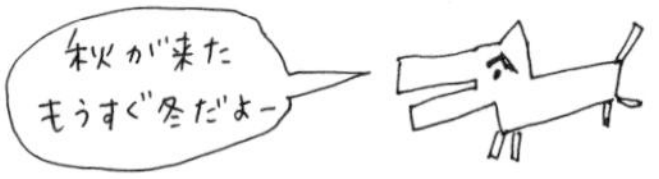
秋が来た
もうすぐ冬だよー

うちに空があるなんて、羨ましい。

16日は水曜日だね。
わたしは大丈夫。
ミャオのいい時間でいいよ。
あの原稿、来週載るみたい。
ありがとう、ほめてくれて。
勇気
倍増!
風がゴーゴー、太陽が沈んでく

TO　メイイー

9月12日 20:00pm

浴槽!?　読んだわたしの眼もキラリと光った。→

わたしずっと、うちに浴槽がないのが残念だと思っていて、もともとこんなのを買う夢を抱いていたのです。

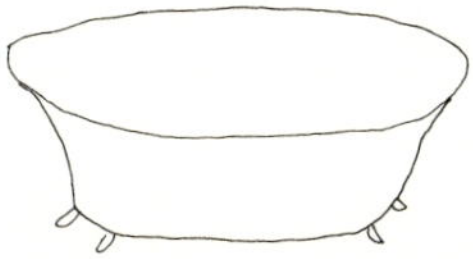

でも大きすぎるのもダメだし（うちの浴室は狭い）、お金も暇もない、だからそれっきりだった。メイイーのファックスを見るや、わたしはメジャーを手に浴室へ急いだよ。だって木の浴槽も大好きだから。

←このドキドキ感はまるでアカデミー賞授賞式のよう。

それから旦那に訊いた ――
「浴槽置きたくない？」

うちにも……
うちにも置けるじゃないか！
オスカーはわたしのものなのね？

二万だぞ！
うちお金ないよ！

それにふたりだって近く引っ越すんだろう？
そしたら場所ができるさ

うん、それもそうだ。仮に安く譲ってくれるつもりにしてもさ、でも……、もうすぐ引っ越すんじゃない？もしかしたら新しい家は置けるかもよ？そしたらおしりで存分にヒノキの感触を味わえる……

だから、もう一度よく考えてみたら？

そうだ、うちの近くのマンション見に来るっていつごろ？

最後にどうしてもヒノキ風呂を置ける浴室が見つからなかったら、そのときはふるって受け入れ先になるよ。だってあの絵見たらもうたまらない！（わたしの絵ではもひとつビビっと来ない）。

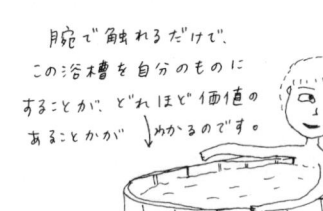

腕で触れるだけで、この浴槽を自分のものにすることが、どれほど価値のあることかが↓わかるのです。
目がもう……（「気持ちいいー、気持ちいい……迷うなんてもったいないぜ……」と言っているらしい）
口元が緩んじゃってもうあれ（「うぁー たまらんわー、こんなチャンスめったにないぜー」と言っているらしい）

なんとも訴える絵だ！

メスです。

これ書いてる間じゅう、うちの猫がまとわりついてきて、発情期に入ってからうるさくてしかたない。避妊手術をしてあげなきゃってずっと思ってるんだけど、行けてない……

見てるとかわいそうで、きっとつらいだろうって思う。そしてふいに、あの忘れがたい出来事を思い出した。

それはベイビーが初めて発情したときのこと。友達から借りてきた本のなかに、猫ちゃんが発情したときの対処方法（避妊手術以外の）が紹介されてた。それはつまり綿棒で「解決」するやり方。

最初、それを試すつもりはなかった。だってお医者さんじゃないし、もううっかりして猫ちゃんを傷つけたりしたら、もっとやっかいだし、かわいそう。

でもある日、もう我慢できないほどうるさくて、やっぱりトライしてみることにした。本には、猫は擬似交尾をすると、それで発情のうるさいのが収まるとあって、わたしは恐る恐る綿棒を手に、傷つけてしまうのが怖いからそれにワセリンを塗って、猫のあそこに触れてみた（全然深く入れてない。あとでその本でも確認したけど、入り口を刺激するだけでいい）。ところが、終わって綿棒を見たら、どびっくり。

綿棒の頭が消えた!!
（もげた）
わたしの初めてを綿棒に捧げた!?

不安で、怖くて卒倒しそうになった。どうしたらいいのかわからなくなったわたしは、気持ちが落ち着くのを待って、ともかく獣医に電話しようと思った。でもわたしは難問に気づいた。この情況をどうやって説明するのか？ このあらましをどう「健全」に描写すればいいのか……。わたしは恥ずかしくって死にそうになった。

無理！
どう話そうが
100％変態
行為だわ！
無理無理！
わたしだって女の子だし
こんな下品な話、
口に出せるわけ
ない……

じたばた悩んだ挙句、勇気を振り絞って電話した ——

先生、えっと…… わたし
ある本を読みまして……

考えた挙句、
全部あの本に罪を
おっかぶせることに。
どこどこ出版のだれだれが
書いたかまできっちり述べ、
自分が変態女子じゃないことを
証明した。

結果お医者さんの意見は、しばらく猫の尿を観察して、もし尿から綿棒の先が見つからないようなら、病院で診察を受けるようにとのことだった。そして最後に、わたしはすごく悩んだふりをして、発情期に避妊手術が可能かを訊き（発情が終わったあとのほうがいいって、答えはとうに知ってるんだけど）、自分がいかに悩んでこの処置を決断したかアピールした。その電話を切って以降、ベイビーのトイレをものすごく注意して見た。

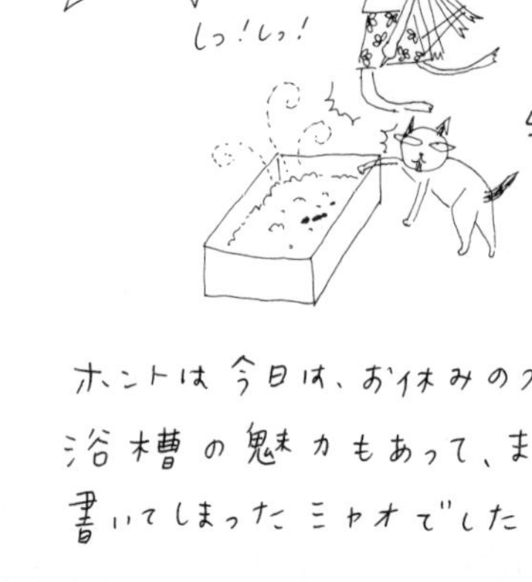
待て！
砂かけるな！
ベイビー！
しっ！しっ！

そしてついに、トイレの砂にまぎれた、ほぼ砂と同じ大きさの、しかもすでにつぶれた綿棒の先が見つかった。
それ以降、この方法は二度と試すことなく、ベイビーの悲痛な声を我慢しつづけ……、おまけにわたしはベイビーの「性のしもべ」という称号を得たのでした。

ホントは今日は、お休みのつもりだったけど、空は薄暗いし、浴槽の魅力もあって、またこんなくだらない思い出を書いてしまったミヤオでした。

To ミャオ

9月13日 1:10 AM

浴槽、たぶんミャオんちの浴室には収まらないね。
今日（12日）お宅をおじゃましたときちょっと覗いたけど、文学的ですらある我が豪華ヒノキ浴槽は、たぶん入り口でつっかえちゃう。
無理して通したとしても、立って歯磨きするスペースもなくなっちゃう。

風呂桶ちゃんの居場所がない！
泣
風呂桶に乗って、放浪の旅に出ようよ！

ミャオのおうちってホント、凝ってるしかわいいね！
帰って我が家を見渡したらなんか、だだっ広いだけで、あちこちに要らないものが積んであるし、自分の空間とお金の使い方のことをよく見直さないといけない。

年末に新店[*1]へ引っ越すって決めた。海外へ移住する友達のうち（47坪）をどうにかしないといけなくて、わたしたちが住んで、その家賃を残りのローン返済に充てることになった。もう話し合って決めたので、これ以上迷って迷惑はかけられないし、だから向こう1、2年は台北の賑やかな街なかを離れて住むことになる。郊外って初めてだから、どんな生活になるのやら。一種の練習だ。それに家賃が安い分、ちょっとでも貯金ができれば、将来なにをやるにしても役立つし。

＊1
新店《シンディエン》は台北市の南にあるベッドタウン。当時は新店市、現在は新北市新店区。MRT で台北市内とつながる

今日シャオのところで、うちの旦那がバカなことばっかりしてたでしょ。

ぼくも前にやったことありますよ
無邪気なホンさんもかつてそんなバカなことをしてたのか！
ベイビーは無視。
猫の本
同類の写真を見たら感動すると思ってるリンさん
ベイビー、
にゃー、にゃー
ほら、友達がたくさんいるよー
おいで、
ベイビー……

揃いも揃ってこんなのと？
どうしてわたしたちみたいに聡明な女性が……

最後にひとこと。わたしと旦那って本当は誰かのうちにご招待されるのが苦手なの！
だから、ふたりに出してもらったケーキ（手の込んだケーキだった）、すごく嬉しかった。わたしなんてお客さんにお茶出すのをしょっちゅう忘れたりするけど、ふたりのおもてなしは自然だし、そつがないし、すごく居心地よかったよ！

来月から、自動車の運転を習いにいきます。
それで免許とって、いざ路上へ。

車で遊びに行くね

To メイイー

9月14日 3:25AM

昨日午後の電話で話した浴槽のこと。テーブル代わりにってアイデア（ガラスをのせる）は、一定の湿度を維持しないと木の板がダメになっちゃうからやめたって、メイイー言ってたよね。じゃあ魚を飼えばいいってわたしが言ったら、水が臭くなったら大変だからってなって、それからどんな話でそうなったのか忘れたけど、わたしが「うちにおいでよ」って誘って、まさかリンさんと一緒に遊びに来てくれて、嬉しかった。いやー、うちに来る友達はみな適当で、こんな感じなんだ ——

テーブルをのけて→
地面に寝っ転がって、ゲーム

わたしのおもてなしだって、もっと適当だよ。冷蔵庫のなかのものは勝手に飲み食いしてもらって、なければ自分で買ってきてもらう。ふたりは初めてだったから、わたしもどうおもてなししたらいいかわかんなかったけど……。でもふたりとも居心地よく思ったなら、よかった。

浴槽に戻るけど、ひとつアイデアがある。こんなのどうかな？やっぱりテーブル代わりに使って、なかに魚を飼う。それからちゃんとエアーポンプみたいなの入れて、掃除魚《プレコ》も飼う。

普通のアクアリウムみたいに、たまに水を換えればいい。底に水草を生やして、あとなんか可愛い小物を置いてもいいし、だから本気で考えてみてね。（水を換えるならこんなの

があれば便利。絵は似てないけど、ともかく安くて便利な水交換の道具）

年末に新居に引っ越すんだね。しかも運転を習うんだ。いいねー。車に乗せてもらって新しいうちへ遊びに行きたい。うーん、ここまで書いて、ちょっと感傷的になってきちゃった。どうしてだろう。うちに来たときメイイーに、この交換日記をどうやって終わらせるか訊かれたけど、そんなこと考えたこともなかった。わたしたちのファックス交換もたかだか1ヶ月だけど、なんかすっかり日課になって、毎日当たり前にある語り合いに、今こうしてピリオドをうとうとなると、なんか卒業式みたい……

メイイーに、交換日記をやろうって誘ったときは、単純にこんなのおもしろいかもって思ってただけなんだけど、でもこのやり取りのなかで、予想外にわたしもすごく勉強になった。自分のそのときどきの考え方や生活のささいなことを、飾らずそのままの姿で人に見せられるようになった。ファックスを見なおしたら、幼稚で笑っちゃうところはもちろんあって、でもだからこそ自分の性格の欠点や、隠れていた考え方

なんかに結構気づいた。きっとこのファックスの交換は
友達付き合いと同じで、お互いになにか与え合って、
また同時に許し合って、受けとめ合って、吸収し合ってきたんじゃ
ないかな？（わたしのすぐあちゃこちゃ飛び跳ねてしまうひとりごとを
変に思わないでね……）　わたしもメイイーも、結論を出せ！
って言われるのは嫌いだけど、でも思わずこんなことを書いてみた。

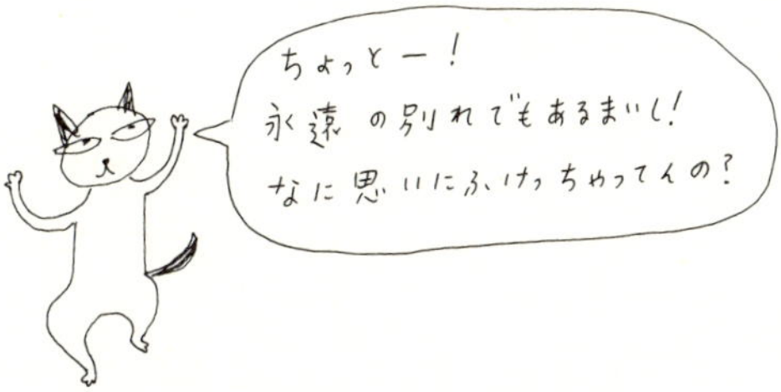
ちょっとー！
永遠の別れでもあるまいし！
なに思いにふけっちゃってんの？

違うよ！思いにふけってるんじゃない、ただ感じていたいだけ。
この期間中、ファックスを通じてメイイーと話ができて、とても
嬉しかった。これが本になっても、ときどきいか、ちょくちょく、
わたしの言葉はまだまだメイイーのうちのファックス用紙を食べ
に行くし、イラストもまだまだお目「汚し」に行くよ。

バイバイ！
卒業みたいだけど、
終わりじゃなくて
始まりだから！
それで
よろしい！

FROM ハオさん＊1 TO ふたりのMさん 9月28日 11:50PM

ハロー！ ミャオ＆メイイー！

ふたりと別れてから、映画を見て、今帰ってきました。
今日は台風の風がすごくて（小型の台風なんだけど）、
そんな日にふたりに出かけさせて、申し訳なかったです。
さっきも言ったけれど、もう一度言わせて下さい。^_^
⇑
この笑顔じゃ、ちょっと不真面かな？

ひとりの編集者として、この「交換日記」の構想
はとってもおもしろく感じています。これは単に
ふたりの日記を交換しているだけじゃない。
コンピューターとコミックの交換だし、文字とイラストの交換
だし、旅とうち遊びの交換だし、また生活と想像の
交換です。それにふたりは直接触れてはないけど、
でも奥底に隠されていた（あるいは浮かんであがってくる、
のがいいかな？）交換は、友情だよね。
⇑
（こんな言い方ちょっと気持ち悪いかな？ ≈≈≈）

＊1
P239 注参照

そんな交換をいったいどう表現するか？
それは実際に書かれたふたりのファックスで（一ヶ月のあいだ、
毎日を振り返る感性とともに）みんなに伝わったと思う。

今日午後、ふたりとのおしゃべりから、ひとつ意外なプレゼントを見つけた。
インターネットがこれほど便利に発達した今、どうしてメールじゃなくファックスを使って交換日記をするのか訊いたよね。なるほどっていう理由をいろいろ聞かせてもらったけど、ぼくはあとで、もうひとつ理由を思いついたんだ。

それはつまり「ファックス＝伝真《中国語》」はやっぱり一番“真”実を“伝”えられるからじゃないかな？
（いやいや誰がファックスを「伝真」と訳したんだろう？
素晴らしいね）

だから、これからもどんどんファックスを使おうって思ったよ！

P.S.
ぼくのために、ダイエットの秘訣を交換してくれないかな？
この脂肪が恨めしい……

今日は髭をそってなかった豚くん……

From 恐れ多い！命知らず！のニャオ　9月30日2:58AM

To　昨日は髭をそってなかった

この人は社長ですよ……

今は深夜1時半。うちにはまだ友達がいて、おしゃべりしてる。わたしの生活サイクルってなんか「国連」みたい。今日はアラブの時間で明日はイタリアの時間……、って。だから台風の日に出かけるくらいどうってことない。台風のアフタヌーンティーもおもしろい！

そうだ！交換日記って、よくよく思い出せば小学校のころ教室でやった手紙まわしが始まりだったんじゃないかな？手紙まわしと教科書へのいたずら書きは、授業中の二大好きなことだった。

つまり全然勉強が好きじゃなかったってバレバレ……

子供のころの遊びを大人になってからやりたいって言ったけど、でももっとちゃんと誠実に言えば……、はあ〜、誠実に言うべきなんだろうか？子供のころの楽しみをもう一度、っていうのはたしかに理由のひとつだけど、誠実に言えばもうひとつのおそろしい事実がある——

ある日、大塊出版に頼まれてた3冊目の本が、また3篇しか書けてないことに気づいたわたしは、ちょうど一緒に取材を受けていたメイイーの顔を見て、もしふたりで力を合わせたら、本なんかすぐできるって思った。でもじゃあ、どうコラボしたらスパークが生まれるか？って考えた瞬間、「交換日記」が頭にひらめいた。

ご、ごめんなさい。桜の木はわたしが切りました
ど、どうかわたしをジョージ・ミャオシントンと呼んで……

こっちはお笑いバージョンだけど、でもミャオシントンからしたら、どちらも本当。

一ケ月のあいだ、毎日を振り返るのは、すごくすごく楽しかった。ファックスのおかげでストレスが半減したうえに、本は一冊できちゃうし、それに明るい笑顔と友情を手に入れて、メイイーの日常風景まであれこれたくさん楽しませてもらった。自分の作戦がこれほどうまくいって、嬉しくないわけない！

ファックスは、わたしひとりが楽しんでいたんじゃなくて、いつしか旦那がわたしと争って見るようになり、うちに遊びに来たお客さんまでが、メイイーの素敵な文章を楽しんでた。

前に聞いた話だけど、淡水名物の阿婆鉄蛋《アーボーティエダン》＊1は、うっかり卵を煮込みすぎてしまったところ、そっちのが美味しかったことから人気商品となり、セブンイレブンは停電でシャッターが閉まらなかったことがきっかけで、深夜営業には無限の

＊1
煮しめて鉄みたいに硬いゆで卵

ビジネスチャンスがあることを発見した。だからこんな"瓢箪から駒"みたいに、奇跡が生まれることだってある。

ねえ、それ"瓢箪から駒"じゃなくて"濡れ手に粟"っていうんだよ
都合よく例を出してきて。それ本当なの？

ダイエットの秘訣？わたしも知りたい！

目標 50kg
メイイー！あんたにかかってるよ！
ハオさーん、一緒に頑張りましょう！

To  ハオさん　　9月29日 3:00AM
From メイイー

「振り返る」ってのはちょっと違うよ！本に載せる部分が終わったあとも、わたしとミャオはときどきファックスを交換してるし、だからふたりの感性は、まだまだアップデートを続けている。だから、一連の「ファックス交換日記」に見える自分の変化についてちょっと書こうかな。

ファックス来た、来た。もう逃げられない。
早く返事書かなきゃ！

最初はノープランだった。最初は思いつきのまま、いい加減に始めたわけだけど、わたしはもともとなまけもので、なにかやってやろう！っていう企画力が非常に乏しいクリエイターだし、だからミャオとのファックスには、変な「期待」があった。つまりファックスが毎日規則正しい「プレッシャー」になってくれること！ファックスが来れば、自分を創作モードにチェンジせざるをえないわけです。

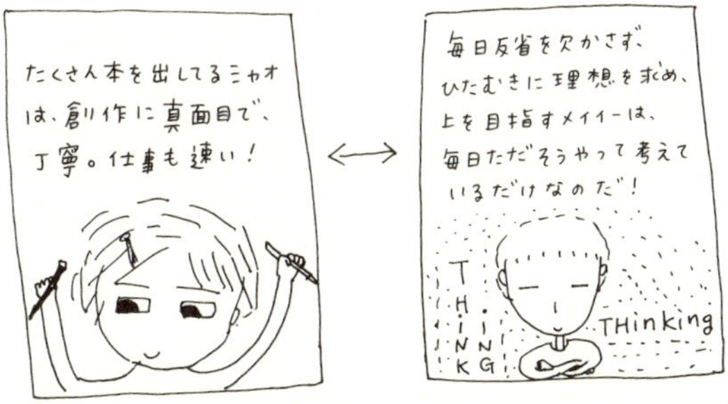
たくさん本を出してるミャオは、創作に真面目で、丁寧。仕事も速い！
毎日反省を欠かさず、ひたむきに理想を求め、上を目指すメイイーは、毎日ただそうやって考えているだけなのだ！
THINKING
THINKING
THinking

最初はふたりがどこまで続けられるか、かなり心配だったんだけど（自分の継続力の"なさ"には自信がある）、始めてみたら、まさかわたしもこんな盛り上がって、がんばって続けられるなんて……。それにミャオの優しい返事があったおかげで、わたしの、もっと言いたいっていう欲が点火した感じ。

Fire!!

自分の絵のタッチやスタイルに自信がなくて、びくびくしていたプチ・マンガ家が、長い時間をかけてすこしずつ、自分のなかにあった描くこと、書くことへの萎縮を消していき、鉛筆で下書きを描くこともなくなったし、絵が似てるかどうかとか、読者に伝わるだろうかとか、そういうことも気にならなくなった。たったひとりの純粋な読者→ファックス TO ミャオ、に向けて、自分の親友に向けてファックスするんだから、彼女に伝われば、それでいいんだ！って思えた。

↑2冊しか出してないのに、マンガ家って、ホント汗が出ちゃう。

リラックスして自然にかまえられるようになって、いつしか自分の文章や絵に対する進歩や自信を感じるようになった（これは自分にしかわからない）。だから、わたしの創作を応援してくれたミャオにはずっと感謝してる。（最初は「応援」じゃなく「導いてくれた」って書こうと思ったけど、そしたら絶対こう言われるよね——「どこが!? 最初からよかったじゃん！『導く』？そんな変な言葉やめて！」って）

この間、2ロールもファックス用紙を使って、某メーカーのボールペンが1本半なくなった。1、2ケ月ずっとしっかり集中して、こうやって燃え尽きるのも、なんとも充実感があった。

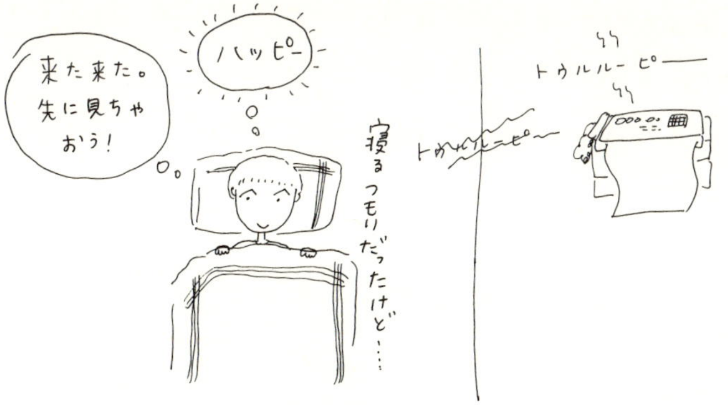
来た来た。
先に見ちゃおう!
ハッピー
寝るつもりだったけど……
トゥルルーピ〜
トゥルルーピー

P.S.① ハオさん。気持ち悪さがファックスの波線≋≈≈で、
すごく伝わるー!

P.S.②
ダイエットのアドバイス
午後4時以降ご飯を食べないっておっしゃってましたが、
4時までの食べ方を、少量を何回か、にしないと。一回で
どかっと食べるのはダメ。お腹がいっぱいになったらお腹に
溜まるから燃焼させないとね。→運動しなければ消えません!

それにでんぷん類と肉類は一緒に食べてちゃダメって聞いた
ことがあります。

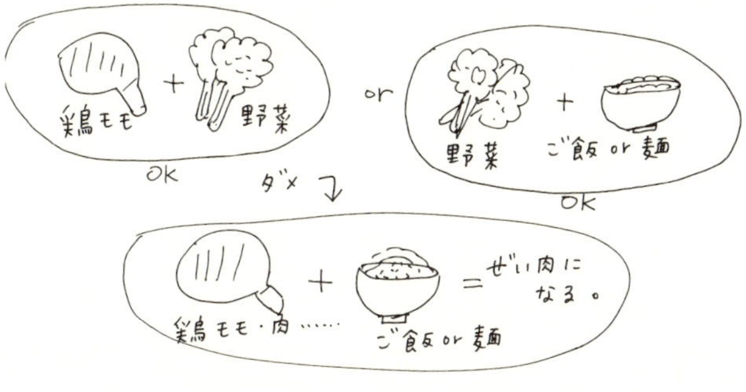
鶏モモ
+
野菜
OK
or
野菜
+
ご飯 or 麺
OK
ダメ ↓
鶏モモ・肉……
+
ご飯 or 麺
=ぜい肉になる。

またある友人が言うには、ダイエットのツボは耳にあって、
ご飯を食べる前に5分間押せば、
あまり食べたくなくなるって！

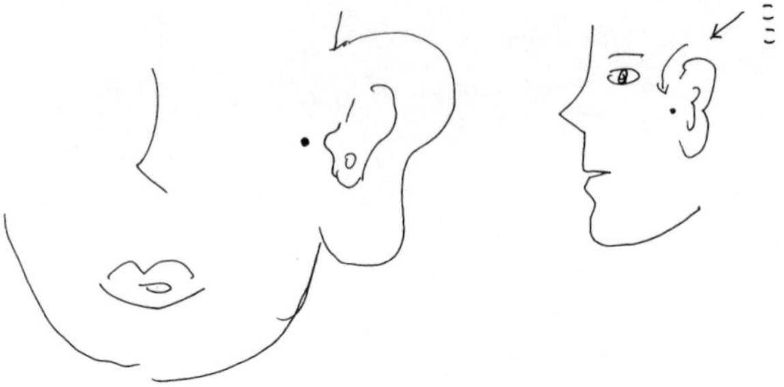

ズルだけど、ご参考まで！

昨日の夜、わたし、ハオさんに
ファックスを「電話」した？
5回コールしてふいに、電話と
ファックスの回線が
同一回線かもって思って、
あわてて切ったけど。
うるさくしたなら、ゴメンなさいね！

TOふたりのMさん　　9月29日10:30PM

今日ふたりにファックスしているのは—

髭を剃った、楽しいけどちょっと悲しい豚くんです　どうしてぼくは楽しいか？

それはメイイーが教えてくれたダイエットの秘訣がすごくいいと思ったから。過去の失敗の一番の原因は、肉とでんぷん類を一緒に、たくさん食べてたからだ。

AGREE（同意）＝  ＋  ＝ 

鶏モモ　　ご飯or麺

だから今日の夜から食べ方を変えました。

もうぜい肉は出ないと思う　食べたのは—

 ＋ 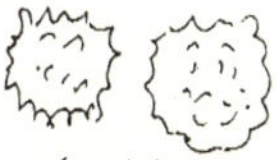 ＋  ＋

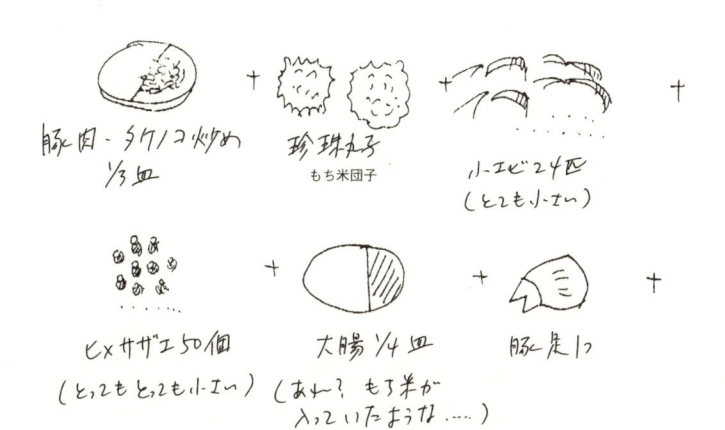

豚肉・タケノコ炒め 1/3皿

珍珠丸子
もち米団子

小エビ24匹（とても小さい）

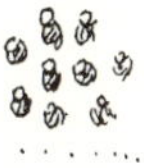 ＋ 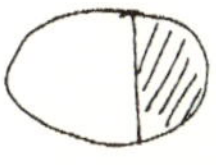 ＋  ＋

ヒメサザエ50個（とってもとっても小さい）

大腸1/4皿（あれ？もち米が入っていたような……）

豚足1つ

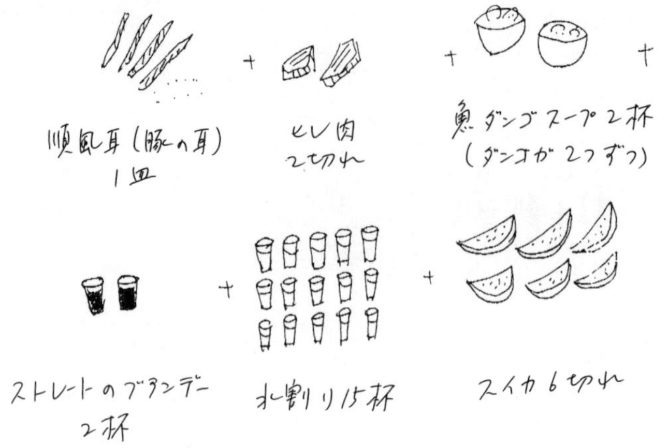
+
+
+
順風耳（豚の耳）
1皿
ヒレ肉
2切れ
魚ダンゴスープ2杯
（ダンゴが2つずつ）
ストレートのブランデー
2杯
+
水割り15杯
+
スイカ6切れ

＝  だからとっても楽しい。

どうして悲しいか？ それは朝見たニュースが原因。
ひとりの女性がダイエットのために1500万台湾ドル 4500万円
もうひとりの女性は800万 2400万円 使ったそうだ。
しかも最後は騙されてうんぬんかんぬん……
もちろんぼくはこの同類のために悲しんでいる。
彼女たちもきっとすごく ……
それからぼくはある哲学ロジックに迷いこんだ—
いったい、脳みそが先に豚になるから、体も豚になるのか あるいは体が先に豚になるから、脳みそも豚になるのか？

i.e. ⇒ if then ?
or if then ?

9月30日 6:30pm

From メイイー

To  ハオさん

2日前の三人の打合せが終わって、わたしとミャオはご飯を食べに行って、おしゃべりを続けた。自分のことをずっとしゃべって、たくさんしゃべって、見た映画の感想や、どんな性格だとどんな映画（やドラマ）を見るとか、映画が自分の生活や創作にどんな刺激になるかとか、ハリウッド映画は強権的だからあまり好きじゃないとか、誠実に語りかける映画は、成熟さが足りない場合いい映画とは言えないけど、それでもわたしは好きなんだとか……

わたしいっつもこうなっちゃう
いつも話が果てしなく
脱線していって、
先生みたいな、
説教みたいな
口ぶりになっていく
わたし
ミャオ、
わかる？
……
わたし……
……わかり
ません

前回ダイエットの秘訣で、紙まるまる1枚使ったけど、あれも人に聞いた話。

聞いた話を人に教えちゃうんだ!?
聞いた話だけど、けっこう
説得力ある話だったから！
嘘っぱちでいいなら、
まだまだたくさん
書けちゃう……
どうもすみません！

∴  ハオさん、わたしのいいかげんな話、真に受けないで！
どんどんしっかり食べて！どうせもうすぐ世界の終わりが来るから！

これも聞いた話。
大塊出版の
『聖書の秘密』より

ぎゅっと抱いててね

でも  もしやれるなら、毎日なにを食べたかを描いていきましょう！
描いてて面倒くさい、大変だってなったら、つまり食べ過ぎだってこと。きっと次の日から控えるようになる。
ちょっとアーティスティックなダイエットだから、出版業界の人には向いてると思う。

それと写真のこと、Vogueのカメラマンをつれてくるってハオさん言ったけど、Vogueの美女、美男みたいに、セレブリティ風に撮るってこと？
婚礼写真もあんな適当なのに、本の内容だって生活感たっぷりだし、ちゃんとしすぎるのも……
好奇心はもちろんあるけど。この本も さんが加わってからの変化が楽しい。

脳みそが先に豚になるから、体も豚になるのか あるいは体が先に豚になるから、脳みそも豚になるのか？
ねえ、どっち？ちょっと考えてよ
人の主観にとらわれるのを避けるため、まず豚と討議し、さらに豚へのアンケート調査を行って……定義はそれからだ……

9月30日 0:55AM

From 十分脳だけどになりたくないミカオ

To 脳じゃないし、それほどでもないハオさん

もう笑い死にしそう。とくに……

24匹の小エビ（とっても小さい）

……

50個のヒメサザエ（とってもとっても小さい）って

↓

自分を甘やかすのがこんな上手い人が、

ダイエットに成功するわけない。

じゃあわたしは？というと、わたしが試したダイエットこそ、ほんとの無駄骨。前、さくらももこの『そういうふうにできている』のなかに、ダイエットのために毎日ゼリーみたいなものを食べたと書いてあったから、わたしも毎日ゼリーを作って、食べた（みんな真似しないで。正しいやりかたじゃないから）。そうやって5日続けたけど、さらに締め切り前の過労もあったのに、痩せられたのはたった1キロ！！

← ゼリー用のお椀。
一日食べるのは最大3杯だけ。

だから、なんか神さまに愛されてないなーって自暴自棄になって、あっさり楽しく、デブ奥さんになった。

昨日（28日）メイイーと追加する写真のことを話し合った。あとでわたしは、小学校のとき書いてた日記があることを思い出して、それを撮影しようと、今日家中をひっくり返してみたんだけど、ない。でも、中学時代のノートが出てきたので、開いて読んでみると……

めまい……
7月25日
もう決めたの。これからはわたしひとりで、
あなたのことを黙って思うだけ。さよなら、
あなた。あなたみたいな人、もう二度と現れ
ない。今夜は、朝まで眠れないかもしれない。
いえ、やっとぐっすり眠れるかもしれない。
わかってる。今日が終われば、わたしは
あなたにとってただの通りすがり。
愛は、わたしの心にしかない……
めまい……
めまい
→ 死ぬほど恥ずかしい。
テレビの恋愛ドラマ
以上ではないか。
全身から冷や汗が
吹き出て、見れば
見るほど顔が真っ赤。
←（これはまだマシなほうです）

こんなものがあるなんて完全に忘れてた。だからまるで他人の日記をこっそり覗き見するみたいな気持ちで、この三冊（どれも途中で終わってる。詩もたくさん写してあった）のノートを見て、結論——

死んだあと、誰かに
見られないよう、また
万が一将来有名に
なったときのため、
この恥は、どんな
手段を使ってでも
この世から抹消
しなければならない！

写真追加の件で頭が痛くなっていたら、11時過ぎにハオさんから電話もらって、写真揃った？って訊かれたけど、しょうがないから、2日〆切を伸ばしてもらった。

思うに、人はきっとまず豚の脳があって、それから体も豚になってしまうんじゃないかな？ 体が豚みたいになった人でも、脳が豚じゃなければ、きっと人より豚に似てるなんて思われないとわたしは思う。これってまるで、心理テストみたい。言い出しっぺのハオさん、どんな答えをお持ち？

P.S

ハオさんとメイイーに訊かれた、どうしてこの『交換日記』
の構想が生まれたかについて、ちょっと補足。
わたしが『交換日記』のアイデアを出したあと、
メイイーもどんどんいろんな発想を足してくれて、
だからこの本はもっともっとよくなった。
これはちゃんと言っておきたいです。

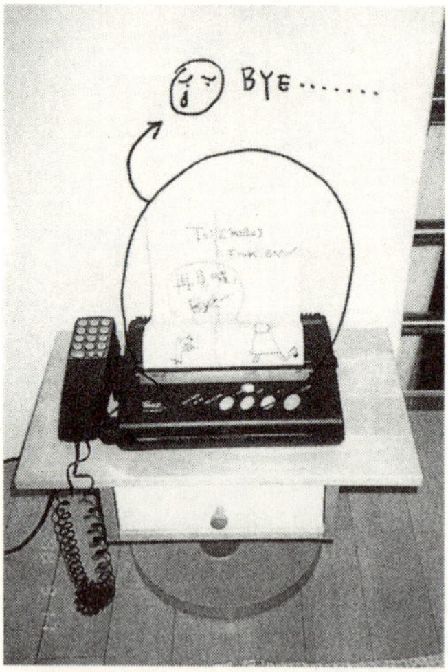
BYE…….

FAX!

あとがき　From メイイー

ヨーロッパ風の喫茶店でミカオが言った。
「ねえ、一緒に本作ろうよ！」2秒もたたないうちに
わたしは言った。「いいね！いいね！おもしろそー」
コーヒーを飲み終わったわたしたちは日本風ラーメン屋に
行って晩御飯を食べた。そして生活で起こったことを
日記の形式で書いて、毎日ファックスで交換することにした。
こうして、ファックスを使った語らいは、一冊の本となって、
そして今もまだ続いている……

PS① それまでわたしとミカオは3回しか会ったことがなくて、
お互いのことをそれぞれの作品を通じて知ってるだけだった。

PS② 手書きのファックスをそのまま本にしているので、もし誤字が
あったらお許しを。今後精進いたします。

『交換日記』ってなに？

この本、『交換日記』はふたりの台湾人女性マンガ家——ミャオ（張妙如　チャン・ミャオルー）とメイイー（徐玫怡　シュー・メイイー）が、ファックスで交換した手書きの日記です。1998年8月から9月にかけての、ふたりのちょっとだらしなくて、アイデア満点の生活と怠惰にして真剣な創作の裏側、そしてときに奇想天外でときにセンチメンタルな心の声が、かわいいイラストと飾らない言葉でおもしろおかしく綴られています。

日記に登場するのは——

ミャオ（張妙如）
マンガ家。この交換日記の言い出しっぺ。年齢は当時20代後半。性格はちょっとおおざっぱだけど、行動力あり。1996年にマンガ『春うらら日記帳（春麗日記簿）』でデビュー。日記当時、『怠け者JOさん（懶人JO）』、イラスト詩集『光合成（光合作用）』が刊行されたばかり。

メイイー（徐玫怡）
マンガ家。ミャオより少しお姉さん。ちょっとおっとりして、すぐ考えこんじゃうタイプ。レコード会社勤務を経て、1997年マンガ『お姉さん日記（姊姊日記）』でデビュー。日記当時、『幸せになるゲーム（幸福人遊戲）』が刊行されたばかり。

ホンさん（洪正輝）
ミャオの夫。マンガ家。結婚１年め。

リンさん（林志盈）
メイイーの夫。ミュージックビデオの監督。結婚４年め。

ベイビー（北鼻）
ミャオの飼い猫（メス）。

ウージン（五金）
メイイーの犬（秘密）。

※ちなみに台湾は数歳年齢が違っても、敬語もなく友達付き合いです。また夫婦別姓です。

交換日記は終わらない

『交換日記』は1998年10月、台湾の大塊文化出版より刊行されるや、またたく間にベストセラーとなり（４万部）、すぐ続編が決定（1999年7月刊行）。この2冊のヒットのごほうびとして出版社のお金でフランスへ行き（本編でメイイーが言った夢が実現！）、その旅行日記として『交換日記3―すみません、フランスってどこですか？（請問法國在哪裡） Oui, France』が2000年4月に刊行されました。

それ以降、ほぼ1年に1冊(ファックスのやりとりは1冊に2ヶ月分くらい)のペースで刊行され、2012年12月刊行の最新第15巻まで、累計で40万部を超える人気シリーズになっています(※台湾の人口は日本の1/6です！)。ふたりの女性の成長を見守り、またいっしょに成長してきたファンたちは、インターネットが発達し、チャット、ブログ、スカイプ、フェイスブックなどさまざまな電子メディアが登場した今も、このファックスによる交換日記を楽しみにしています。ほかにも雑誌形式の特別版『m&m MOOK』Ⅰ、Ⅱが刊行されています。

公式ブログ(中国語)：http://www.locuspublishing.com/blog/diary2/

ふたりのその後

何気ない日常生活や自分の悩みや考えを率直に伝える『交換日記』はその後、本人たちも予想だにしなかった劇的な展開を見せることになります。本書（第１巻）でも、自分らしい生き方がしたい！ もっとほかの世界が見たい！ とがんばっていたふたりの日常は台湾・台北だけにとどまらず、本当に海外へと広がっていきました。

ミャオは第６巻（2002年刊行）からアメリカ シアトルで暮らすようになります（その生活はミャオの単独著作『ミャオのシアトル日記（西雅圖妙記）』[2004年より、現在第７巻まで刊行]でもしっかり報告されています）。一方メイイーは第７巻（2003年刊行）以降フランス トゥールーズへ引越し（つまりファックス日記は、シアトルとトゥールーズの間で交換され、台湾の読者に届けられていたわけです）、その後お母さんとなって第14巻（2011年刊行）でふるさと台南に帰ってきました。

日記は小説より奇なり！ ふたりの旅はどこまでも、いつまでも続いていきます！

ふたりがファックスを通じてわかりあえる友達となったように、読者のみなさんもぜひ、時間と空間を超えて、このちょっと個性的なふたりと仲良くなってください！ そして日記からかいま見える台湾の日常生活を楽しんでください！

この『交換日記』は手書きのファックスをそのまま本にしたものです。日本語版も、翻訳した文章を原著と同じように手書きで再現し、原著のイラストをそのまま使用しています。またこの作品は1998年に書（描）かれているため、当時の社会環境、とくにインターネットやコンピューターについては2012年の現在からすればかなり懐かしく、またわからない人も多いと考え、一部を割愛・調整しています。

著者紹介

張妙如 チャン・ミャオルー

マンガ家、イラストレーター、小説家。台北生まれ。1996年にマンガ『春うらら日記帳(春麗日記簿)』でデビュー。98年から続くイラストエッセイ『交換日記』シリーズ(共著)が大ヒット(現在第15巻まで)。ほかの作品にアメリカ暮らしを綴ったイラストエッセイ『ミャオのシアトル日記(西雅圖妙記)』シリーズ、小説『私立探偵ジェラシー(妒忌私家偵探社)』シリーズなどがある。
公式サイト(中国語):http://www.miaoju.com/

徐玫怡 シュー・メイイー

マンガ家、イラストレーター、エッセイスト、作詞家。台南生まれ。1997年マンガ『お姉さん日記(姊姊日記)』でデビュー。98年から続くイラストエッセイ『交換日記』シリーズ(共著)が大ヒット(現在第15巻まで)。ほかの作品にイラスト旅行記『この島からあの島へ(從這島到那島)』、フランスでの子育てを描いたイラストエッセイ『おもちゃみたいなうちの家族(玩具小家庭)』などがある。
公式ブログ(中国語):http://meiyiiii.pixnet.net/blog

訳者紹介

天野健太郎 あまの・けんたろう

1971年、愛知県生まれ三河人。京都府立大学文学部国中文専攻卒業。2000年より国立台湾師範大学国語中心、国立北京語言大学人文学院に留学。帰国後は中国語翻訳、会議通訳者。聞文堂LLC(http://www.bun-bun-do.com)代表として台湾書籍を日本に紹介している。訳書に『台湾海峡一九四九』龍應台著(白水社)。ツイッターアカウントは「taiwan_about」。俳人。

交換日記 こうかんにっき

著者	張妙如 チャン・ミャオルー & 徐玫怡 シュー・メイイー
訳者	天野健太郎 あまの・けんたろう
発行日	2013年2月26日 第1刷 発行
文字・デザイン	井上千夏・古庄美和 (apuaroot)
発行者	田辺修三
発行所	東洋出版株式会社 〒112-0014 東京都文京区関口1-23-6 電話 03-5261-1004(代) 振替 00110-2-175030 http://www.toyo-shuppan.com/
編集	秋元麻希
協力	スダプロセス株式会社
印刷	日本ハイコム株式会社
製本	ダンクセキ株式会社

ISBN 978-4-8096-7679-6 定価はカバーに表示してあります